곧 죽어도
힙──합

곧 죽어도
힙——합

1쇄 발행 2023년 3월 16일

지은이 정재환
펴낸이 배선아
편 집 김현석
디자인 이승은
펴낸곳 고즈넉이엔티

출판등록 2017년 3월 13일 제2022-000078호
주 소 서울특별시 마포구 성지1길 35, 4층
대표전화 02-6269-8166 **팩스** 02-6166-9199
이 메 일 gozknockent@gozknock.com
홈페이지 www.gozknock.com
블 로 그 blog.naver.com/gozknock
페이스북 www.facebook.com/gozknock
인스타그램 www.instagram.com/gozknock

곧 죽어도 힙——합

정재환 단편 소설집

고즈넉
이엔티

이따금씩 개 짖는 소리만 들리던
고즈넉한 시골 마을엔
래퍼들의 한 맺힌 벌스가 울려 퍼졌다.

_「곧 죽어도 힙합」 중에서

CONTENTS
차례

1
네 이웃을 사랑하라

당신은 옆집에 누가 사는지 아는가? 안다면 그를 얼마만큼 아는가? 그러니까, 겉으로 보이는 생김새 말고, 어쩌다 들은 직업 말고, 진짜 그에 대해서 말이다. 언제 눈이 까뒤집힐 정도로 웃고, 플레이리스트에는 어떤 음악이 영순위며, 현재는 어떤 문제로 어려움을 겪는지, 그런 것들 말이다.

다달이 대출 이자 갚기도 바쁜데 그럴 여유가 어디 있냐고? 권하건대, 앞만 보고 바삐 가던 길 잠시 멈춰 서서 고개 돌려 옆집을 보라. 다가가 이웃의 손을 따뜻하게 감싸 쥐어라. 단언컨대, 당신의 미래가 바뀐다. 세상의 모든 이웃은 특별하다. 당신이 자세히 보지 않아서 그렇지.

나도 그랬다. 머릿속 계산기를 두들겨 내게 플러스가 되지 않는 이웃에겐 눈길 한 번 주지 않았다. 내 인생을 뒤바꾼, 내 꿈을 이루게 해준 그녀를 만나기 전까지는. 이제부터 나는 당시 이웃과 내가 느낀 그 특별한 감동을 함께 나누고자 당신에게 이 이야기를 전한다.

약 일 년 전, 삼십대 초반 돌아온 싱글인 나는 서울의 중심부에 위치한 대단지 아파트 인드라망에 입주했다. 아, 모두 내가 이혼했다고 하면 그 사유가 궁금해 죽겠다는 눈빛이면서도 차마 묻지는 못하길래 미리 말하자면, 전남편과 나 사이에 딱히 특별한 문제가 있던 건 아니다. 8개월 동안 나와 힘겹게 버티고 살던 전남편이 삼키고 삼키다 마지막에 겨우 토해낸 말은.

"지선아. 너는 묘하게 서늘해."

연애할 때는 그 점이 어딘가 신비롭기도 해서 매력이 었는데, 막상 결혼해서 함께 살자니 그 서늘함을 도저히 견딜 수 없다고. 아이라도 생기기 전에 빨리 정리하자고. 참나, 돈 문제라면 재미라도 있었을 텐데.

전남편의 흉을 보려는 건 아니다. 관세사였던 그는 벌이도 괜찮았고, 시간 여유도 충분했으며, 무엇보다 자상했다. 괜찮은 남자였다. 가끔 대책 없이 낙관적이었다는 점만 빼고. 전남편은 이따금 우리의 장밋빛 미래를 말하면서도 그걸 실제로 이룰 구체적인 계획은 없었다. 그냥 이렇게 열심히 살다 보면 근사한 미래가 오지 않겠냐고 떠들어댈 뿐이었다. 오지 않는다. 계획이 있어야지.

따분한 이야기는 이쯤에서 그만두고, 당시 내가 세운 근사한 계획이나 들어보라.

내가 입주한 인드라망은 지역주택조합 방식으로 지은 아파트 단지다. 삶이 참을 수 없을 만큼 지루하다면 당장 지역주택조합에 가입하라는 말을 아는가? 등 긁으며 하품이나 하고 있지는 못할 거다.

지옥 주택, 아니 지역주택조합 아파트는 지역 주민들이 조합을 결성해서 공동으로 용지를 매입하고 건설사를 선정해 공사를 진행하는 아파트를 말한다. 말이 뚝딱뚝딱 쉽지 조합 구성, 토지 매입, 사업계획 승인 등등 전부 얼굴 벌게져서 남의 멱살을 휘어잡거나, 수백 번 쌍욕을 내뱉으며 해결해야 할 문제들이다. 그나마도 성공하면 모를까, 대부분 착공은커녕 부지조차 확보 못하고 십 년은 늙거나 목돈만 날린다.

나는 운이 좋았다. 그래, 지금 생각해보면 분명 될 일이었다. 주택법도 개정하고 농지를 택지로 바꾸는 등 무려 십여 년 동안 파란만장한 과정 끝에 완공된 인드라망은 아파트로서 훌륭한 조건을 전부 갖췄다. 지주택의 최대 장점인 저렴한 분양가부터 시작해 트리플 역세권, 훌륭한 학군, 풍부한 상권 및 편의시설까지 명실상부한 이 지역 대장이었다.

아, 여기까지만 말하면 마치 내 계획이 부동산의 막대한 시세 차익이나 노리는 것처럼 보일 수도 있겠지만 그게 아니다. 겨우 그 정도로 근사한 계획이란 말을 쓸 만큼 내가 시시한 사람은 아니다. 마침내 모든 역경을 뚫고 인드라망의 착공이 결정된 후, 나는 십만 제곱미터의 광활한 공사부지를 둘러보며 결심했다.

이곳에 내 빛나는 피라미드를 건설하기로.

세계적인 네트워크 마케팅 회사 아티온의 블루 다이아인 나는 지난 십여 년간 축적된 노하우를 바탕으로 이 아파트 주민들로 구성된 거대한 판매망을 구축하기로 마음먹었다.

그때부터 나는 조합원 모임에 나가 얼굴도장을 찍었다. 조합장은 물론, 골치 아픈 일을 성사시켜 어깨가 머리 위로 올라간 영웅 조합원들과도 적당히 친분을 쌓았다. 그러다 가끔씩 조합 사무실에 모여 수다라도 떨게 되는 상황이 오면 무심하게 제품을 꺼내 모두에게 선보였다. 생전 처음 경험하는 특별한 커피 맛에 사람들은 감탄하고 물어볼 수밖에.

"와, 이건 무슨 커피예요?"

일랑코 골드. 케냐 따리따두 지역에서 자란 원두만을 엄선해 로스팅하고, 2018년도 월드 바리스타 챔피언십에 참가한 브루스 막심의 특별한 공법으로 만든 일랑코 골드는 내 몸에 부담을 주는 일반 설탕이 아닌 건강한 단맛을 내는 다르다리 슈가를 사용, 다른 제품들과는 차별화된 진하고 풍부한 커피 맛을 낸다.

이 클래스가 다른 믹스 커피가 내 첫 번째 아이템이다. 그 외에도 특별한 제품이 많다. 아티온은 늘 최고의 제품만 취급하니까. 나는 이 수준 높은 제품들을 팔아 최고의 실적을 올려 아티온에서 가장 빛나는 블루 다이아가 될 것이다!

그런 근사한 목표를 세우고 이사 온 인드라망에서 나는 입주 후 3개월 동안이나 옆집에 사는 이웃을 한 번도 마주치지 못했다. 아무도 살지 않는 건 아니었다. 이사 직후, 관리사무소에서 키를 수령하고 확인란에 서명을 할 때 나는 내 이름 바로 아래에 적힌 옆집 여자의 이름과 이미 공란을 채운 사인을 분명히 보았다.

109동 802호 김옥순.

그녀는 무려 입주 첫날부터 들어와 살고 있었다. 처음엔 그녀가 유령인 줄 알았다. 사람 사는 흔적이 전혀 없었다. 그녀를 마주친 적이 없음은 물론이고, 현관문 여닫는 소리도 한 번을 듣지 못했다. 집 앞에 짐 하나 내놓는 법도 없었다. 으레 그렇듯 신축 아파트 현관문에 각종 업체가 붙여놓는 광고 전단도 단 한 번을 떼질 않아 옆집 현관문엔 광고 전단이 늘 덕지덕지 붙어 있었다. 어쩌다 밖에서 층수를 세고 옆집의 창을 올려다보면, 낮이고 밤이고 단호하게 쳐놓은 진갈색 암막 커튼만 보였다. 나중엔 그게 커튼이 아니고 벽처럼 느껴졌다.

입주 후 두 달이 넘어서야 김옥순이 사람이라는 증거를 발견했다. 한번은 옆집의 현관문 앞에 택배 상자 하나가 놓여 있었는데, 평소 그녀의 정체가 궁금했던 나는 다소 주책스럽게도 고개를 빼고 상자에 붙은 송장을 훔쳐보았다. 그것은 브로멜라사이드 성분이 다량 함유된 고가의 화장품이었다. 브로멜라사이드는 피부 진정에 탁월한 효과가 있어 고가이긴 하지만 피부과 의사들이 많이 추천해주는 화장품 성분이다.

한번은 놀랍게도 음악 소리가 들린 적도 있었다. 현관 문을 열고 집으로 막 들어가려던 나는 옆집에서 갑자기 새어 나오는 음악 소리에 발걸음을 우뚝 멈췄다. 이웃은 소리가 너무 크다는 걸 알았는지 금방 볼륨을 줄이긴 했지만, 잠깐 들은 클래식의 도입부는 분명 베르디의 레퀴엠이었다. 내가 이 사업에 뛰어들었던 초창기에 많이 팔던 클래식 전집의 1번 트랙이라 익히 알던 음악이었다.

고가의 화장품을 쓸 정도로 피부에 신경을 쓰고, 아마도 오랜 출장이 잦고, 클래식을 즐겨 듣는 여자라. 이웃의 정체를 제대로 추리하기에는 단서가 너무 적었다. 음악 소리가 들렸던 그날, 나는 잘 지내보자는 진부한 메모와 함께 그녀의 집 앞에 내 눈에 좋은 일등 눈 건강식품 아이조아를 두고는 그녀에 대한 관심을 끊었다.

피라미드 공사는 순조로웠다. 입주 초기, 한 할아버지가 커뮤니티 센터 옥상에서 보수 공사 중이던 난간과 함께 추락해 사망하는 사고가 있었지만, 며칠 소란스러웠을 뿐 큰일은 아니었다. 입주민들은 죽은 노인을 추모하기보다 난간 공사를 맡은 업체를 추궁해 공사를 빨리 마무리 짓도록 압박하는 데 더 많은 신경을 썼다. 새로운 곳에서 새로운 시작을 하려는 사람들에게 이름도 모르는 이웃의 추락사는 불길해 피하고 싶은 일이었다.

나 역시 한참 주변을 탐색하던 시기라 바빴다. 이 일을 하려면 사람을 두 종류로 구분할 줄 알아야 한다. 내 제품을 살 고객인지, 내 제품을 팔 마스터인지. 탐색 결과, 부녀회장과 아파트 관리사무소장에게서 마스터의 자질이 보였다. 게다가 둘은 내가 단지 내에서 여러 가지 마케팅을 하는 데 큰 도움을 줄 수 있는 위치에 있었다. 부녀회가 벌이는 마을 행사에서 여러 제품을 홍보할 수도, 판매할 제품의 샘플을 단지 곳곳에 슬쩍 놓아두어도 관리사무소의 제지를 피할 수도 있었다. 나는 꽤 공을 들여 둘을 구워삶았고, 그들이 유독 지치고 힘들어 보이는 날을 골라 그들에게 거부할 수 없는 제안을 했다.

"걱정되고 불안하시죠? 그게 다 앞날이 불투명해서 그래요. 미래가 보장되는 괜찮은 계획이 하나 있는데 들어보실래요?"

나와의 만남이, 내 제안이 인생의 커다란 전환점이라 생각한 둘은 결국 내 황금빛 피라미드의 든든한 두 기둥이 되었다. 부녀회장에겐 눈부시게 환한 피부를 만들어주는 에센스 앱설루트 퓨어 화이트가, 관리소장에게는 고개 숙인 중년 남성의 자신감을 되찾아주는 건강기능식품 맨 파워 울트라가 결정적인 역할을 했다. 이 사업에 처음 뛰어든 사람들이 흔히 하는 실수가 사람 간의 신뢰가 우선인 줄 알고 인간관계에 힘을 쏟으며 무언가를 해보려고 용쓴다는 건데, 어림도 없다. 제품이 좋아야 한마디라도 더 들어본다. 제품이 먼저다. 사람은 그다음이다.

내 이미지 메이킹도 성공했다. 평일 오전, 단지 내 골프 연습장에서 명품 드라이버를 휘두르는 나는 성공한 젊은 사업가였고, 간밤에 높이 쌓인 눈을 솔선수범해 치우는 나는 공동체 의식이 투철한 주민이었다. 그러다 비 오는 날엔 우산도 내던지고 통학하는 아이들의 교통지도를 하는 나는 따뜻한 마음씨를 가진 우리네 이웃이었다.

하지만 언젠가 단지를 거닐다 우연히 듣게 된 주민들의 수다로 나는 더 이상 내 이미지 메이킹을 할 필요가 없음을 알게 됐다. 그들은 내가 말하지도 않은 내 이혼 사유를 떠들고 있었다. 능력 있고 완벽한 나를 감당할 수 없어 남자가 스스로 나가떨어졌을 거라고.

따지고 보면 아주 틀린 말도 아니지.

뭐? 내가 이중인격자라고? 연기자라고? 나는 묻고 싶다. 왜 사람은 한 가지 인격만 고수해야 하는가? 왜 스스로 자신을 규정하고 한계 짓는가? 그게 살아가는 데 어떤 도움이 되는가? 당신은 변하지 않는 고정된 주체인가? 자신이 고정되었다고 믿는 순간 삶이 괴로워진다. 인도의 성자 크리슈티나 툴레가 당신에게 삶의 의미를 묻는다. 그의 문제적 신간 『내맡김』. 서점에서는 구할 수 없고 오직 아티온 홈페이지를 통해서만 구할 수 있다. 메가히트 제품은 아니지만 입소문을 타고 불면증 환자들이 많이 구입한다.

내 마케팅 전략은 대성공이었다. 주민들은 나와 아티온의 제품에 지대한 관심을 보였고, 그들의 궁금증이 최고조에 달했을 때 나는 시의적절하게 제품 설명회를 잡았다. 내 직속 스폰서인 황을 설명회 강연자로 초대했다. 황은 전 세계에 딱 여섯 명이자 한국에서는 단 한 명만 오를 수 있는 아티온의 레드 다이아다.

아! 레드 다이아! 거대 피라미드의 꼭대기! 아티온에서 가장 영광된 자리!

매달 억대 연금이 나오는 레드 다이아는 아티온과 제휴한 호텔이 제공하는 럭셔리 룸과 항공사가 제공하는 퍼스트 클래스 티켓을 이용해 세계 곳곳을 여행한다. 아티온의 모든 마스터에게 성공의 아이콘이 되는 게 그들이 해야 할 유일한 일이다. 모두가 원하지만 아무나 오를 수 있는 자리가 아니다. 황의 바로 아래 계급인 나조차도 그 자리에 오르려면 앞으로 십여 년은 꾸준한 실적을 올려야 될까 말까 하다.

황은 알면 알수록 모를 인간이었지만, 레드 다이아의 자리는 다 이유가 있어서 오른 것이다. 이런 분위기에 그녀에게 판을 깔아준다? 게임은 끝났다. 그렇게 생각했다.

설명회 전날 밤. 나는 완공된 피라미드 꼭대기에 올라 깔깔 웃으며 일랑코 골드를 뿌리는 꿈을 꾸었고, 꿈 깨고도 이부자리에 누워 마저 웃었지만, 이어 설명회가 취소되었다는 부녀회장의 전화를 받고는 웃음기를 싹 거뒀다. 대체 왜 취소됐냐고 따질 수도 없었다. 간밤에 단지 안에서 사람이 죽었다. 살인마가 한 입주민의 몸을 깔고 앉아 목을 조르는 충격적인 장면이 단지 내 CCTV에 고스란히 찍힌 명백한 살인 사건이었다.

그런데 세상에. 그보다 더 충격적인 일은 그날 오후에 벌어졌다. 앞서 있었던 할아버지의 추락사도 사실은 살인 사건이었다는 양심 고백이 터진 것이다.

당시 사건을 현장에서 목격했던 경비원은 인드라망의 온라인 커뮤니티에 그때의 상황을 상세히 폭로했다. 그의 말에 따르면 정체를 알 수 없는 한 괴한이 할아버지를 옥상 난간으로 밀어붙이며 그의 목을 졸랐고, 보수 공사 중이었던 난간이 둘의 무게를 더는 버티지 못하고 기울어지자 급히 뒤로 물러선 괴한과 달리 할아버지는 난간과 함께 그대로 땅바닥으로 추락했다고 했다.

사건 현장에 첫 번째로 달려온 조합장에게 자신이 목격한 장면을 그대로 전한 경비원은 수사가 시작되면 경찰에 증언하려 했지만, 어찌 된 일인지 사건은 그대로 사고사로 마무리되었다. 알고 보니 입주가 시작된 지 얼마 안 된 아파트에서 살인 사건이 일어났다는 사실이 께름칙했던 조합장이 출동한 경찰이 함께 떨어진 난간을 보고 사고사로 가닥을 잡자, 목격자가 있다는 말을 굳이 전하지 않은 것이다. 나중에 자신이 따지고 들자, 조합장이 꽤 큰돈을 내밀어 그만 회까닥 눈이 돌아 입을 닫았다고.

아! 찬란한 내 황금빛 피라미드가 세워질 땅에 연쇄 살인이라니! 설명회가 취소된 건 둘째치고 무엇보다 단지 내의 공기가 급격히 싸늘해졌다. 이런 분위기라면 파리 퇴랑의 연구원들이 한국인의 식습관을 고려해 국내산 곡물 여덟 종을 황금비율로 담은 강력한 다이어트 보조제 라이트라이트 라이프가 힘을 발휘하기 힘들다. 라이트라이트 라이프는 올여름 해변가에서 태양보다 뜨거운 핫 보디를 뽐낼 수 있는 여성들에게 거부할 수 없는 초이스인데, 이런 분위기면 핫 보디고 나발이고 문단속 두 번 하고 집 안에 틀어박혀 뉴스나 보아야 한다.

급하게 뽑힌 새 조합장은 살인마의 모습이 담긴 CCTV 영상들을 입주민 단체 채팅방에 뿌렸다. 만나면 조심하라는 뜻이 아니었다. 만나면 때려잡으라는 뜻이었다. 하지만 범행 시각이 어두운 밤인 데다, 살인마의 모습은 카메라와 먼 거리에서 찍혔거나 후드를 깊게 눌러 쓴 모습들뿐이어서 그 얼굴을 알아보기 힘들었다. 심지어 애매한 체형이라 성별조차 불분명했다. 다만, 피해자인 남성의 필사적인 저항을 이겨내고 끝까지 목을 조르는 완력을 볼 때 아마 남자가 아닐까 예상만 할 뿐이었다.

살인마는 단지 후문 근처 흡연 구역에서 담배를 태우던 젊은 남자를 기습적으로 덮쳐 땅바닥에 넘어트리고 목을 졸랐는데, 범행의 마지막 단계엔 다소 기괴한 행동을 보였다. 자신이 깔고 앉아 목을 조르던 남자가 죽어 꼼짝도 하지 않자, 살인마는 고개를 뒤로 젖히고 하늘을 보며 몸을 부르르 떨었다. 그게 마치 어떤 쾌감을 느끼는 것처럼 보여 소름이 돋기도 했다.

여러 CCTV에 찍힌 동선으로 보았을 때, 살인마가 우리 아파트 주민은 아닌 거 같았다. 범행 전에는 그가 단지 밖에서 안으로 들어오는 모습이, 범행 후에는 단지 안에서 밖으로 나가는 모습이 찍혔기 때문이다. 금세 소문이 퍼졌다. 우리 인드라망의 집값이 수직 상승하자 주변 아파트 단지의 어느 미친놈이 배가 아파 벌인 일이라고. 그러지 않고서야 왜 굳이 우리 아파트에 침입해 애먼 사람을 죽이겠냐고. 입주민들은 넋 놓고 경찰의 수사만 기다리지 않았다. 발 빠르게 비상대책 위원회를 세운 입주민들은 빨간 머리띠를 질끈 매고, 두꺼운 각목을 하나씩 들고, 교대로 단지 내 순찰을 돌았다.

나는 비대위에 가입한 첫 번째 주민이었다. 못 박힌 각목은 늘 내 차지였다. 십여 년간 축적된 마케팅 노하우를 이곳에 모두 쏟아부었다. 이제 벽돌 하나만 올리면 완공될 황금 피라미드가 고작 변태 살인마 한 놈 때문에 무너지는 꼴을 보고만 있을 수는 없었다. 살인 사건이 한 번만 더 벌어져도 모든 게 끝장날 터였다.

지속된 밤샘 순찰로 극심한 피로를 느껴 팔아야 할 비타민 신제품을 내가 다 털어먹을 즈음, 스폰서 황으로부터 느닷없는 문자 한 통을 받았다.

— 박수봉 마스터님 어제 육백만 포인트 터졌어요! 다니

던 교회를 뚫어서 공기청정기를 육십 대 팔았다나.

오 마이 갓! ㅎㅎㅎㅎ

박수봉이라는 인물은 내 밑에 있는 사파이어 마스터인데, 한마디로 그의 포인트가 급등해 심지어는 네 자리까지 넘보고 있으니 너도 빨리 뭐라도 팔라는 압박이었다. 이 땅에 새로 세울 피라미드로 최고의 판매 실적을 쌓는 꿈을 꾸었지만, 최고 실적은커녕 겨우 차지한 내 자리마저 내주게 생겼다. 그럴 순 없다. 호적도 파고 얻은 블루다이아다.

이불을 박차고 일어나 컴퓨터 앞에 앉은 나는 그 자리에서 살인마의 기본 유형부터 시작해 「연쇄살인의 정신분석학적 이해와 형법학적 고려」라는 논문까지 독파했다. 그렇게 뜬눈으로 새벽을 관통하며 놈을 잡을 실마리를 찾던 나는 동틀 무렵 극적으로 그 이름과 마주했다.

이신영.

그녀는 무려 십여 건에 가까운 살인을 저지른 대한민국의 지명수배자였다.

그녀를 발견한 건 한 유튜브 채널에서였다. 한국의 미제 사건이나 살인 사건 등을 콘텐츠로 다루는 그 채널에선 공개된 경찰의 발표나 신문 기사들을 짜깁기해 영상을 만들었는데, 사람들의 이목을 끌어야 하니 그 포장에는 다소 과장이 있었지만, 어찌 됐든 팩트를 기초로 만든 듯 보였다. 영상에 따르면 그녀의 소개는 이랬다.

삼십대 중반인 이신영은 전형적인 쾌락형 연쇄살인마로서 한때 육십삼 킬로그램 급 유도 국가대표 상비군이었을 정도로 수준급 유도 실력을 가지고 있다. 범행 수법은 오로지 교살. 저항하는 상대의 목을 졸라 그 숨통을 끊는다. 전문가들은 그녀의 범행 모습으로 볼 때, 살기 위해 펄떡거리는 상대를 완전히 제압하는 데서 어떤 변태적인 쾌감을 느끼는 거 같다고 입을 모아 말한다.

그 외에도 여러 특이사항이 있었는데, 남자들을 훨씬 더 많이 죽인 건 놀랍다 치고, 그 많은 살인에도 경찰에게 잡히지 않은 용의주도함도 장하다 치고, 내가 그녀에게 특별히 관심을 가졌던 이유는 단 한 가지 에피소드 때문이었다.

언젠가 경찰이 그녀의 거처에 급습한 적이 한 번 있었는데, 어떻게 알았는지 귀신같이 위험을 감지한 이신영은 기막힌 방법으로 도망친다. 간발의 차이로 그녀를 놓친 경찰은 허탈한 심정으로 빈집 안에 흐르는 클래식 음악을 하나 듣게 되는데, 그렇다. 그 클래식이 바로.

레퀴엠!

오 마이 갓!

턱 밑까지 다크서클이 내려왔지만, 그 어느 때보다 생기 있는 눈빛을 번쩍이며 나는 해가 다 뜨기도 전에 관리사무소 문을 박차고 들어갔다. 이미 내 편인 관리소장에게 대충 둘러댄 나는 8층 복도에 설치된 CCTV 영상을 전부 구해 확인했고, 그 결과 충분히 수상한 점 하나를 발견했다. 옆집에 사는 이웃은 입주 후 지금껏 단 두 번만 집 밖으로 나갔다. 그것도 충분히 이상하지만, 수상하기까지 한 이유는 그 두 번의 외출 모두 살인 사건이 벌어진 날에 이루어졌다는 점이다. 나는 그중 할아버지가 살해당한 날에 이웃집에서 새어 나온 레퀴엠을 들었다. 그저 우연이 겹친 것뿐일까?

감색 운동복을 입고 외출한 이웃은 집 밖으로 나오자마자 곧바로 아파트 정문을 통해 단지 밖으로 나갔다. 야구 모자를 잔뜩 눌러써 그 얼굴을 확인할 수는 없었지만, 한 가지 공통점은 발견할 수 있었다. 그녀는 외출한 두 날 모두 살인마가 단지 안으로 들어오기 전에 단지 밖으로 나갔고, 살인마가 단지 밖으로 나간 후에 단지 안으로 들어왔다. 물론 그 두 가지 조건을 갖춘 사람이 그녀뿐인 건 아니었다. 회사에서 늦게 돌아오는 많은 사람이 그랬다. 하지만 그들 모두가 레퀴엠을 들었을까? 아니지. 다음 수사를 진행하기에는 충분히 의심스러운 구석이었다.

나는 부녀회 조직망을 총동원해 단지 앞 상가의 CCTV 영상을 닥치는 대로 구했다. 상가 앞 인도에 그녀가 찍힌 영상들을 시간 순서대로 나열해 그 대략의 동선을 파악한 나는 그 동선을 직접 달려보면서 절로 한 가지 추리를 할 수 있었다. 어딘가 수상한 이웃의 조깅 코스와 살인마보다 먼저 나가고 이후에 들어온 특징까지 더하니 딱 들어맞는 가설이었다. 비록 그 가설을 증명할 결정적 증거는 끝내 찾아내지 못했지만, 나는 그때쯤 확신했다.

옆집에 사는 여자는 평범한 이웃 김옥순이 아니라 연쇄살인마 이신영이다!

이제 그녀의 정체를 확인할 차례였다. 그녀가 눈치채고 도망가지 않도록 신중하게 접근해야 했다. 나는 우리 집에 배달온 택배기사에게 수고비를 주며 그녀의 집 앞에서 벨을 눌러보게 하고, 관리사무소에 등록된 그녀의 휴대폰 번호로 전화도 걸었지만, 그녀는 쉽게 얼굴을 보여주지도, 목소리를 들려주지도 않았다. 당연하다. 그녀는 무려 지명 수배 중이니까.

나는 다른 돌파구를 찾기 위해 심부름센터에 김옥순의 주민등록번호를 주며 그녀의 신상을 알아봐달라고 의뢰했다. 돈이 조금 들었을 뿐, 센터에서는 채 하루도 지나지 않아 그녀의 신상을 이메일로 보내줬다. 함께 첨부된 증명사진 속 그녀의 모습은 별다른 특징 없는, 평범한 삼십 대 여성이었다.

부산 사하구 지음보육원 출신…….
부산에서 초중고 졸업 후, 식품 공장, 식당, 옷 가게 등을 떠돌며 근무…….
삼 년 전 상경…….

부산 토박이라. 그 정보로 옆집에 사는 그녀가 이신영인지 확인할 방법은 찾지 못했지만, 최소한 그녀가 김옥순인지 아닌지는 가려낼 방법을 찾았다.

며칠 후, 옆집의 아래층에 사는 702호 여자와 안면이 있던 나는 그녀가 평소 관심을 보이던 제품을 손수 가져다준다는 핑계로 그녀의 집 앞으로 찾아갔다. 나는 그녀가 관심 있던 제품 외에도 여러 종류의 화장품 샘플을 선물했고, 입이 귀에 걸린 그녀의 집 앞에서 성심성의껏 제품을 설명했다. 이런 상황에서 이제 그만 집으로 돌아가겠다고 했을 때, 보통의 이웃이라면 빈말이라도 한마디 안 할 수 없다.

"아유, 가시게요? 들어와서 차라도 한잔하고 가시지."

"그럼 그럴까요?"

그녀의 얼굴에 당황한 기색이 역력했다. 소파에 널브러져 평화롭게 야구를 보던 그녀의 남편은 갑자기 들이닥친 불청객 때문에 어색하게 웃으며 안방으로 쫓겨났고, 샤워 후 팬티 바람으로 나온 그녀의 장성한 아들은 서프라이즈 파티에 자신의 방으로 후다닥 뛰어들어갔다. 그녀가 예정에도 없던 손님맞이를 부랴부랴 하는 동안 나는 주방 식탁에 앉아 천장을 노려보았다.

이신영. 너 거기 있지?

702호 여자가 가져온 이름도 맛도 전혀 기억나지 않는 차를 마시며 시간을 끌던 나는 자꾸 혼자 무슨 소리가 들리는 척 고개 들어 천장을 노려보았다. 적당한 간격을 두고 똑같은 행동을 서너 번 반복한 나는 더 이상은 도저히 못 참겠다는 표정으로 인터폰의 수화기를 들어 802호를 호출했다. 휴대폰이야 무음으로 하든 꺼놓든 신경 끌 수 있겠지만, 내가 알기로 이 인터폰의 요란한 호출음을 벗어날 방법은 수화기를 들어 받는 거 외에는 없다. 아니나 다를까 끈질긴 호출 끝에 결국 그녀는 수화기를 들었고 나는 기다렸다는 듯이 쏘았다.

"아니, 시끄러워 죽겠네! 지금 시간이 몇 신데 쿵쿵거려요! 발에 망치를 달았어요? 시대가 어느 땐데 이 야심한 시간에 슬리퍼도 안 신고 다녀요!"

702호 여자가 '옴마, 이 여자 알고 보니 성깔 있네?' 하는 표정으로 쳐다보았지만 내 이미지 챙길 때가 아니었다. 한바탕 쏟아부은 나는 그녀의 대답을 토씨 하나 놓치지 않으려고 귀를 쫑긋 세웠다. 잠시간 침묵이 이어진 뒤 수화기 너머에서는 그토록 기다렸던 한마디가 들려온 후 연결이 끊겼다.

"우리 집 아니에요."

완벽한 표준어였다. 사투리라고는 단 하나도 섞이지 않은. 부산 토박이인 김옥순에 비해 이신영은 서울에서만 삼십 년을 넘게 살았지. 그래, 김옥순은 분명 인드라망에 들어오기 전에 죽었다. 방금 내게 말한 사람은 김옥순을 죽이고 그녀의 명의를 이용해 살고 있는 이신영이다. 보육원 출신에 떠돌이 생활을 한 김옥순은 행세하기에도 적격이었겠지.

곧 그녀를 경찰에 신고해 포상금을 받는 뻔한 수순이 생각났지만 아직은 일렀다. 반복된 우연의 일치와 수상한 구석들이 한가득 있었지만, 여전히 그녀가 이신영이라는 확실한 증거도, 살인을 저질렀다는 명백한 증거도 없었다. 그 당시 단지 내에 나와 내 제품들에 대한 호기심이 빠르게 식어가는 분위기를 느꼈던 나는 불현듯 그녀가 김옥순이 아닌 이신영임을 밝히면서 내 피라미드도 더욱 견고해질 수 있는 근사한 계획을 떠올렸다.

참나. 위기는 왜 꼭 기회일까? 세상일이란.

공부한 바에 따르면 이신영은 전형적인 쾌락형 연쇄살인마다. 사람을 죽인 후 비정상적인 쾌감을 느끼고, 클래식을 들으며 자신만의 의식을 치른다. 이 쾌락형 연쇄살인마들은 좀처럼 살인 충동을 참지 못한다. 아니, 참을 필요가 없다. 그들에겐 경찰에게 쫓기는 일도 하나의 흥미로운 게임이니까. 이신영이 유독 그렇다. 수배 중에도 잡을 테면 잡아보라는 듯 일을 벌였고, 이곳에 와서도 짧은 기간에 벌써 두 건의 살인을 저질렀다. 그녀가 마지막 살인을 저지른 지도 벌써 두 달 남짓. 이신영은 조만간 다시 모습을 드러낼 거다. 그녀가 자신이 살인마임을 증명하는 칼을 꺼낼 때, 모두가 그 섬뜩한 칼을 두 눈으로 볼 때, 그때가 바로 내가 그녀를 잡을 최적의 타이밍이다. 극적인 순간에 보란 듯이 살인마를 잡아 인드라망에서 가장 신뢰하고 믿을 수 있는 최고의 이웃이 되리라!

나는 관리사무소에 설치된 승강기 원격감시시스템을 이용해 우리 동의 엘리베이터가 8층에서 멈출 경우 내게 바로 연락해 달라고 관리소장에게 당부했다.

— 지선 님! 방금 멈췄어요!

내가 사는 동의 8층 라인에는 나와 그녀의 집만 있다. 내가 아닌 누군가가 8층에서 엘리베이터를 잡는다면? 살인에 굶주린 이신영이 허기를 채우려고 나왔겠지.

— 오케이! 비대위 소집해요!

그녀가 집 밖으로 나오기만을 오매불망 기다리며 집 안에서 대기 중이던 나는 일전에 파악한 동선을 참고해 어렵지 않게 그녀의 뒤를 따라잡았다. 감색 운동복에 검은 야구모자 차림의 그녀는 예상대로 상가가 늘어선 단지 앞을 지나 두 갈래로 나누어진 길 앞에 멈춰 섰다. 슬쩍 주변을 둘러본 그녀는 실개천이 흐르는 잘 가꾸어진 산책로를 무시하고 재개발 판정을 받아 주택 허무는 작업이 한창인 구역으로 들어섰다.

그렇지! 내가 일전에 그녀의 동선을 파악했을 때 가장

수상하게 여긴 점이 바로 이 수상한 조깅 코스였다. 그녀는 왜 잘 가꾸어진 멀쩡한 산책로를 두고 이런 황폐한 길을 달릴까? 나는 아마 CCTV를 피하기 위해서일 거라고 추측했고, 그녀는 내 추리를 증명하기라도 하듯 어쩌다 CCTV가 남아 있는 구역으로는 아예 진입조차 하지 않았다. 으슥하고 험한 길로만 뛰었다.

주변은 막 어둑해지기 시작했다. 사람이 떠나 꺼진 가로등 하나 없는 폐허는 더더욱 캄캄했다. 묵묵히 달리던 그녀가 점차 속도를 줄이더니 한 폐가 앞에 우뚝 멈춰 섰다. 철거가 부분 진행되어 반쯤은 무너진 집이었다. 그녀가 폐가의 붉은색 대문을 열었다.

내 추리가 맞았다. 그녀는 아마 저 폐가 안에 여벌의 옷을 가져다 뒀을 거다. 그중 하나로 옷을 갈아입고 아파트 단지 안으로 들어간 후, 살인이 끝난 다음엔 다시 이곳으로 돌아와 집을 나올 때 입었던 운동복으로 갈아입고 단지 안으로 들어가리라. 살인마가 단지 밖 사람이라는 트릭을 걸고, 자신의 동선도 파악하기 어렵게 만든 것이다!

아차! 흥분한 나머지 나도 모르게 발밑의 나뭇가지 하나를 밟았다. 기척이 느껴졌는지 그녀가 대문을 열다 말고 번쩍 뒤를 돌아보았다. 나는 재빨리 검은 벽 뒤로 숨었다. 다시 한번 주변을 두리번거린 그녀는 곧 대문을 마저 열고 폐가 안으로 들어갔다. 먼 거리인 데다 주변이 어두웠으니 검은 벽 뒤에 숨은 검은 블라우스 차림의 나를 보지는 못했을 것이다. 게다가 내가 놀랍도록 민첩하게 반응했다. 그러고 보면 요즘 내 몸이 전과 다르게 날래다. 생기 있고 또 활기차다. 왜? 나는 비타 7500을 먹으니까! 몸은 쌩쌩! 머리는 팽팽! 지친 일상에 활력이 필요한 현대인들에게 비타민 A부터 Z까지 총 26종의 비타민을 함유한 비타 7500은 미 식품 의약국 FDI의 기준도 모두 충족해 믿을 수 있는 일등 건강 기능식품이다.

그녀가 집 안으로 들어간 사이 휴대폰 애플리케이션으로 내 위치를 공유받던 관리소장과 부녀회장, 비대위원들이 속속들이 현장으로 도착했다. 나와 눈으로 신호를 주고받은 그들은 살금살금 걸어 그녀가 들어간 집의 문 옆에서 각목을 치켜들고 대기했다. 다른 옷으로 갈아입은 이신영이 밖으로 나오는 순간, 그때 그녀를 덮칠 것이다. 곧 폐가 안에서 인기척이 느껴졌고 드디어 내 이웃이 문을 열고 그 모습을 드러냈다.

문밖으로 나온 그녀는 들어갈 때 옷차림 그대로였다.

심지어 문밖으로 나오며 처음 마주한 그녀의 얼굴은 이신영이 아니었다.

어? 왜? 잠시 뇌 기능이 멈추었을 때, 비대위원 하나가 두꺼운 각목으로 그녀의 뒤통수를 냅다 후려쳤다. 악 소리와 함께 바닥에 쓰러진 그녀를 비대위원들이 달려들어 사정없이 밟았다. 뒤늦게 정신을 차리고 그 속으로 뛰어든 나는 그녀 대신 발길질 세례를 받으며 그들을 말렸다.

발길질이 겨우 멎자, 엎드려 머리를 감싸 쥐고 있던 그녀가 뒤통수를 부여잡으며 서서히 몸을 일으켰다. 말리던 와중에 누군가에게 코를 정통으로 맞은 나 역시 붉은 코피를 뚝뚝 흘리며 그녀의 얼굴을 자세히 관찰했다. 눈가에 눈물이 그렁그렁 맺힌 그녀는 수배 전단에 박힌 째진 눈에 다소 날카로운 인상의 이신영이 아니었다. 그녀는 눈도 크고 부드러운 인상을 가진, 내가 증명사진으로 확인했던 그 김옥순의 얼굴을 하고 있었다.

내 추리를 경청하고 감탄했었던 관리소장과 부녀회장이 그녀가 나온 폐가 안으로 냉큼 뛰어들어갔다. 폐가 안에는 사람이 임시로 마련해준 듯한 작은 거처가 있었고, 그 거처의 주인으로 보이는 길고양이 두어 마리가 우습다는 듯 나를 보며 야옹, 하고 울었다. 숨겨둔 옷가지 따위는 보이지 않았다.

때아닌 봉변에 여간 서러웠는지 김옥순은 폭포수처럼 쏟아지는 눈물에 연신 얼굴을 훔치며 집으로 향했다. 관리소장과 부녀회장은 물론이고 소집된 비대위원들 모두 차가운 표정으로 내게서 등을 돌렸다. 마치 내 등 뒤에 있는 반쯤 허물어진 집처럼, 내 황금 피라미드가 와르르 무너지는 소리가 들렸다.

어디서부터 잘못됐을까? 어깨가 그대로 드러나는 찢어진 블라우스를 입고, 붉은 코피를 줄줄 흘리면서도 나는 그 자리에 주저앉아 오직 한 생각에 빠졌다.

나는 왜 평범한 이웃 김옥순을 연쇄살인마 이신영이라고 확신했을까? 살인 사건이 일어났던 날에만 이웃이 집 밖을 나온 점? 수상하긴 하지만 그럴 수도 있는 일이다. 살인 사건이 벌어진 날 클래식을 들었다는 점? 김옥순이라고 클래식을 안 들으란 법 있나? 그리고 내가 그때 들었던 그 클래식이 레퀴엠이 확실한가? 부산 토박이가 사투리를 전혀 쓰지 않는 점? 아니, 이건 팩트 자체가 틀린 질문이지. 그녀의 신상이 적힌 메모에는 버젓이 삼 년 전 상경했다는 사실이 적혀 있다. 서울에서 생활한 삼 년 동안 사투리를 뜯어고쳤다고도 생각할 수 있는 일이다. 아니, 어쩌면 그때 인터폰으로 들었던 그녀의 대답에 사투리가 다소 섞여 있음에도 불구하고 알아차리지 못했을수도 있다. 왜? 나는 그녀를 의심하고 있었으니까. 듣고싶지 않았던 거다.

내게 옆집에 사는 이웃은 김옥순이 아니고 이신영이어야만 했다. 그래서 길고양이를 가엽게 여겨 거처도 마련해주는 이웃을 나는 사람 죽이는 연쇄살인마로 몰았다. 어쩌다 내가 그렇게 됐을까? 블루 다이아라는 자리가 나를 그렇게 만들었나? 곧이곧대로 사람을 보지 않고 모든걸 내 사업과 연관 지어보도록? 지선아, 너는 묘하게 서늘해. 전남편은 그래서 그런 말을 했을까? 과연 나는 지금 이대로 괜찮은 걸까?

꺼진 티비에 비친 모습을 보며 한참 나 자신을 되돌아볼 때, 누군가 우리 집 현관문을 두드렸다. 문을 열자 옆집에 사는 이웃이 온화한 미소를 지으며 서 있었다. 그녀를 집 안으로 들인 나는 그간 내가 왜 그녀를 의심했는지전부 설명하며 다시 한번 사과를 구했다. 그 설명 중에짧게 들은 그녀의 대답으로 유추하자면, 그녀는 상경 후얻은 직장에서 외지인 취급을 받아 독기를 품고 사투리를 뜯어고쳤고, 또 그 직장에서 스트레스를 많이 받은 탓에 공황을 겪어 퇴사 후 이곳에 입주한 뒤 밖으로 외출하기를 꺼린 듯했다.

내가 그런 사람을 무려 살인범으로 손가락질했음에도 불구하고 그녀는 나를 따뜻한 미소로 위로했다. 그 미소와 상냥함에 나도 모르게 눈물이 터져 나왔다. 이렇게 선한 이웃을 살인마로 몰았다. 나는 그녀에게 이런 내 모습이 혐오스럽다며 자책했다.

"지선 씨는 그렇게 나쁜 사람 아니에요. 얼굴도 모르는 이웃한테 귀한 약도 선물해 주셨잖아요."

옆으로 다가온 그녀가 내 손을 따뜻하게 감싸 쥐었다. 그녀의 얼굴을 가까이서 보자 아까 어두워 보지 못했던 특징들이 비로소 눈에 띄었다. 그녀는 최근에 쌍꺼풀 수술을 한 모양이었다. 예쁘게 잘 됐다. 그러고 보니 김옥순이 쌍꺼풀이 없었나?

"지선 씨가 주신 그 눈 건강식품 정말 효과가 좋더라고요. 제품명이 아이조아인가?"

아래턱에 채 아물지 않은 칼자국을 보아하니 턱도 깎았다. 불현듯 이웃이 예전에 택배로 받았던 화장품의 주성분인 브로멜라사이드의 다른 효능이 생각났다. 브로멜라사이드는 피부과뿐만 아니라 성형외과 의사들도 많이 추천한다. 성형 후 피부 재생을 돕는 데 탁월한 효과를 보여서.

"아이조아 먹고 정말 시력이 좋아진 거 같아요. 아까도 원래라면 어두워서 못 봤을 텐데. 어떻게 벽 뒤에 숨는 선생님이 딱 보이는지."

당연하다. 아티온의 밀리언셀러 아이조아는 마리골드 꽃 추출물인 루테인, 비타민A 등 시력에 도움을 주는 성분이 최대로 함유되어 당신의 눈 건강에 탁월한…….

쾅!

그녀가 내 뒤통수를 움켜잡아 식탁에 그대로 내리꽂았다. 순간 정신을 잃었다가 다시 차린 나는 어느새 거실 바닥에 뻗어 있었다. 옆에서 김옥순, 아니 이신영이 담배 한 개비를 꺼내 입에 물었다. 바닥에 누워 올려본 그녀의 모습이 마치 나를 금방이라도 가볍게 밟아 죽일 거인처럼 보였다.

허연 연기를 길게 내뱉은 그녀가 못마땅한 시선으로 나를 내려다보았다.

"어떻게든 한국에서 살아보겠다고 얼굴도 갈았는데, 아무리 생각해도 여기서 사람 죽이며 살긴 글렀다. 고맙다, 알게 해줘서."

나는 황급히 몸을 일으켜 무릎을 꿇고 그녀에게 싹싹 빌었다.

"살려주세요."

그녀가 피식 웃었다.

"어떻게 생각해? 살려줄 거 같아?"

아니. 죽일 거 같아. 그녀의 변태 같은 표정과 말투로 답을 들은 나는 벌떡 일어나 주변에 잡히는 물건을 되는대로 그녀에게 집어던졌다. 그러다 던진 화분 하나가 그녀의 이마빡에 정통으로 맞았지만 내 앞으로 다가오던 그녀의 발걸음만 잠시 멈추게 했을 뿐, 그녀는 전혀 타격이 없어 보였다. 뒤통수에 두꺼운 각목을 정통으로 맞고도 훌훌 털고 일어난 여자다. 타고난 강골이리라.

결국 내 코앞까지 다가온 그녀가 억센 손으로 내 옷깃을 휘어잡았다. '좋아, 힘 싸움 한번 해볼까?'라고 생각한 순간 나는 이미 바닥에 내다 꽂혀 거실 천장을 멍하니 봐야 했다. 아, 이제 내 몸 위에 올라타고 내 목을 조르겠지. 내 숨이 끊어진 걸 확인하고는 또 변태처럼 고개를 뒤로 젖혀 한껏 느끼겠지.

아! 머릿속에 그녀의 세리머니가 떠오르자 동시에 내가 살 길도 떠올랐다. 벌떡 일어선 나는 주방으로 내달렸다. 그녀가 내 뒷모습을 보며 우습다는 듯 조롱했다.

"주방은 왜 가나. 밥하게?"

나는 조리대의 칼 통에서 섬뜩한 식칼을 꺼내 움켜잡고, 다가오는 그녀를 향해 위협적으로 휘둘렀다.

"아, 칼질하시게?"

가소롭다는 듯 웃은 그녀는 성큼성큼 다가와 칼을 든 내 손을 가볍게 휘어잡았다. 우악스러운 손힘에 나는 식칼을 허무하게 바닥에 떨어트렸다. 그대로 번쩍 내 목을 움켜잡은 그녀는 허리가 뒤로 젖혀지도록 나를 조리대 상판에 밀어붙이고 목을 졸랐다. 숨이 턱 막혔다. 정신이 점점 아득해졌다. 나는 그녀의 양손에 몸을 맡긴 채 눈을 감고 그대로 축 늘어졌다.

잠시 뒤, 내가 더 이상 미동하지 않자 그녀가 그 특별한 의식을 시작했다. 내 목을 조르던 손에 힘을 풀고, 고개를 뒤로 젖혀 천장을 봤다. 이때다. 그녀의 눈이 까뒤집힌 순간! 바로 그 순간이 내가 살 길이 열리는 타이밍이다! 식칼? 그건 내 트릭이었다. 나는 조리대 벽에 걸린 프라이팬의 손잡이를 야무지게 움켜잡고 방심한 그녀의 머리통을 냅다 후려갈겼다.

쾅!

이신영이 까뒤집힌 눈 그대로 그 자리에서 졸도했다. 각목으로 뒤통수를 맞고도 버틴 그녀라 하더라도, 마빡에 화분을 맞고도 멀쩡한 그녀라 하더라도 어쩔 수 없다. 그 아무리 대단한 용가리 통뼈라고 해도 이 프라이팬만큼은 버틸 수 없다. 왜?

쎄보라 프라이팬은 지구상에서 가장 구하기 어렵다는 신소재인 시브라늄으로 만든다. 미합중국 항공우주국 NASA에서 인공위성의 외장재를 만들 때 사용하기도 하는 시브라늄은 탱크처럼 강력하면서도 깃털처럼 가볍다! 그에 더해 쎄보라만의 차별화된 공법으로 만든 여덟 겹 압축 보디는 당신을 향해 날아오는 총알도 가뿐히 막아낸다!

잠시간 정신을 잃고 뻗었던 이신영은 내가 그녀의 손발을 꽁꽁 묶은 직후에야 발작하듯 깨어났다. 그녀 앞에 의자를 놓고 앉은 나는 바둥거리는 그녀를 한동안 지켜보았고, 곧 보란 듯 경찰서에 전화를 걸었다.

"이신영, 찾았어요."

용건을 짧게 전한 나는 흥분한 경찰의 다른 말은 더 듣지도 않고 우리 집 주소를 불러주고 전화를 끊었다. 아직 늦지 않았다. 지금이라도 내가 이신영을 잡았다는 사실을 단지 내에 알리고 다시 설명회를 개최하면⋯⋯.

"야. 내 현상금 얼마냐? 이억이냐? 내가 더 줄게."

결박을 풀기 위해 다소 기괴한 몸짓으로 기를 쓰던 이신영은 마음대로 안되는지 곧 나를 설득하려 들었다.

"너 같으면 '아, 진짜?'하고 풀어주겠냐? 뭘 믿고? 그리고, 이억? 이신영 씨 일억이에요. 내가 지금 고작 일억 벌려고 이러는 것도 아니고."

"그럼 뭔데? 정의의 사도냐?"

어차피 이제 감방에서 평생 썩을 인생. 경찰이 오려면 시간도 남았겠다 나는 그녀에게 근사한 내 플랜을 설명했다. 내가 언제부터 이 땅에 거름을 뿌렸고, 단지 내의 주민들을 통해 쌓을 수 있는 포인트가 얼마고, 그간 얼마나 수준 높은 마케팅을 펼쳤는지. 그녀는 내 설명을 듣고 감탄해야 했지만, 그저 한동안 낄낄 웃더니 겨우 웃음을 틀어막고 중얼거렸다.

"열심히 산다."

"뭐?"

"아니야. 그래. 그럼 네 말대로 되면 너 그 뭔 다이아?"

"레드 다이아."

"그래. 그거 되냐?"

"그건 안 돼. 스폰서 황이 쌓은 포인트가 어마어마하거든. 게다가 내가 포인트를 쌓을 때마다 황이 몇 프로 먹기도 하고."

"와, 개고생은 네가 다 하는데 돈 버는 건 그년이네."

마치 자신의 일인 듯 억울한 표정을 짓던 그녀가 금방 섬뜩한 미소를 짓더니 말했다.

"야. 내가 너 레드 다이아 만들어줄까?"

"너 공기청정기 오백 대 팔아올 수 있어? 아니면 옥장판 천 개 팔 수 있어?"

"그걸 어떻게 팔아. 난 하나도 못 팔아."

"그럼?"

"황이 죽으면 되잖아."

그 순간, 내 머릿속에 고정된 어떤 틀이 깨졌다. 그건 그렇지.

"네가 개 바로 다음이라며. 내가 개 죽이면 네가 레드 다이아 되는 거 아니야?"

아, 맞다. 너 연쇄살인마였지.

"야. 그렇게 사는 거 지겹지 않냐. 그게 사는 거냐? 그렇게 비누 팔고, 치약 팔고. 나는 혀 깨물고 뒤지면 뒤졌지 너처럼 미련하게는 못 산……."

쾅!

나는 쎄보라로 다시 그녀의 뒤통수를 후렸다. 이웃은 말을 기분 나쁘게 하는 재주가 있었다. 문득 식탁에 덩그러니 놓인 이신영의 담뱃갑을 발견한 나는 그 안에 남은 마지막 담배 한 개비를 꺼내 물고 라이터 불을 붙였다. 아, 씨발. 오 년을 끊었는데. 한 모금 깊숙이 빤 나는 거실에 뿌연 연기를 내뿜으며 그녀의 마지막 말을 곱씹었다.

'황이 죽으면 되잖아.'

그때 내 휴대폰이 진동했다. 스폰서 황이 개인 SNS에 게시물을 올렸다는 알림이었다. 현재 유럽을 여행 중인 그녀는 개인 계정에 아무 설명도 없이 사진 한 장만 달랑 게시했다.

어디인지는 모르겠지만 숨 막히게 아름다운 해변이었다. 맑고 높은 하늘과 짙푸른 바다가 끝없이 펼쳐져 있었다. 그 사진을 보는 것만으로도 상쾌한 바닷바람이 내 얼굴에 닿는 듯했다. 그리고, 사진 끝에 살짝 걸린 그녀의 맨발. 모래사장의 흙이 잔뜩 묻은 그 자유로운 맨발. 그 발이 내 발이었어야 했다. 지금 내가 그 자리에 있어야 했다.

나는 우리 집에 찾아온 경찰을 현관 앞에서 돌려보냈

다. 집에 들어오면서 이신영처럼 생긴 여자를 보았는데, 신고하고 다시 보니 어디론가 사라졌다고 적당히 둘러댔다. 허탈한 표정을 지은 경찰은 상부에 연락해 주변 수색을 요청하며 발걸음을 돌렸다.

다시 거실로 돌아오니 이웃은 고단했는지 드르렁 코까지 골며 곤히 자고 있었다. 배짱 하나는 알아주는 언니다. 그녀의 몸을 흔들어 깨운 나는 그녀의 눈을 마주 보며 다정하게 말했다.

"걱정되고 불안하시죠? 그게 다 앞날이 불투명해서 그래요."

잠이 덜 깼는지, 내 말이 말 같지 않아서인지 그녀가 멍한 눈으로 나를 쳐다보았다.

"미래가 보장되는 괜찮은 계획이 하나 있는데, 들어보실래요?"

그렇게 우리는 좋은 이웃이 되었다. 나는 그녀 덕분에 레드 다이아의 자리에 올랐고, 그녀는 나 덕분에 이 나라에서 김옥순으로 계속 살 수 있었다. 나는 그녀가 살인만 하며 살면서도 생활에 문제가 없도록 주로 금전적인 면을 도왔다. 서로가 서로의 스폰서가 된 이후 이웃은 지금껏 다섯 명을 더 죽였는데, 한번은 냄새를 맡은 경찰이 옆집에 사는 내게 찾아와 물었다.

옆집에 사는 여자 수상하지 않아요? 네? 802호요? 얼마나 친절한 이웃인데요!

나는 스폰서 황 외에도 둘을 더 죽였다. 아, 물론 내가 아닌 내 친절한 이웃이. 레드 다이아가 된 이후, 나는 분명 전보다 훨씬 윤택한 생활을 하긴 했지만 광고했던 것과 달리 레드 다이아가 받는 대우에는 다소 과장된 면이 있었다. 내 생각보다 늘 조금은 부족했다. 처음에는 스폰서 황 외에는 더 죽일 사람이 없을 줄 알았는데, 더 나은 미래를 위해서 죽어야 할 사람은 계속 생겨났다.

지금 막 옆집에서 레퀴엠이 새어 나온다. 박수봉이 죽었다. 박수봉은 다니던 대형 사찰을 뚫어서 신도들에게 옥장판 사백 개를 팔았다. 업계 언어로 다단계 천재라 불리는 그는 매출 포인트만으로 레드 다이아인 내 자리마저 노렸다. 그 때문에 얻는 이익도 상당했지만 내 자리를 내줄 수는 없었다.

이제 이 이야기를 처음 시작할 때로 되돌아가겠다. 당신은 어떤가? 얼마나 마음을 열고 이웃과 지내는가? 여기 내 경험에서 알 수 있듯 그 어떤 이웃의 허물도 당신과 함께라면 얼마든지 득이 될 수 있다. 그러니 지금 옆집을 찾아가라. 그와 함께하고, 특별한 이웃이 돼라!

아, 빈손으로 갈 생각은 아니겠지? 내 이웃을 위기에서 구한 일등 눈 건강식품 아이조아를 사 가거나, 나를 죽음에서 구한 쎄보라 프라이팬을 사 가라. 품질은 지금까지 다 들었지 않나? 아티온은 최고의 제품만 취급한다.

아니면, 지금 이 이야기가 담긴, 당신이 보고 있는 이 책을 사도 좋다. 이 책을 읽은 이웃이라면 서로에게 다른 말을 하지 않아도 좋은 지침이 될 거다. 일이 잘 돼간다면 지금 이 이야기를 담은 책이 전국 서점에서 절찬 판매 중일 거다. 일이 더 잘 된다면 베스트셀러가 될 것이다. 그래. 그랬으면 좋겠다.

2
형사 3이
죽었다

형사 3이 죽었다.

그 소식을 처음 들었을 때, 나는 제작부 박 부장이 운전하는 승합차의 뒷좌석에 앉아 있었다. 밖은 막 떠오른 해가 힘겹게 어둠을 극복하는 중이었고, 나는 성에가 가득 낀 차창 밖으로 망연한 시선을 두고 있었다. 운전 중 걸려 온 전화를 받은 박 부장이 통화 상대에게 놀라 되물었다.

"형사 3이 죽었다고?"

처음엔 그 말이 그저 형사 3이 죽는 장면을 촬영했다는 뜻인 줄 알았다. 하지만 뒤이어 들리는 그의 당혹한 어조가 형사 3이 영화 속이 아닌 실제 현실에서 죽었음을 충분히 짐작케 했다. 짧은 답을 몇 번 더 하고 전화를 끊은 그가 심각한 표정으로 중얼거렸다.

"이거 큰일 났네."

나와 함께 뒤에 타고 있던 단역들 중 주민 1이 재빨리 물었다.

"누가 죽어요?"

"형사 3이 죽었다고 하네요."

이번엔 조수석에 타고 있던 주민 2가 놀라 물었다.

"네? 왜요?"

"어젯밤에 술 마시는 장면 촬영하는데, 형사 3이 마시던 소주 안에 농약이 들어가 있었대요. 참 나, 이게 무슨."

그때까지 풍절음만 가득하던 차 안은 형사 3이 죽었다는 소식에 사람들의 말소리로 소란스러워졌다. 형사 3 나이가 몇이냐, 자식은 있냐, 어떻게 이런 일이 생기냐, 나 역시 이전 현장에서 몇 번 마주쳤던 그의 얼굴이 머릿속에 떠올라 안타까운 마음이 들었지만 그 애도가 그리 오래가지는 않았다.

이번 영화에서 범인 3 역할을 맡은 나는 오늘 밤 예정된 내 촬영 분량은 어떻게 되는 건지, 어쩌면 이 일로 영화 제작이 아예 무산되는 건 아닌지 걱정하며 다시 차창 밖으로 시선을 돌렸다. 진눈깨비에 젖은 황량한 밭과 홀로 쓸쓸해 보이는 외딴집들만 차갑게 나를 스쳐 지나갔다. 문득, 무명 배우는 죽어도 이름이 아닌 형사 3으로 불리는구나 싶어 쓴 침을 한번 삼켰다.

*　*　*

초등학교 5학년 때 교내에 연극제가 있었다. 선생님의 지시에 우리 반도 고전을 하나 골라 연극을 준비했다. 내가 어쩌다 그 역을 맡았는지는 기억나지 않지만 어쨌든 나는 나무였다. 온통 밤색으로 칠한 종이를 몸에 두르고 조잡하게 만든 초록색 잎사귀를 손에 든 후 나무랍시고 뒤에 가만히 서 있는, 그게 내 생에 첫 번째 맡은 역할이었다.

우리 반 차례였다. 앞에서 연기를 하던 아이 중 하나가 과하게 몸을 움직이다가 그만 뒤에 서 있던 나를 덮치며 내 발을 세게 밟았다. 발등에 떨어진 불 같은 통증에 나는 그만 나무의 본분도 잊고 크게 소리를 지르고 말았는데, 그게 그렇게 재미있었는지 앞에 있는 수백의 또래 관객들이 일제히 나 하나만 바라보며 깔깔 웃었다. 통증이 싹 물러나고 정신이 아득해졌다. 형언할 수 없는 기운이

나를 감싸 온몸이 녹았다. 비록 순식간에 지나간 일이지만, 내가 배우의 꿈을 갖게 하는 데에는 한 치의 모자람도 없었다.

***

짙은 잿빛의 아스팔트를 삼십 분 정도 더 달려 로케이션 장소인 시골 마을에 도착했다. 스포츠머리를 한 젊은 제작부원 하나가 우리를, 아니 정확히 말하면 그의 상관을 마중 나와 기다리고 있었다. 차에서 내린 박 부장에게 그가 현장의 상황을 빠르게 보고했다. 새벽에 들이닥친 경찰들이 이미 현장을 한차례 휩쓸고 갔으며, 영화의 주연배우는 형사 3의 빈소가 마련된 병원에, 감독과 조연출 및 일부 스태프들은 경찰서에 가 있어 현재 촬영은 완전히 중단된 상태라고 했다. 그의 보고를 들으며 마을 초입으로 걸어 들어가자 어제 그 사건이 벌어진 작은 정자가 눈에 들어왔다.

그곳의 모든 게 어젯밤 그대로 얼어붙어 있었다. 피사체 없이 멀뚱히 서 싸늘한 바람을 고스란히 맞는 카메라, 해가 더 밝았지만 여전히 높이 걸린 조명, 평상 위 낭자

한 음식 찌꺼기와 정자를 사각으로 둘러친 경찰의 통제선이 어제 이곳에서 심상치 않은 일이 벌어졌음을 말하고 있었다.

잠시 정자를 둘러본 우리는, 곧 제작진이 쉼터로 빌렸다는 마을의 한 강당으로 향했다. 그곳 옥상은 오늘 밤 촬영이 예정된 장소이기도 했다. 정자로부터 걸어서 약 오 분 거리만큼 떨어져 있는 강당은 황량한 들판 한가운데 덩그러니 있어 한껏 외로운 느낌을 풍겼다. 가까이 다가가 보니 오래된 흔적들이 여기저기 눈에 띄었다. 누리끼리한 외벽은 갈라지고 벗겨져 보기 흉했고, 그 아래로는 잡초들이 너저분하게 널려 있었다. 경첩에 녹이 슬었는지 회색 철문을 열자 기분 나쁜 삐거덕 소리가 났다. 그 안의 광경도 바깥과 다를 바 없었다. 투박한 검은색 커튼과 앉으면 그대로 부서질 것만 같은 낡고 긴 나무 의자들이 강당 안을 둘러쌌다. 천장에 드문드문 달린 전등은 수명을 다했는지 그 광질이 음침했고, 뭐라 꼬집어 말할 수 없는 고약한 냄새도 가득해 그 안에 들어선 나는 대번에 기분이 불쾌해졌다.

강당 안에는 몇몇 스태프와 단역이 아침 된바람을 피해 끼리끼리 모여 있었다. 고개를 두리번거려 누군가를 찾아낸 박 부장이 곧바로 그를 향해 성큼 걸어갔다. 평소라면 조연출을 찾아 다음 지시를 받았겠지만, 그가 없는 관계로 우리는 강당에 들어가서도 그의 뒤를 따랐다.

박 부장이 찾아간 사람은 장발을 한 중년의 미술팀 실장이었다. 그는 손에 든 작은 나무판자 하나를 허공에 보란 듯이 흔들며 앞에 세운 팀원들을 한창 닦달하는 중이었다.

"누구냐? 긴장 안 하냐? 평소에 정신 놓고 다니니까 뭘 칠한 줄도 모르고 막 만지지. 이러니까 사람이 죽어, 안 죽어?"

한 면 전체를 빨갛게 칠한 나무판자는 귀퉁이의 한 부분만 나무색이 드러나 있었다. 촬영 소품으로 쓰려고 빨간 페인트를 칠했는데 누군가가 그게 다 마르기도 전에 실수로 만진 모양이었다. 화가 날 수도 있는 상황이었지만 어제 벌어진 일 때문인지 내 눈에는 그가 공연한 화풀이를 하는 것처럼 보였다. 우리가 다가가는 소리를 들었는지 고개를 돌린 그가 박 부장을 알아보고는 금방 울 듯한 표정을 지었다.

"박 부장님! 큰일 났습니다!"

처음부터 자세히 말해보라는 박 부장의 말에 그가 하

소연하듯 어제의 이야기를 들려줬다.

"어제 낮에 강당 옆 들판에서 주인공 이미지 컷 있었거든요. 준비 다 하고 촬영 들어가는데 감독님이 갑자기 고개를 갸웃하더니 잡초가 생각보다 너무 많다고 하시는 거예요. 그러니까요. 저번에 와서 다 보셨으면서 갑자기 딴소리하신 거죠. 배경이랑 앵글을 바꿀 수는 없고, 촬영 딜레이 돼도 좋으니까 잡초를 좀 제거한 다음 찍어야겠다고. 어휴. 아시잖아요 성격. 언제 사람 붙어서 하나하나 뽑아요. 풀 숏인데. 조연출이랑 상의해서 아예 농약을 치기로 했어요. 미경이한테, 미경이요? 우리 막내요. 근처 농가 가서 농약을 좀 빌려 오라고 했어요. 다시 돌려주기에는 농가가 꽤 멀리 있으니까 아예 빈 병을 하나 가져가서 거기에 농약을 담아 오라고 했거든요. 그랬더니 걔가 생각 없이 소품으로 준비해 온 병 하나를 들고 간 거예요. 예비도 있으니까 제 딴에는 문제 될 거 없다고 한 건데, 뭐, 걔 생각대로 농약을 담은 병은 다 쓰고 버리면 되니까 촬영에 문제 될 일은 없었어요. 빌려 온 농약을 분무기에 담고 다 쓴 병을 미경이한테 주고는 혹시라도 소품이랑 섞일까 싶어서 바로 버리라고 했죠. 그러고 나서 미경이가 강당 옆에 있는 쓰레기통에 그 병을 버리는 걸

제가 분명히 봤거든요? 근데 그게 어쩌다가 촬영에 쓸 빈 병들에 섞였는지 술 마시는 장면을 찍다가 그 난리가 난 거예요."

그 후 이어진 둘의 대화까지 정리해서 본 사건의 전말은 이랬다. 어젯밤 정자에서 술 마시는 장면을 촬영하기 위해 미술팀에서 미리 특정 제품의 소주병 몇 개를 준비해 가져왔다. 그 제품은 이천 년대 중반까지 이 지방에서만 팔았던 것으로 영화 속 시대와 배경을 한 번에 보여줄 수 있어 감독이 특별히 미술팀에 주문했던 것이다. 촬영에 쓰인 소주병은 총 여덟 병. 그중 일곱 병은 다 마신 것처럼 빈 상태로 평상 위에 올려 두고 단 한 병에만 실제 소주를 채워 술 마시는 장면을 촬영했는데, 유일하게 소주를 채운 빈 병이 어찌 된 일인지 농약을 담았던 그 병이었던 모양이다.

만약 소주가 아닌 물이 섞였다면 이상한 맛을 느낀 형사 3이 바로 뱉었을지도 모르지만, 알코올과 섞인 극소량의 농약은 눈치채지 못했는지 그는 연거푸 잔을 비웠고, 결국 열 번째 테이크까지 진행한 촬영이 끝나자마자 토사물을 한가득 쏟아내며 고통스러워하다 그대로 목숨을 잃고 말았다.

그들이 나누는 대화 중간중간 무언가 석연치 않은 부분이 있었지만 내가 그걸 반추해 볼 새도 없이 강당에 지역 경찰 하나가 들이닥쳤다. 다른 용무로 강당을 찾은 듯 보이는 그가 스태프들의 쏟아지는 질문 세례에 현재까지 밝혀진 수사 내용 몇 가지를 먼저 털어놓았다.

형사 3이 마신 농약은 티스푼 반 정도의 양만 체내에 들어가도 치사량인 제품이다. 그 위험성 탓에 몇 년 전부터 판매가 금지된 건 물론이고 이미 사서 가지고 있는 것도 반납하지 않으면 과태료를 물어야 하지만, 워낙 그 효과가 탁월해 이미 대량으로 구입한 농가에선 몰래 다른 병에 담아 쓰고 있는 흔한 농약이다. 현장의 모든 병을 수거해 조사한 결과, 형사 3이 마신 술이 담긴 그 병 하나에서만 농약 성분이 검출된 걸로 보아 그 농약을 담았던 병이 그대로 소품 안에 섞인 걸로 보인다.

설명을 마친 경찰이 이번엔 스태프들에게 물었다.

"김미경 씨라는 분이 미술팀이라고 했나요?"

미술팀 실장이 대뜸 나서 답했다.

"네. 우리 막내예요."

경찰이 이제 그를 보고 물었다.

"죽은 남자 배우랑 김미경 씨 사이가 이상하고 그러진

않았어요?"

그 의심이 역력한 질문을 듣자마자 실장이 성난 표정
으로 쏟아냈다.

"무슨 사이가 어때요. 말도 한 번 안 섞어 봤을 텐데.
아니, 미경이는 대체 왜 끌고 가서 그래요. 걔가 농약이
담긴 병을 쓰레기통에 버린 거, 그때 있던 배우, 스태프
들 다 봤다니까요? 그저 연예인 가까이서 보고 싶다는 이
유로 처음 영화 스태프 된 여자앤데 그 쪼그만 애가 무슨
이유로 사람을 죽여요."

그의 말이 끝나자마자 연출부원 하나도 나서 함께 그
녀를 변호했다.

"맞아요. 미경이도 일이 그렇게 되고 계속 우리한테 그
말 하면서 울었어요. 내가 병 버린 거 다들 분명히 봤으
면서 나한테만 왜 이러냐고. 미경이가 아니고 다른 누가
병을 바꿔치기한 걸 수도 있잖아요."

물론 그럴 수도 있지만 그의 말이 맞다 하더라도 풀리
지 않는 점이 하나 있다. 마침 나와 같은 생각을 했는지
조명팀의 누군가가 나 대신 말했다.

"누가 일부러 병을 바꿨다고 해도 이상한 거 아니에
요? 빈 병 여덟 개 중에 딱 하나만 선택해서 술을 채웠는

데 그게 그 농약이 들어 있는 병이 될 줄 어떻게 알았겠어요? 완전히 우연이잖아요. 그 빈 병 중에 하나를 선택해서 소주를 채운 건 감독님인데 그럼…….”

거침없이 말하던 그가 덜컥 말을 멈추고는 놀란 표정을 지었다. 그것이다. 이것이 단순한 사고가 아닌 살인 사건이라면 병을 바꾼 것만으로는 부족하다. 바꾼 그 병을 선택해 그 안에 술을 채워야 한다. 이 범죄는 그제야 비로소 완성된다. 방금 스태프가 한 말대로 그중의 한 병을 선택해서 술을 채운 사람이 감독이라면 적어도 미술팀 김미경보다는 그가 더 유력한 용의자다. 우연이라고 하더라도 더 치명적인 우연이다. 우리가 무슨 생각을 하는지 안다는 듯 경찰이 대수롭지 않게 말했다.

“지금 다 조사 중이니까.”

그는 어제 사건이 일어난 그 장면을 찍은 영상을 가져가야 한다며 뒤늦게 용건을 말했고, 촬영팀 중 누군가가 원본을 복사해 주겠다며 그를 강당 한구석으로 안내했다. 기다리는 동안 간이 탁자 위에 있는 노트북으로 나를 포함한 몇몇이 문제의 그 장면을 다시 돌려봤다.

시나리오상 그 장면이 나오게 된 경위는 이렇다. 서울의 특수부 형사팀이 조직적으로 벌어지는 연쇄 강도 살인 사건을 추적한다. 끈질긴 수사로 사건의 실마리가 조금씩 풀리던 중, 영화의 주인공인 형사팀장의 아내를 범인 패거리의 누군가가 경고처럼 살해한다. 이후 형사직을 비롯해 모든 걸 내려놓은 형사팀장은 강원도로 와 과거의 기억을 지우려 한다. 시간이 흐른 후 그의 옛 팀원들이 시골 마을에 있는 그를 찾아오고, 오랜만에 재회한 그들은 마을의 한 정자에서 거나하게 술을 마신다.

장면이 시작되면 형사 1은 비틀거리며 오줌을 누러 간다. 형사 2는 만취해 테이블에 쓰러진다. 형사팀장은 형사 3의 빈 잔에 소주를 따른다. 평소 그를 존경해 따르던 형사 3은 괴로운 표정으로 연신 소주를 들이켠다.

"남자답게 잘생기긴 했네, 장현이."

경찰이 모니터 속 형사팀장을 보고 눈치 없는 말을 던졌다. 주인공인 형사팀장 역할은 대한민국 최고의 톱스타 장현이 맡았다. 경찰의 말에 모두가 잠깐이나마 장현을 쳐다봤지만 나만큼은 형사 3에게서 눈을 뗄 수 없었다. 그는 딱할 정도로 연기를 못했다. "제가 죽일 놈입니다. 팀장님!" 술잔을 비운 후 하는 그 단 한 줄의 대사를 제대로 소화 못해 테이크는 점점 늘어났다. 그럴 때마다 그는 독배를 들었다. 어설픈 그의 연기가 그의 죽음을 재촉한 셈이다. 테이크가 끝날 때마다 짜증스럽게 외치는 커트 소리에 감독의 스트레스가 고스란히 느껴졌다. 감독의 눈치를 살피는 형사 3의 얼굴에 내 모습이 자연스럽게 겹쳤다.

***

중고교 시절에는 나보다 더 강렬하게 배우를 염원하는 사람을 보지 못했다. 그때는 열의가 곧 역할이었기에 나는 늘 주인공이었다. 연습은 즐거웠고, 무대는 황홀했고, 극이 끝난 뒤에 오는 유명세에 행복했다. 그때 나는 분명 내가 주인공인 세계에 살았다.

그 세계는 성인이 되자 와르르 무너졌다. 그제야 마주한 바깥세상엔 연기에 미친 놈들이 가득했다. 우물 안에 있을 때야 내가 꽤 잘난 얼굴인 줄 알고 거들먹거렸지만, 바깥으로 나오니 나보다 더 건방지게 굴어야 할 인물들이 차고 넘쳤다. 열정도, 재능도, 그 어느 것 하나 특별한 구석이 없게 된 나는 더 이상 이 세계의 주인공이 될 수 없었다. 회사원 1과 상사의 뒷말을 했고, 군인 2가 되어 험한 산을 올랐고, 양아치 3과 함께 땅바닥에 침이나 뱉었다. 감독보다는 조연출의 지시를 받았고, 그마저도 연기에 대한 이야기가 아닌 내 촬영 시간이 미뤄지게 되었다는 통보가 거의 전부였다.

어쩌다 대사라도 하나 있는 역할을 맡으면? 그 한마디로 누군가의 눈에 들길 바라며 수천 번 웅얼거렸다. 나역시 저 독배를 기꺼이 받았을 거다.

문득 형사 3의 죽음이 계획된 살인이라면, 범인이 꽤나영리한 방법을 썼다는 생각이 들었다. 연기 연출을 지독히 하기로 유명한 감독이 실제 술을 마시며 연기하자고제안할 걸 예상해 독의 맛을 숨기고, 감독의 말이라면 불구덩이에라도 뛰어들 단역배우의 성향을 이용해 그 독배를 기꺼이 받게 하고, 같은 장면을 반복해 촬영하는 영화제작의 특성을 활용해 연거푸 그걸 마시게 하면서도 정작 자신은 영화라는 이름 뒤에 숨었다.

내가 그 치밀한 수법에 감탄하는 사이, 여덟 번째 테이크에서 대본에 없던 즉흥 연기가 나왔다. 평상에 엎드려있던 형사 2가 몸을 천천히 일으키더니 농약이 들어 있는 술병을 들어 자신의 잔에 따르려고 했다. 그 순간, 모니터를 지켜보던 모두가 실제 영화를 관람하는 것처럼탄성을 내며 긴장했다. 다행히 그 시도는 미수에 그쳤다.

주인공인 장현이 "넌 그만 마셔." 하며 그를 제지하는 즉흥 연기로 받은 것이다. 그럼에도 형사 2는 몸을 흐느적거리며 다시 자신의 잔에 술을 따르려 했고, 장현은 재차 그걸 말렸다. 그제야 형사 2는 평상 위에 다시 엎드렸다. 누군가가 재미있다는 듯 말했다.

"장현이 사람 하나 살렸네."

나만 그렇게 봤던 걸까? 내 눈에는 그때 장현이 더없이 당황하는 것처럼 보였다.

＊＊＊

어둠의 찌꺼기조차 싹 가신 아침이 되자 강당 앞에 파란색 밥차 하나가 등장했다. 차를 꾸민 모든 장식은 물론 함께 나타난 젊은 여성들의 옷 색깔도 모두 파란색이었다. 밥차는 극성스럽기로 유명한 장현의 팬들이 돈을 모아 준비한 거였다. 장현이 가장 좋아하는 색이 파란색이라고 해 그들의 컬러 역시 그것이 됐다. 모든 게 무채색인 시골 풍경 한가운데에 저 혼자 새파란 밥차를 보고 있자니 나는 필요 이상으로 불쾌한 기분이 들었다.

현장 분위기가 어딘가 썰렁한 걸 의아하게 여긴 그녀

들에게 스태프 하나가 어젯밤 벌어졌던 사건을 이야기해 줬다. 파란 그녀들은 순간 눈을 크게 떴지만, 어쩌면 오늘 장현의 얼굴을 보지 못할 수도 있겠다는 아쉬움이 금세 그들의 얼굴을 뒤덮었다.

그들이 그렇게 받드는 장현도 처음엔 그저 그런 아이돌이었다. 시원한 이목구비와 훤칠한 키를 가지고 있었지만, 그 정도 인물은 연예계에 수두룩했다. 아이돌로는 힘들다고 판단했는지 후에 팀을 나와 배우로 전향했지만, 그럼에도 한동안 고전을 면치 못했다.

그러던 어느 날, 뜬금없는 기사 하나가 인터넷을 도배했다. 한 불량 학생 무리에게 괴롭힘당하던 왕따 여학생을 장현이 몸싸움까지 해가며 직접 구했다는 기사였다. 한동안 어디를 가나 그 이야기였다. 티브이만 틀면 그가 나왔다. 심지어 뉴스에도 나왔다. 그 기사 하나가 그의 인생을 뒤바꿨다. 정의로운 국민 청년 이미지를 갖게 된 그는 그해 조연으로 출연한 영화까지 시기적절하게 터지면서 일약 톱스타가 됐다. 그 후로는 하는 영화마다, 부르는 노래마다 장현이 하면 안 되는 게 없었다. 아니, 내가 볼 땐 그때부터는 잘될 일만 그에게 돌아갔다. 학창 시절 지역에서 유명한 문제아였다거나, 폭력적인 성향이 있다거나 하는 잡음도 잠깐 들렸지만 거대하게 커진 그에게 작은 상처 하나 내지 못하고 소멸했다.

나는 밥차 앞에 세워진 그를 본떠 만든 입간판을 마주봤다. 서른셋인 그와 나는 동갑이다. 나 역시 시원한 이목구비를 가졌다는 소리를 자주 들었다. 키는 그보다 내가 조금 더 크다. 연기? 그 누구도 내가 그보다 한 수 아래라고 말할 수 없을 거다. 그런데 우리는 왜 다른 세계에서 살까? 나는 그걸 그저 운명이라고 받아들여야 할까?

박 부장이 이미 온 밥차를 돌려보낼 수도 없다며 현장에 남은 사람들에게 식사를 권했다. 사람들은 하나둘씩 밥차 앞에 차려진 간이 테이블을 채웠다. 온통 파란 게 영 불쾌했지만 허기가 느껴지는 건 어쩔 수 없어 나 역시 밥과 반찬을 떠가지고는 구석 자리에 앉아 입 안에 음식을 밀어 넣었다.

그때였다. 강당 앞에 경찰차 한 대가 불쑥 나타나더니 뒷좌석에서 두 사람을 토해내고는 오던 길 그대로 되돌아갔다. 둘은 어젯밤 촬영에 참여했던 형사 1과 2였다. 지친 표정의 형사 2는 차에서 내리자마자 강당으로 향했지만, 형사 1은 그대로 밥차로 향하더니 식판 하나를 집어들고는 수북하게 음식을 쌓았다. 새벽에 나와 같은 차를 타고 왔던 주민 1이 원래 알던 사이였는지 손을 번쩍 들어 그에게 수신호를 보냈고, 그걸 본 형사 1이 주민 1의 테이블로 냉큼 와 앉았다.

"아주 타이밍 좋게 왔네. 경찰서에서 조사받은 거야?"

"형식적인 거지 뭐. 우리가 무슨 죄가 있어."

형사 1은 결국 스태프 중 하나의 과실이 아니겠냐며 음식만 줄기차게 입에 넣었다. 글쎄, 그렇게 간단히 말하기에는 미심쩍은 부분이 한둘이 아니다. 주민 1이 밥을 뜨다 말고 다시 형사 1에게 말을 걸었다.

"근데 참, 시나리오 보니까 원래 형사 2가 술 먹는 역할이던데?"

옆에서 그들의 대화를 훔쳐 듣던 나는 급히 가지고 있던 시나리오를 뒤졌다. 과연 그의 말대로 원래 술을 마시는 역할은 형사 2였다. 형사 3은 평상에 엎드려 자는 역할이었다. 둘의 역할이 바뀐 것이다. 형사 1이 입 안에 있는 음식을 우물거리며 태연히 말했다.

"아침에 감독이 스태프들한테 그러데. 오늘 밤에 형사 2, 3 역할을 바꿀 거니까 맞춰서 준비하라고."

"왜? 갑자기?"

역시 감독이 뭔가 수상하다고 생각하는데, 형사 1이 주변을 한 번 두리번거리더니 작은 목소리로 수군거렸다.

"장현이 부탁했지 뭐."

"장현이? 왜?"

"형사 3이랑 둘이 같은 소속사야. 친한 친구고."

***

흔한 일이다. 톱스타가 출연하는 영화에 같은 소속사 배우가 마치 딸린 상품처럼 들어가 없던 역할도, 대사도 생기는 일들. 특히나 이렇게 클리셰투성인 시나리오에, 첫 작품 이후로는 하는 영화마다 말아먹는 감독에, 믿을 거라고는 오직 장현이라는 톱스타 하나뿐인 영화에선 그보다 더한 요구를 해도 제작사는 거부하기 힘들다. 일단 영화는 찍고 봐야 하니까.

이 바닥에 오래 있는 동안 그런 일을 목격한 적이 한두 번이 아니지만, 이번엔 유독 꺼림칙한 기분이 들었다. 당연하다. 그 요구 하나로 죽을 사람이 바뀌었다.

강당 구석에 자리 잡은 나는 스마트폰으로 장현이 속한 소속사 홈페이지에 들어가 배우 명단에서 형사 3의 얼굴을 찾았다. 그의 간단한 이력이 나와 있었다. 이름은 박성진. 나이는 서른셋. 연기 경력은 2년. 그동안 그가 출연했던 작품들의 목록을 보니 하나같이 장현이 주인공인 영화였다.

그의 이력 중 날 멈칫하게 만든 게 하나 더 있었다. 그는 나와 같은 대학 출신이었다. 동년배인 그를 학교에서 보지 못한 걸로 보아 그의 전공이 연기는 아닐 거라는 생각을 하고 있을 때, 내 뒤로 다가온 누군가가 내 어깨를 툭 하고 건드렸다.

"조연출이 없어서 이름도 모르네. 범인 3님이죠?"

숏컷을 한 이 영화의 시나리오 작가가 청량한 목소리로 나를 불렀다. 전날 현장에 구경차 온 그녀는 사건이 터지자 혼자만 빠져나갈 상황이 아니라 그대로 눌러앉았다고 한다.

"이따 밤 촬영에 대사 하나만 바꿔요."

내 옆에 앉은 그녀가 날 찾아온 용건을 시원하게 밝혔다. 나는 내 대사를 바꾸는 거보다 오늘 밤 촬영을 예정대로 진행한다는 사실이 더욱 놀라웠다.

"……촬영해요?"

"하겠죠?"

"사람이 죽었는데요?"

대본을 손으로 획획 넘기던 그녀가 내 물음에 귀찮다는 듯 덧붙였다. 오늘을 마지막으로 이 영화에서 장현의 출연분 촬영은 모두 끝난다. 당장 내일부터 약 두 달간의 해외 투어 콘서트 계획이 있어 그는 오늘 밤 촬영을 끝으로 한국을 떠나야 한다. 오늘 예정된 촬영을 하지 못하면 영화 전체의 제작 일정이 두 달이나 미뤄질 뿐만 아니라 제작비도 무시 못 할 만큼 추가된다. 중요한 장면이라 안 찍을 수는 없으니 분명 오늘 촬영해서 끝낼 거라고.

그녀의 말대로라면 나도 딱히 나쁠 건 없었다. 오늘 밤 촬영분은 이 영화에서 하나뿐인 내 대사가 있는 장면이니까.

그녀가 들고 있던 대본에 무언가를 갈겨 쓴 후 내게 내밀었다. 내 대사는 이렇게 바뀌었다.

[(비굴하게) 살려 줘!]

오늘 밤 촬영 예정인 장면은 건물 옥상에서 벌어지는 일이다. 다시 뭉친 형사팀은 끈질긴 추적 끝에 마침내 범인 1, 2, 3을 검거한다. 경찰의 신분을 내던진 그들은 한 건물의 옥상을 취조실처럼 사용해 그들에게 보스의 정체와 행방을 묻는다. 그때 내가 장현에게 하는 대사는 [네 아들은 무사할 것 같냐?]. 그 뒤로는 내 말을 듣고 흥분한 장현이 긴 대사를 하며 되레 나를 위협한다.

상투적인 대사지만 나는 그 상황만큼은 꽤나 마음에 들었다. 어쨌든 주인공과 대사를 주고받으니 짧은 시간 나를 드러내기에 좋은 장면이라고 생각했다. 그렇게 생각했던, 그간 수없이 연습하며 여러 톤을 준비했던 그 대사가 지금 막 바뀌었다. 나는 마음속 끓어오르는 불덩이를 찍어누르며 내 곁을 떠나려는 그녀에게 물었다.

"왜 바뀐 거예요? 갑자기."

어쩌면 내게 미안할 법도 한데, 그녀는 그런 기색 하나 없이 실토했다.

"장현 배우 지금 장례식장에 있는 거 알아요? 지금 도저히 연기할 수 있는 상태가 아니래요. 원래 장면 마지막에 긴 대사 있었잖아요. 도저히 마음이 심란해서 못 하겠다고 연락왔어요. 시나리오 좀 수정해 달라고."

한마디로 톱스타의 편의를 봐주려 단역의 하나 있는 대사를 바꾼 것이다. 방금 막 그녀가 휘갈긴 내 대사를 노려봤다. 지금껏 내가 해왔던 그 어떤 대사보다 마음에 들지 않았다.

***

　장담하건대 치열하게 살았다. 방구석에 처박혀 담배 연기나 내뿜으며 세상이 어쩌니 예술이 어쩌니 나불대지 않았다. 누구보다 더 이 현실에 똑바로 발을 붙였다. 그런 내 앞에 끈질기게 나타나 추악한 이빨로 날 물어뜯는 괴물은 역시 돈이었다.

　연기를 해서가 아니라, 연기를 하기 위해서 돈을 벌었다. 변동이 잦은 촬영 일정 탓에 정기적으로 출퇴근하는 일은 할 수 없었다. 피하고 싶었지만 결국 공사 현장 만한 일터가 없었다. 발이 얼고 살이 텄다. 이른 새벽, 무거운 포대를 지고 허리가 휘면서도 앞으로 한 발자국씩 내디디며 밤에 할 대사를 중얼거렸다. 우습게도 나는 그런 나를 다그쳤다. 내 능력이 부족하다. 더 노력해야 한다. 끼니 굶어 모은 돈으로 무술과 악기를 배웠다. 나는 그렇게 현실을 존중했지만 그건 방금 또 나를 배신했다.

　그래. 이대로는 안 된다. 다른 계기를 만들어야 한다. 마치 장현이 그랬던 것처럼.

***

어쩌면 뛰어내릴 수도 있겠다 싶은 마음으로 강당 옥상에 올랐다. 한 현장에서 하루 차이로 형사 3과 범인 3이 연달아 죽는 조금은 우스꽝스러운 상상을 하며 옥상 문을 열었을 때, 난간 한편에서 대사 연습을 하던 형사 2와 눈이 마주쳤다. 뻔히 봤는데 모른 척할 수 없어 나는 그의 곁으로 가 마음에도 없는 인사를 건넸다.

"안녕하세요."

그가 살짝 고개 숙여 내 인사에 답했다. 내가 뻔한 서두를 꺼냈다.

"어떻게 이런 일이 다 생기는지. 영화 찍다가 사람이 죽고. 그렇죠?"

그는 귀찮다는 표정만 지을 뿐, 뻔한 대답 하나 하지 않았다. 오기가 생겼는지, 아니면 누군가와 이야기를 하고 싶었는지, 나는 전혀 그런 성격이 아닌데도 괜히 빈말을 꺼내 그의 대답을 유도했다.

"촬영본 봤는데 아저씨도 큰일 날 뻔하셨어요."

"네."

그가 짧은 대답으로 나와 더 할 얘기가 없다는 의사를

확실히 밝혔다. 두 번이나 무시당한 나 역시 더 말하고 싶은 마음이 싹 가셔 그저 먼 산이나 멀뚱히 봤지만, 옆에서 쉴 새 없이 들리는 그의 어색한 대사가 자꾸 내 귀를 찔러 혼자만의 시간도 온전히 가질 수 없었다. 참, 이놈이나 저놈이나 연기를 어디서 배웠는지.

"저기요. 제가 얼굴 몇 번 보지도 않은 사이에 이런 말 하기 좀 그렇기는 한데요. 대사는요. 글로 외우는 게 아니라 뜻으로 외우는 거예요."

그가 나를 무표정으로 쳐다봤다. 실수했나 싶었지만 이미 뱉은 말이었다.

"글로 외우고 말하니까 딱딱한 거예요. 그거 토씨 하나 똑같이 하는 게 중요한 게 아니에요. 다른 말을 해도 대사가 전달하는 의미랑 같으면 그게 더 맞는 거예요."

"아저씨, 연기 몇 년 했어요?"

멍청하게도 나는 기다렸다는 듯이 답했다.

"이십 년이요. 왜요? 그쪽은요?"

"사 년요. 아저씨, 그럼 이 영화에서 아저씨 대사가 뭐예요?"

머뭇거리던 나는 그와 눈도 못 마주치고 머저리같이 웅얼거렸다.

"살려 줘……."

"이십 년 연기했는데 대사가 '살려 줘' 하나인 사람 조언을 내가 따라야 해요?"

어쭙잖은 충고를 하려다가 되레 한 방 먹은 나는 그에게서 고개를 돌리고 먼 산만 바라봤다. 뜬금없이 그에게 산 이야기를 꺼낸 나는 곧 스스로가 우스꽝스러워 웃음이 터졌고, 그 역시 그 상황이 우스웠는지 곧 나를 따라 웃기 시작했다. 그 웃음 한 방에 데면데면했던 우리 관계가 급속도로 허물어졌다. 우리는 이어 단역끼리 고개 끄덕일 수 있는 대화들을 나눴고 결국 그 자리에서 호칭까지 편하게 했다. 내가 그보다 세 살 많았다.

"네가 원래 그 역할이었다면서?"

"네, 그게 다행인지 참 그렇게 됐어요."

"그러니까 그게 다행인지 개 같은 건지, 아무튼 친구는 잘 두고 봐야지."

슬며시 웃던 그가 묘한 표정을 지으며 의외의 말을 꺼냈다.

"근데 실은 둘이 친구라기보다 좀 관계가 그랬어요. 장현이 쩔쩔매더라고요."

"왜? 약점이라도 잡혔나?"

내가 농으로 던진 말에 형사 2가 진지하게 답했다.

"네. 뭐 단단히 잡혔던데."

의외의 대답에 놀란 내가 그를 향해 고개를 돌리자 그가 곧 긴 이야기를 털어놓았다.

"이번 영화 하면서 형사팀끼리 술 많이 마셨거든요. 난 좋았죠. 장현이랑 친해지면 나쁠 거 있어요? 아무튼 그러면서 알았어요. 둘이 고등학교 동창인걸. 근데 한때 장현이 그런 소문 있었잖아요. 학창 시절에 지역에서 유명한 문제아였다든가 뭐 그런. 그게 진짜 같은 게 가끔 사람이 좀 거칠다는 느낌을 받았어요. 술 들어가면 특히. 그런데 형사 3, 그러니까 성진이 형은 더 했어요. 가끔씩 장현을 고압적으로 대하는데 그때마다 장현이 꼼짝도 못 하더라고요. 혹시 예전에 그 사건 기억해요? 장현이 무슨 여학생을 구출해서……."

"응. 왜?"

"그게 실은 장현이 어쩌다 술 먹고 길거리에서 고등학생 하나를 두들겨 팼는데 걔가 학교 일진이었대요. 마침 그 자리에 괴롭힘당하던 여학생도 함께 있어서 소속사가 그렇게 수습해 기사가 나간 거래요. 돈 좀 썼다고. 성진이 형이 그런 이야기를 하면서 막 웃는데, 그게 좀 민감한 이야기인데도 장현이 뭐 꼼짝을 못해요. 그리고……."

무슨 이야기를 이어 하려던 그가 말을 멈추고 잠시 망설였다. 내가 참지 못해 막 재촉하려고 할 때 그가 결심했는지 다시 이야기를 이었다.

"그저께 밤에도 촬영 끝나고 우리끼리 또 정자에서 술 마셨거든요. 넷이 한 열댓 병쯤 마셨나? 형사 1 형은 구석에서 쓰러져 자고 나도 좀 가물가물할 때였는데, 어쩌다 둘이 말다툼을 하기 시작했어요. 그때 죽은 성진이 형이 장현한테 이런 말을 했어요."

너 씨발놈아. 너 옛날에 내가 가지고 다니던 폴더폰 기억나냐? 검은 거. 거기 있는 거 내가 한번 까? 그거 까면 너는 씨발……. 근데 뭐? 뭐라고?

"다음 날 정자에서 할 촬영 준비한다고 스태프들이 가끔씩 왔다 갔다 하면서 듣는데 내가 다 민망하더라고요. 장현은 얼굴이 사색이 돼서 꼼짝도 못 하고. 진짜 뭐가 있긴 있나 싶었죠. 성진이 형 연기 전공도 아니에요. 제대로 배운 적도 없고. 소속사도 장현이 그냥 꽂아준 거죠."

"잠깐, 그리고 바로 그다음 날 배역이 바뀐 거야?"

"그런 거죠 뭐."

갑자기 복잡한 사건이 단순해졌다는 느낌이 들었다.

"경찰 조사받을 때 그 얘기했어?"

"왜 해요 그런 얘기를. 쓸데없이."

"왜긴 왜야. 당연히 해야지."

"연기 그만둘 일 있어요? 괜히 얘기 새어 나가서 장현이나 회사가 알면 어쩌려고요. 나랑 같은 처지니까 형한테나 이야기한 거지."

"지금 연기가 문제냐? 사람이 죽었는데. 살인 사건이 일어났잖아!"

"살인이요?"

"그래. 살인."

"누가요?"

"누구긴 누구야. 장현이지."

"증거 있어요?"

"전날 밤에 그렇게 협박했다며. 그러고 나서 다음 날 죽었고……, 그리고……."

나는 입을 다물 수밖에 없었다. 이젠 그가 날 다그쳤다.

"그리고요? 장현이 농약이 들어 있는 병으로 바꾼 걸 본 사람 있어요? 그 바뀐 병에 장현이 술을 채웠어요?"

병을 바꾼 것도, 또 어떻게 바꾼 병에 감독이 술을 채우게 했는지도 나는 몰랐다. 결국 나는 초라한 동의를 구했다.

"아니, 의심스럽지 않아?"

"그렇게 의심스러우면 형이 가서 말해요. 내 얘기는 하지 말고."

그사이 감정이 격해진 나는 그에게 필요 이상으로 모욕적인 말을 했다.

"그래 뭐. 그렇게 장현 빨아주고 하면 걔가 너 어디 영화에라도 출연시켜 줄지 모르지. 똑똑하네, 너."

내 말을 무시한 그가 시나리오에 눈을 두자 나는 쓸데없이 한마디를 더 붙였다.

"대사 연습은 왜 하냐? 어차피⋯⋯."

"아 씨발 진짜!"

내 말을 거칠게 밀친 그가 성난 뒷모습을 보이며 옥상을 빠져나갔다. 나는 그가 사라진 옥상 문을 한동안 바라보다가 곧 대본을 뒤집어 시나리오를 새로 썼다.

톱스타의 치명적인 약점을 잡고 있는 형사 3은 그간 끊임없이 그를 협박했다. 톱스타는 형사 3을 자신의 소속사에 넣어주고 영화에도 여러 번 출연시키지만 그는 점점 더 과한 요구를 한다. 결국 이번 영화에서도 감독에게 부탁해 그에게 대사까지 준다. 톱스타는 생각한다. 형사 3의 존재는 결국 내게 큰 걸림돌이 될 것이다. 언젠가는 그가 내 날개를 꺾고 날 추락시킬 것이다. 그런 생각을 하던 중 그는 목격한다. 한 스태프가 농약이 담긴 병을 쓰레기통에 버리는 장면을. 그의 파란 마음이 검어진다. 감독의 연출 성향으로 볼 때 아마도 진짜 술을 마시며 하는 연기를 요구할 것이다. 아침에 배역을 바꾼 덕에 술 마시는 역할은 마침 형사 3이다. 강당 옆 쓰레기통에서 아까 버린 병을 몰래 꺼내 강당 안으로 들어가 촬영에 쓸 소주병들과 섞어 둔다. 여기까지다. 현재 내가 쓸 수 있는 시나리오는 결국 여기까지다. 감독이 어떻게 저 병에 술을 따르게 했을까? 혹시 그와 공모한 걸까? 아니면 그저 우연히 그 바꾼 소주병에 따르길 기도한 걸까?

아니 그보다, 나는 지금 왜 이렇게 그를 의심할까?

***

나는 형사 3의 죽음이 철저히 계획된 살인이라는 증거부터 찾아야 했고, 그 증거는 결국 그 순간을 촬영한 장면에 숨겨져 있을 거라고 생각했다. 강당 안으로 들어간 나는 모든 촬영본을 담당하는 젊은 남자 스태프의 뒤로 다가갔다. 막 점심을 먹고 졸음이 밀려오는지 의자에 앉은 그는 마치 병든 닭처럼 졸고 있었다. 나는 한껏 어두운 얼굴을 하고 그의 옆으로 가 말을 걸었다.

"저…… 부탁 하나만 해도 될까요?"

잠이 덜 깬 그가 흐리멍덩한 눈으로 나를 가만히 올려봤다.

"실은 성진이가 저랑 같은 대학을 다녔거든요. 아, 그러니까 죽은 그 형사 3이……."

여전히 내가 무슨 말을 하는지 모르겠다는 듯 그가 어리벙벙한 표정을 지었다. 나는 아랫입술을 한 번 지그시 깨물고는 이어 말했다.

"혹시, 그 친구 마지막 연기하는 모습을 좀 볼 수……."

그리고 눈물을 꺼냈다. 울먹이는 내 모습을 당황한 표정으로 바라보던 그가 상황 파악이 됐는지 곧 나보다 더 슬픈 표정을 짓고는 앉아 있던 자리에서 일어나 내게 의자를 내줬다. 멀리서 나를 수상하게 바라보는 형사 2의 눈빛이 느껴졌다. 흥. 연기는 이렇게 하는 거다.

나는 정자에서의 촬영 장면을 첫 테이크부터 다시 보

기 시작했다. 아까는 대수롭지 않게 여긴 장면들이 사정을 다 알고 봐서 그런지 수상하게 느껴졌다.

네 번째 테이크였다. 형사 3이 대사를 더듬어 NG가 났다. 막 평상 위로 올라온 연출부원 하나가 형사 3이 마신 만큼 다시 병에 소주를 채우려는 장면에서 뒤늦게 영상이 멈췄다. 생각해보면 방금 봤던 장면에서처럼 보통 저런 일은 연출부원이 한다. 그런데 처음 병에 술을 채운 사람은 감독이라고 했다. 왜 감독이 그런 일까지 직접 했을까? 혹시 자신이 무언가 표시한 병에 직접 술을 채우기 위해서라면 그건 누가 봐도 의심스러운 일이다. 그 결과로 지금 그는 경찰서에 있다.

그다음 테이크였다. 형사 3이 즉흥 연기를 했다. 만취한 척 평상을 손으로 세게 내려쳐 바로 옆에 놓인 빈 병하나가 쓰러졌다. 장현이 쓰러진 병을 다시 제자리에 놓고 상황은 계속됐다. 나는 그 테이크가 꽤 마음에 들었다. 형사 3의 즉흥 연기도 좋았고, 장현도 자연스럽게 받았으며, 마지막 대사도 모처럼 자연스러웠다. 하지만 그 테이크는 감독의 오케이 사인을 받지 못했다. 왜일까? 나는 테이블 위에 있는 스크랩북을 집어 들어 방금 전 테이크의 NG 사유를 찾았다. 거기엔 이렇게 적혀 있었다.

[평상에 다시 놓인 소주병의 상표가 정면으로 보임.]

상표? 영화 속 시대와 장소를 보여주려 일부러 준비한 소품인데 왜 상표가 드러나면 안 될까?

그때부터 나는 평상에 놓인 빈 소주병 위주로 장면을 봤는데, 그러자 곧 아무래도 이상한 점 하나가 눈에 띄었다. 평상 위에 다시 세팅한 빈 소주병의 상표를 카메라에 정면으로 보여주는 테이크가 단 하나도 없었다. 기껏해야 상표의 옆 부분이 살짝 보인다거나, 다른 병에 겹쳐 잘 보이지 않게 됐다. 누군가가 병을 건드려 살짝 움직이기라도 하면 다음 테이크 때는 여지없이 상표가 잘 보이지 않도록 세팅을 하고 촬영했다. 카메라를 향해 상표를 정면으로 드러내는 병은 단 하나뿐이었다. 장현이 형사 3에게 술을 따라 주는 그 소주병, 딱 그것 하나뿐.

나는 다섯 번째 테이크를 다시 돌려봤다. 형사 3의 애드리브로 쓰러져 장현이 평상 위에 다시 세운 그 소주병을 특히 자세히 봤다. 그러자 비로소 보였다. 병의 상표 중앙에 있는 아주 작은 흠집을. 동시에 내 머릿속에서 무언가가 번뜩였다. 그대로 자리를 박차고 일어난 나는 스크립터를 찾아가 다짜고짜 물었다.

"감독님이 술을 채운 병 하나 빼고는 다른 병들의 상표에 전부 흠집이 있었나요?"

그녀는 얼떨떨한 표정을 지으면서도 곧 줄줄이 털어놓았다.

"네. 촬영 시작 직전에 미술팀이 촬영에 쓸 병들을 가져왔는데, 병에 붙어 있는 상표가 이동 중에 어디 부딪혔는지 상태가 조금 온전치 못하다고 했어요. 저도 봤는데 심한 건 아니었지만 상표의 귀퉁이가 살짝 찢어져 있다거나, 중간에 작은 구멍이 나 있거나, 아무튼 한 병 빼고는 전부 흠집이 나 있었어요. 동네 슈퍼에서 술을 사서 바로 마시는 설정인데 좀 꺼림칙한 거죠. 가뜩이나 디테일 노래 부르시는 감독님인데. 결국 결론이 나온 게, 어차피 술을 따를 한 병만 빼고 나머지는 다 마신 것처럼 평상 위에 가만히 놓여 있으니까요. 온전한 부분만 보이게 하거나, 다른 병으로 흠집을 가리게 한 거죠. 멀쩡한 한 병만 골라서 감독님이 술을 채웠고요."

병을 바꿨을 때 범인은 한 가지 작업을 더 했다. 농약이 미량 남아 있는 병을 제외한 다른 모든 병에 작은 흠집을 냈다. 농약이 들어 있는 병 하나만 상표를 온전히 둬서 감독이 술을 채울 병을 미리 정해둔 거다. 표시가 없는 게 곧 표시였다.

이제 명백하다. 형사 3의 죽음은 사고가 아닌 사건이다. 의도한 건 아니었겠지만 형사 3은 대본에 없는 연기로 내게 다잉 메시지를 남겼다. 누군가 나를 살해했으니 그 범인을 밝혀달라고. 아니, 조금 더 정확히 말해볼까? 날 죽인 톱스타의 그 추악한 이면을 밝혀달라고.

*　*　*

그때부터 나는 본격적으로 형사처럼 굴었다. 현장에 있는 스태프들에게 물어 어제의 촬영 일정을 세세히 확인했다. 대략의 시간표는 다음과 같았다.

스태프들이 들판에 농약을 친 시각이 약 오전 12시, 그때부터 오후 4시경까지 스태프들 전원이 강당 안에서 촬영 대기. 잡초가 죽은 오후 4시경부터 강당 옆 들판에서 장현이 짧은 촬영 하나를 소화했고, 오후 5시부터 강당 안에서 저녁 식사 및 휴식. 오후 6시부터 밤 7시까지 촬영 준비를 하고, 밤 7시에서 8시까지 장현을 제외한 형사팀을 마을 초입에서 촬영. 밤 8시부터 촬영 준비 후, 정자에서 그 사건이 벌어진 촬영을 시작.

이 시간표에서 내가 주목한 시점은 바로 7시부터 8시까지의 한 시간이다. 그 외의 시간엔 스태프들이 강당에 모여 있거나 자주 들락날락했다. 밤 7시에서 8시까지야말로 거의 모든 스태프가 마을 초입에서 촬영을 하고 있었기에 강당 안은 그때가 제일 한산했다. 그리고 그 시간에 촬영이 없던 장현은 역시나 수상한 움직임을 보였다. 그의 행적을 묻는 내 질문에 그와 함께 대기 차량에 타고 있던 분장팀 스태프가 이런 말을 했다.

"장갑이랑 마스크를 챙기더니 잠깐 뛰고 오겠다고 나가셨어요. 소화 좀 시킨다고. 그때요? 한 7시 정도? 아!"

이어 무슨 생각이 난 듯, 그녀는 휴대폰을 꺼내 무언가를 확인하고는 내게 말했다.

"정확히 7시 11분에 나가셨어요. 친구가 막 장현 배우님 사인 하나만 받아 달라고 문자로 부탁해서 제가 종이 꺼내 들고 부탁했을 때라서요."

제작부원 하나가 그 증언을 뒷받침했다.

"비품 하나 갖다주고 강당을 지키러 돌아가는 길에 장현 배우님을 마주쳤어요. 강당 앞쪽 길에서요. 7시 10분? 20분? 네. 강당 안에 들어갔을 때는 저 혼자였어요. 아 참, 막 강당 안으로 들어갈 때 옆 들판에서 음향 팀 스태프가 현장음 따고 막 철수 중이었어요."

로케이션 현장에서는 보통 촬영 장소의 고유한 소리를 녹음한다. 제작부원의 이야기는 그때 마침 음향팀 스태프 하나가 강당 옆 들판에서 그 일을 하고 있었다는 말이다. 흥분한 나는 그대로 그를 찾아가 물었다. 혹시 장현이 강당 안으로 들어가는 장면을 보았냐고.

"강당을 등지고 서 있어서 누가 그 안에 들어갔는지는 못 봤는데요."

아! 만약 그가 장현이 강당 안으로 들어가는 모습을 목격했다면, 혹은 쓰레기통이라도 뒤지는 장면을 봤다면 그건 꽤 결정적인 증거가 될 수 있었는데. 아쉬운 마음에 어렵게 뒤돌아 몇 걸음 떼는데 그가 뒤늦게 무슨 생각이 났는지 내 등에 대고 소리쳤다.

"어쩌면 들은 건 있을 수도 있어요."

그를 따라 강당 안으로 들어가자 그가 곧 음향 장비 하나를 가져왔다. 이전 현장에서 몇 번 호의적인 대화를 나누었던 탓인지 그는 흔쾌히 내게 당시 녹음했던 소리를 들려줬다. 나는 우선 시간부터 확인했다.

"이거 정확히 언제 녹음된 건지 알아요?"

그가 장비의 버튼을 몇 번 익숙하게 누르더니 말했다.

"7시 14분부터 19분까지요."

차에서 나온 장현이 강당까지 달리면 딱 도착하고도 남을 시간이다. 나는 지푸라기라도 잡는 심정으로 그때의 소리에 귀 기울였다. 하지만 오 분 내내 들리는 건 오직 들판을 세차게 가르는 바람 소리뿐이었다. 그렇게 서너 번을 들었을까? 아무래도 의미가 없어 그만 들으려던 참이었다. 아까부터 옆에서 함께 그 소리를 듣던 음향 기사가 혼자 무얼 들었는지 기기를 조작해 특정 구간의 소리만 날카롭게 키우고는 그 구간만 반복 재생시켰다. 그제야 내 귀에도 알 수 없는 끼익 하는 소리가 들렸지만, 그게 무슨 소리인지는 도무지 갈피가 잡히지 않았다. 그렇게 한 열 번쯤 반복해 들었을 때였다. 음향 기사가 갑자기 자리에서 벌떡 일어나더니 강당 입구를 향해 성큼성큼 걸었다. 이거 보라는 듯 그가 씩 웃으며 강당의 철문을 열었다.

끼익.

장현은 분명 그때 강당 문을 열었다.

***

　현장에는 범인 3이 형사 3을 죽인 범인을 쫓는다는 소문이 퍼졌다. 죽은 형사 3과 내가 같은 대학을 다녔던 친한 친구라는 반은 맞고 반은 틀린 소문도, 장현의 동선을 캐물은 일로 내가 그를 범인으로 의심한다는 소문도 함께 돌았다.

　사람들의 반응은 뻔하게 나뉘었다. 나를 응원하거나 손가락질하거나. 물론 대다수가 후자였다. 그들은 이 세계의 질서를 깨려는 나를 달갑게 보지 않았다. 나는 몇 안 되는 전자에 해당하는 사람들에게 보란 듯 결과물을 내놓고 싶었지만, 그러기 위해서 내가 봐야 할 마지막 단서의 담당자는 안타깝게도 후자에 속하는 인물이었다.

　내가 마지막으로 확인하고 싶었던 건 바로 메이킹 필름이다. 보통의 촬영 현장에서는 영화의 홍보에 사용하거나, DVD를 만들 때 보너스 트랙에 담을 용도로 제작 과정이 담긴 영상을 따로 찍는다. 그게 내가 이 현장에서 확인할 수 있는 마지막 단서였지만, 그걸 담당하는 스태프는 아까부터 내게 차가운 눈빛을 보냈다. 얼씬도 하지 말라는 뜻이었지만 여기까지 와서 물러날 수는 없었다.

나는 기어코 그에게 다가갔다. 결국 또 내가 할 수 있는 건 연기뿐이었다. 내가 울상을 지으며 말을 꺼내려 하자 그가 보고 있던 스마트폰에서 눈도 떼지 않고 내 말을 막았다.

"이미 복사해서 다 경찰에 넘겼거든요? 그 사람들이 알아서 할 일이지 범인 3님이 왜 이러세요?"

범인 3 주제에 형사 노릇하지 말라는 투였다. 매몰차게 거절당하는 내 모습을 근처에서 가만히 지켜보던 형사 2가 보란 듯 비웃으며 강당 밖으로 나갔다.

나는 구석의 낡은 의자에 털썩 앉아 다시 한번 생각을 정리했다. 모든 증언을 종합해 볼 때 역시 장현이 의심스럽다. 하지만 겨우 지금껏 알아낸 정도로 그가 살인을 저질렀다고 주장하기에는 그 근거가 턱없이 부족하다. 결정적 증거가 필요하다. 아니, 그런 게 대체 있기나 할까?

무언가 잡힐 듯 잡히지 않는 상황에 아쉬움을 넘어 답답함을 느끼는데, 밖으로 나갔던 형사 2가 강당 문을 거칠게 열며 나타났다. 새파랗게 질린 그 얼굴을 보자마자 밖에 무언가 심각한 일이 터졌음을 단번에 알 수 있었다.

"저…… 정자에! 형사 1이…… 형사 1이 죽었어요!"

형사 1? 형사 1은 대체 왜?! 그의 말에 모두가 강당 밖으로 뛰쳐나갔다. 나 역시 머릿속이 복잡해져 밖으로 급히 뛰쳐나가는데 파수꾼처럼 문 옆에 서 있던 형사 2가 내 팔을 거칠게 붙잡았다. 나를 제외한 모두가 강당 밖으로 뛰쳐나간 후, 그가 달리는 그들의 뒤를 따라 여유롭게 뒷걸음질 쳤다. 그러고는 내게 표정으로 말했다. 연기는 이렇게 하는 거라고.

나는 고마운 마음을 느낄 새도 없이 메이킹 필름이 있는 곳으로 달렸다. 허겁지겁 카메라 전원을 켜 어제 장현이 운동하러 나갔다는 그 시간대와 가까운 영상들을 확인했다.

우선 6시 38분에 찍은 영상이 있었다. 강당 안 분주한 스태프들이 보였다. 장비를 옮기는 촬영팀, 비품을 정리하는 제작부, 전화기를 붙잡고 누군가와 큰 소리로 통화 중인 조연출의 모습이 보였다. 그들을 촬영하며 카메라를 이동하는 중간에 미술팀 실장이 잠깐 모습을 드러냈다. 꿇어앉은 그가 바닥에 나무판자 하나를 두고 빨간색 페인트를 칠하고 있었다. 내가 아까 본 그 나무판자였다.

7시 3분. 사람들이 모두 나가길 기다린 듯, 카메라는 텅 빈 강당의 모습을 천천히 훑어 보여줬다. 강당 한구석에 그 문제의 소주병들이 들어 있는 박스가 보였는데, 그

병들의 주둥이 위에 아까 봤던 그 빨간 나무판자가 올려져 있었다. 실장이 색을 다 칠한 후 그 위에 올려둔 모양이었다.

다음은 마을 초입에서 진행된 촬영 현장을 찍은 영상이었고, 그다음은 다시 강당이었다. 시간은 8시 4분. 카메라는 촬영이 끝나고 강당 안으로 들어오는 스태프들의 모습을 담았다. 막 강당에 들어온 연출부원 하나를 인터뷰할 때, 그 뒤로 다시 그 빨간 나무판자가 보였다. 그건 여전히 소주병들의 주둥이 위에 올려져 있었지만 왜인지 나는 그게 아까와는 어딘가 달라졌다고 느꼈다. 서둘러 이전 영상을 다시 돌려봤다. 내 느낌이 맞았다. 7시경에 찍힌 나무판자의 모서리는 박스와 같은 방향으로 놓여 있었는데, 8시경에 찍힌 판자 모서리의 방향은 박스 모서리의 방향과 어긋나 있었다. 그 사이에 누가 저 나무판자를 건드렸다. 누군가가 7시에서 8시 사이에 저 병을 바꿔치기했다.

아! 페인트!

아까 미술팀 실장이 쥐고 흔들던, 한쪽 귀퉁이에만 나무색이 드러났던 그 빨간 나무판자가 머릿속에 번뜩 떠올랐다. 그래! 범인의 손에는 아마 빨간색 페인트가 묻어 있을 것이다! 아니, 아니지. 만약 장현이 범인이라면 멍청하게 저 병들을 맨손으로 만지진 않았을 거다. 스태프도 아닌 장현이 자신이 술을 따랐던 병 외에 다른 병에서도 모두 지문이 나오면 의심받을 테니까.

'장갑이랑 마스크를 챙기더니……'

이어 분장팀 스태프에게 들었던 말이 자연스럽게 머릿속에 떠올랐을 때, 갑자기 밖이 소란스러워졌다. 강당 문을 열고 밖으로 나가자 막 밥차에서 뛰쳐나온 파란 그녀들이 멀리서 오는 한 무리의 사람들을 향해 소리 지르며 달려가는 광경이 보였다. 그 무리는 강당으로 오고 있었는데 그 선두에는 아까 강당을 뛰쳐나갔던 사람들이 보였다. 그 뒤로는 카메라를 든 기자들과 파란 제복을 입은 경찰들도 보였다. 그리고 그 모두의 중심엔 그가 있었다. 훤칠한 키에 시원한 이목구비. 장현. 톱스타가 돌아왔다.

***

누추한 강당 안으로 들어온 톱스타가 그곳이 원래 자신의 자리인 것처럼 강당 중앙으로 나아갔다. 매니저들과 소속사 직원들이 신하처럼 그 뒤를 따랐고, 파란 그녀들은 시녀처럼 그 뒤를 이었다. 옆에서 나란히 걷는 경찰들은 그를 경호하는 듯 보였고, 그에게 시선을 고정한 채 뒷걸음질 치는 기자들은 그의 열렬한 신도들 같았다. 그들의 중심에서 걸음을 멈춘 톱스타가 자신의 세계를 한번 둘러보고는 남자다운 그 입술을 서서히 뗐다.

"존경하는 스태프님들과 동료, 선후배 배우님들. 어젯밤, 이 영화에서 형사 역할을 맡아 저와 호흡을 맞추던 젊은 배우 하나가 세상을 떠났습니다."

잠시 숨을 고른 그가 특유의 묵직한 목소리로 말을 이었다.

"형사 3, 아니 성진이는 제 친한 친구였습니다. 제 학창시절은 그 친구와 함께 만든 추억으로 가득합니다. 그 친구는 늘 에너지가 넘쳤고, 배우 생활 중 지칠 때마다 저는 그런 성진이를 보며 힘을 내곤 했습니다. 사실 믿기지가 않습니다. 성진이가 지금 당장에라도……."

톱스타는 그 부분에서 울컥했다. 적절했다. 애써 울음을 삼킨 그가 다시 입을 열었다.

"저는 오늘 오후까지 성진이 곁에 있었습니다. 못다 한 촬영이 있었지만 도저히 다른 일은 생각할 수 없었습니다. 그러다 문득 생각났습니다. 사진 속에서 절 보고 환히 웃는 성진이와 눈이 마주치고는 뒤늦게야 깨달았습니다. 네. 성진이는 제 친구이기도 하지만 꿈 많았던 배우이기도 합니다. 저와 함께 연기할 수 있다며 아이처럼 좋아하던 그 친구의 모습이 저는 아직도……"

더 말을 잇지 못한 장현이 닭똥 같은 눈물을 뚝뚝 떨어뜨렸다. 쉴 새 없이 터지는 카메라 셔터와 파란 그녀들의 울음소리가 지금 이 순간이 절정임을 알렸다. 강당 안의 모두가 그의 세계에 빠져들었을 때 그가 울음 섞인 마지막 대사를 토해 냈다.

"……성진이의 죽음이 헛되지 않게 하기 위해서라도 저는! 이 영화! 꼭 완성하겠습니다!"

나는 그때 옆에 있던 기자의 노트북 화면에 막 쏟아지는 문구를 봤다.

장현, 죽은 친구를 위해 촬영 강행!

그렇지. 숫자로 불리는 단역의 죽음쯤은 장현이라는 별을 더 빛내는 연료로 쓰고 버리겠지.

***

톱스타의 뜻대로 강당 옥상에서는 촬영 준비가 한창이었다. 스태프들은 모처럼 바쁘게 움직였고, 배우들은 다시 시나리오에 눈을 돌렸다. 관객도 늘었다. 경찰 몇몇이 사건 조사를 핑계로 촬영 현장을 구경할 참이었고, 기자들은 장현의 마지막 장면을 담기 위해 카메라를 꺼냈으며, 파란 그녀들은 당연히 이 순간만을 기다렸다.

의자에 앉아 느긋하게 촬영을 기다리던 장현이 현장에 있던 한 스태프에게 긴 이야기를 들으며 나를 쳐다봤다. 아마 내가 형사 3을 죽인 범인을 쫓았다는 이야기를 듣고 있겠지. 내가 그와 같은 대학을 다닌 절친한 친구란 이야기도. 무엇보다 내가 그를 범인으로 생각한다는 것도 알았을 것이다.

옥상으로 올라오기 직전, 나는 분장팀 스태프에게 한 가지 사실을 더 확인했다. 나는 장현이 돌아왔을 때도 여전히 장갑을 끼고 있었냐 물었고, 그녀의 대답은 예스. 장현이 페인트가 묻은 장갑을 오는 도중에 버리지는 않았다는 뜻이다. 나는 장현이 장갑을 낀 탓에 손에 촉감이 느껴지지 않아 페인트를 만진 줄 몰랐을 거라고 추측했다. 시간이 조금만 더 있었다면 내가 그의 장갑을 찾아 확인할 수 있었겠지만, 연출부원 하나가 내가 입을 재킷을 건네주며 곧 촬영이 시작됨을 알렸다.

이대로 끝나는 걸까? 마지못해 재킷을 입는데 그 안주머니에 무언가가 들어 있었다. 주머니에서 꺼내 본 그것은 이천 년대 초중반에 썼을 듯한 검은색 폴더폰이었다. 이전 현장에서 썼던 소품을 제대로 회수하지 않고 그대로 넣어둔 모양이었다. 그걸 보자 죽은 형사 3이 장현을 위협할 때 언급했던 그 검은색 폴더폰이 자연스레 생각났다.

대체 무엇일까? 톱스타의 비밀은. 그것은 형사 3이 마셨던 독배만큼이나 치명적인 것일까?

***

온통 어두운 세상에 희고 노란빛들이 터진다. 그 빛들이 만들어낸 세계의 중심에 장현이 선다. 모두가 그를 주목하며 숨죽이면 누군가가 이 세계의 시작을 알린다.

액션!

난간 한편에 무릎을 꿇고 앉아 있는 내게 다가온 형사

2가 나와 눈높이를 맞추고는 내 멱살을 잡았다.

"말해. 누구야? 누가 죽었어! 여기서 떨어트려줄까?"

그의 어색한 대사가 끝나면 이제 장현의 차례다. 형사 2의 뒤에서 나를 가만히 지켜보던 그가 한 걸음 한 걸음 다가와 내 앞에서 멈췄다. 한동안 나를 내려다보던 그가 폼을 잡고 말했다.

"안 부끄럽냐? 이렇게……."

킥. 그의 대사가 끝나기도 전에 웃음이 터져버렸다. 뭐? 남의 손을 빌려 친구를 살해하고, 스태프에게 누명을 씌우고, 그 뒤에 비겁하게 숨은 놈이 하는 말이 뭐?

감독이 짜증 섞인 목소리를 냈다.

"범인 3. 웃지 마시고 다시 한번 갑시다."

쓸모없는 장면들이 지나가면 내 앞에 선 톱스타가 뻔뻔하게 반복한다.

"안 부끄럽냐? 이렇게 사는 거, 부끄럽지도 않아?"

이제 내가 해야 할 대사는, 내가 그에게 할 말은…… 내가 왜? 내가 왜 너 같은 놈에게 살려 달라는 말을 해야 하지?

"컷! 시간도 없는데 집중 좀 합시다."

아까보다 한층 날카로워진 감독의 말투를 듣자 나는

그에게도 분노가 치밀었다. 장현만을 바라보는 이 세계가 역겨웠다. 내가 그러거나 말거나 어느새 또 내 앞에 선 장현은 나를 내려다보고 내가 할 대사를 재촉했다. 어서 빨리 내가 바꾼 그 대사나 하고 꺼지라는 표정으로. 저런 놈에게 살려달라고 빌 수는 없다. 그래. 그들이 원하는 대사만 해서야 나는 영원히 숫자로 불릴 것이다. 결심했다. 그와 나의 세계를 뒤집기로.

"너는?"

장현이 움찔했다. 나는 한 번 더 그에게 덤볐다.

"너는 안 부끄럽냐?"

애드리브인 줄 알았는지, 내가 다른 대사를 했음에도 불구하고 감독은 장면을 멈추지 않았다. 그래. 이건 NG가 아니지. 이게 이 뻔한 영화에서 유일하게 봐줄 만한 장면일 테니까.

자리에서 일어난 나는 그대로 뒤를 돌았다. 빛이 쏟아져 눈이 부셨다. 내 앞에는 이제 나를 비추는 조명과 내 모습을 담을 카메라와 내 목소리에 귀 기울이는 마이크와 나만 바라보는 관객들이 있었다. 잠깐 그때가 떠올랐다. 내가 나무였을 적. 모두가 나 하나만 바라보던 그때.

나는 관객들을 서서히 둘러봤다. 어쩌면 그들은 모두

알 것이다. 형사 3을 죽인 범인이 누구인지. 적어도 여기서 누가 가장 의심스러운지. 장현이라는 톱스타를 건드려 행여 자신에게 해가 올까 봐, 보고도 못 본 척 고개를 돌리거나, 듣고도 못 들은 척 입을 다물었다. 한낱 무명 배우인 내가 알아낸 사실을 경찰이 못 알아냈을 리 만무하다. 그럼에도 그들은 지금 저기 한구석에서 나를 멍한 표정으로 바라보는 김미경이라는 앳된 여자아이의 과실로 이 사건을 덮으려 한다. 나는 장현보다 더 남자다운 내 입술을 뗐다.

"어제 영화 촬영 중 단역배우 한 명이 죽었습니다."

모두가 입을 떡 벌리고 나를 바라봤다. 나는 목소리를 한층 높였다.

"그런데도 우리는 지금 영화를 찍고 있습니다. 이해할 수 있나요? 겨우 형사 3이 죽어서 그런가요? 그는 우리와 같은 사람이 아닌가요?"

어이없는 표정을 한 감독이 내게 소리라도 지르려는 기세였지만 내가 먼저 질문을 던져 그의 말을 막았다.

"감독님. 조사받을 때 말씀하셨나요? 형사 2와 3의 배역이 바뀐 일이요. 혹시 감독님이 배역을 바꿨다고 이야기하지는 않으셨나요? 장현이 요구했다는 이야기는 빼고요."

감독은 당황했고, 경찰은 달라진 눈빛으로 그를 봤다.

"감독님은 어제 그 여덟 개의 빈 병 중에 농약이 담긴 병을 골라 소주를 채웠습니다. 감독님이 하필 그 병에 술을……."

여기까지 말하자 그가 코웃음을 치며 내 말을 잘랐다.

"그래서 뭐요? 날 의심한다고요? 내가 그 병에 술을 채운 건 다른 병들에 전부 흠집이 생겨서 그런 거라고 이미 경찰에 다 이야기했습니다."

고맙게도 그가 내가 꺼내려던 서두를 대신했다.

"네. 그겁니다. 감독님. 그건 우연이 아니에요. 누군가 의도를 가지고 병에 흠집을 낸 겁니다. 흠집 없는 단 하나의 병에, 그러니까 농약이 들어 있는 병에 감독님이 술을 채우게 하려고요. 형사 3이 죽은 건 스태프의 과실로 일어난 단순한 사고가 아닙니다. 이건 분명한 살인 사건입니다."

여기까지 말한 나는 잠시 쉬며 장현을 봤다. 그는 아까부터 우습다는 표정으로 나를 보고 있었다. 나는 다시 관객들을 향해 고개를 돌렸다.

"현장에 있던 분들은 알다시피 저는 오늘 하루 종일 범인의 정체를 밝히려고 노력했습니다. 여기 있는 모두에게는 겨우 형사 3이었을지 모르지만, 저에게는 박성진이라는 누구보다 친한 친구였으니까요."

기자들을 바라보며 잠시 숨을 고른 나는 다시 말을 이었다.

"장현 배우에게 묻고 싶은 게 있습니다."

뒤를 돌아 장현을 봤다.

"어젯밤 7시 15분경, 왜 이 강당 안에 들어가셨나요?"

어쩌면 그가 당황하지 않을까 싶었지만 그는 태연한 표정으로 답했다.

"배우님이 지금 무슨 말씀을 하는지 모르겠습니다. 저는 강당에 들어가지 않았습니다."

"들어가지 않았다고요?"

"네. 운동하느라 강당 근처를 뛰기는 했지만 그 안에 들어가지는 않았습니다."

나는 다시 뒤를 돌아 아까 내게 증언을 해준 제작부원을 찾아 물었다.

"그때 장현을 강당 앞에서 보셨다고 했죠?"

잠깐 머뭇거리던 그가 결심한 듯 입을 열었다.

"네. 7시 몇 분쯤 강당으로 가는 길에 장현 배우님을 마주쳤습니다."

"아, 그래요. 강당을 한 바퀴 돌아오는 길에 저 스태프 분과 마주쳤어요. 그런데 그게 제가 강당 안에 들어갔다는 증거가 되나요?"

나는 서둘러 되받는 장현의 질문을 무시하고 이번엔 음향 스태프를 찾았다. 그는 내게 기대를 거는 부류 중에서도 가장 앞장서 있는 남자답게 나와 눈도 채 마주치기 전에 증언했다.

"제가 7시 14분부터 19분까지 강당 옆 들판에서 현장 음을 녹음했는데요. 15분과 19분에 각각 한 번씩 끼익 하는 소리가 들어갔습니다. 처음에는 몰랐는데 그게 계속 들어보니까 강당 문이 열릴 때 나는 소리였어요."

내가 모두의 이해를 돕기 위해 빠르게 거들었다.

"그러니까 그때 누가 강당에 들어갔다가 나온 소리가 녹음된 겁니다. 돌아가는 장현 배우를 마주친 제작부원이 강당 안에 들어갔을 때 그 안에는 아무도 없었다고 했습니다. 그럼 바로 직전에 그 문 여는 소리는 누가 낸 걸까요?"

장현이 실토를 했으면 싶었지만 그의 표정을 보니 그는 끝까지 버틸 기세였다. 나는 한 번 더 몰아붙었다.

"7시 11분, 장현은 마을 초입에 있던 자신의 대기 차량에서 빠져나옵니다. 그 모습을 본 목격자는 그와 함께 차 안에 있던 분장팀뿐만 아니라 마을 초입에서 촬영을 진행하던 스태프 등 한둘이 아닙니다. 그 길로 장현은 강당으로 달립니다. 7시 15분, 강당에 도착한 그는 강당 옆의 쓰레기통 안에서 농약이 담긴 병을 꺼내 들고 아무도 없는 강당 안으로 들어갑니다. 소품으로 쓰일 빈 소주병들을 찾아낸 그는 못과 같은 날카로운 걸 이용해 그 병들의 상표에 작은 상처를 냅니다. 농약이 담긴 병의 상표에만 아무 상처도 내지 않고 그 안에 섞고요. 그 모든 작업을 마치고 강당을 나온 시각이 7시 19분. 녹음본에는 아슬아슬하게 이때 문을 열고 나오는 소리까지 잡혔습니다. 그리고 달린 지 얼마 안 돼서 아까 증언한 제작부 스태프를 마주친 겁니다."

내가 여기까지 정리해 말하자 장현이 빤히 내 얼굴을 바라봤다. 나는 그의 시선을 여유롭게 받았다. 그렇게 봐야 했다. 모두 알고 있다는 눈으로.

"아닌가요. 배우님?"

내가 한 번 더 다그치자, 그가 결국 그동안의 태연한 표정을 그만뒀다. 그러고는 곧 피식하며 작은 소리로 욕설을 내뱉었다. 그와 떨어져 있던 스태프들은 못 들었겠지만 그와 가까웠던 나는 분명히 들었다. 바로 옆에 있던 형사 2의 표정이 살짝 동요하는 걸 보니 아마 그도 들었다. 짧은 코웃음을 한 번 더 친 장현이 한 걸음 나서며 말했다.

"그래요. 들어갔습니다. 맞아요. 들어갔어요. 사실 조금 궁금했어요. 스태프들 쉬는 강당 안이 어떤가 싶어서, 그냥 궁금해서 잠깐 둘러보고 나왔어요. 그게 전부예요. 소주병이요? 병은 무슨. 저는 그게 어디 있는지도 몰랐습니다. 범인 2님? 아니 3님인가요? 무엇보다 제가 성진이를 왜 죽입니까? 성진이는 제 오랜 친구예요. 정말, 정말 지금 이 상황이 너무 나는……."

그가 돌연 울먹이는 걸로 연기를 마무리했다. 결정적 증거를 찾지 못한 나는 그가 실토하기만을 바랐지만 그는 끝내 버텨냈다. 애초에 결정적인 패 하나 없이 성급히 건 싸움이었다. 이대로 허무하게 끝나는 걸까?

그때, 어둠 속에서 의외의 목소리가 들렸다.

"실은…… 아까 조사받을 때 하지 못한 말이 있어요."

형사 2가 입을 열었고 장현이 울음을 멈췄다. 한 발자국 앞으로 나선 형사 2가 모두에게 그 모습을 드러냈다.

"저는 이번 영화를 하면서 장현 배우님, 그리고 형사 3과 많은 술자리를 가졌습니다."

고개를 돌린 형사 2가 장현과 눈을 마주치고는 말을 이었다.

"그럴 때마다 제가 목격한 둘의 관계는 친한 친구 사이라고 말하기 어려웠어요. 죽은 성진이 형은 장현 배우님을 늘 함부로 대했습니다. 어떨 때는 보기 민망할 정도로요. 장현 배우님은 그럴 때마다 무슨 약점이라도 잡힌 사람처럼……."

"닥쳐."

장현이 낮고 위협적인 목소리로 형사 2의 말을 잘랐다. 이번엔 모두가 들었다. 아차 싶었는지 그가 뒤늦게 화를 눌러 가며 말을 이었다.

"술을 몇 번이나 같이 마셨다고…… 아는 척을 하세요. 남들이 들으면 오해할 말을 하시네, 배우님 참."

모두가 그를 보는 시선이 조금은 달라졌음을 느꼈을까? 묻지도 않았는데 그가 서둘러 자신의 결백을 주장했다. 이미 국민 청년 장현의 모습은 아니었다.

"아니. 네. 저도 그렇게 생각했어요. 누가 병을 바꿨다고. 그런데 소품이 있는 강당 안에 들어갔다 나온 게 제가 범인이라는 증거가 되나요? 내 바로 뒤에 들어갔다는 스태프도 그렇고 여기 있는 사람들 중에 강당을 들락날락하지 않은 사람 있어요? 아주 다들 뻔질나게 왔다 갔다 하던데?"

그의 말이 맞았다. 그 후로 강당을 들락날락한 건 그뿐만이 아니었다. 형사 2의 증언으로 톱스타의 이면이 드러났지만 결국 거기까지. 그 증언이 그의 범행까지 증명할 수는 없었다. 견고한 그의 세계를 깨트리기에는 내가 가진 망치가 너무 물렀다.

나는 고개를 돌려 관객들을 둘러봤다. 내게 모였던 시선이 하나둘씩 흩어졌다. 아! 한 걸음! 딱 한 걸음만 더 가면 될 텐데! 내가 그토록 바라던 그 세계가 잡힐 듯 내 눈앞에 있는데! 다시 그에게 무릎을 꿇어야 할까? 안 돼! 그럴 순 없다! 여기서 내가 페인트가 묻은 그 장갑이라도 내놓는다면 그에게 치명적인…….

아! 비밀! 그의 치명적인 비밀!

급히 재킷 안주머니에 손을 넣은 나는 검은색 폴더폰을 꺼내 머리 위로 높이 들어 올렸다. 그래. 연기라면 내가 그보다 분명 한 수 위다.

"대학 시절. 성진이와 저는 매일 같이 어울려 다녔습니다. 실은 당시에······."

크게 외친 내게 다시 모두의 시선이 모였다. 한 번 숨을 고른 나는 장현을 봤다. 내가 들어 올린 휴대폰을 보고 격하게 흔들리는 그의 눈빛을 보며 나는 직감했다. 내가 이겼다고.

"당시 아이돌이었던 장현이 TV에 나올 때마다, 성진이는 학창 시절 그와 어울려 다녔던 이야기를 제게 자주 했습니다. 이 휴대폰에 있는······ 사진들을 보여주면서요."

"씨발! 무슨 헛소리를 하는 거야!"

"지금 제 손에 있는 이 휴대폰은 촬영 현장에 남아 있던 성진이의 가방에서 찾아낸 물건입니다. 아마 또 장현에게 보여주며 협박하려고 가지고 왔을 겁니다. 지금껏 그랬으니까요. 옳지 못한 일이지만, 성진이는 늘 이 휴대폰에 들어 있는 사진과 영상으로······."

"영상? 영상이 있어?"

장현이 섬뜩한 눈을 하고 내 말을 날카롭게 잘랐다. 동시에 모든 관객이 잔뜩 기대하는 표정으로 내 다음 대사만을 기다렸다. 휴대폰을 더 높이 들어 올린 나는 마지막 대사를 외쳤다.

"여기 이 휴대폰은 증거로 경찰에······."

그때였다. 말을 채 마치기도 전에 장현이 마치 성난 황소처럼 내게 달려들었다. 내 허리를 거세게 휘어잡은 그가 나를 옥상 난간까지 밀고 나갔다. 야수 같은 그 힘에 밀려 난간에 거칠게 부딪힌 나는 그만 들고 있던 휴대폰을 바닥에 떨어트렸고, 장현이 재빨리 그걸 주웠다. 한껏 흥분한 그가 막 휴대폰을 열어보려는 찰나, 어느덧 달려온 형사 2가 그의 손에 있던 휴대폰을 다시 뺏어들었다. 둘은 낮은 난간을 옆에 두고 팽팽한 힘 싸움을 벌였다. 경찰들이 그때야 달려들었지만 조금 늦었다. 형사 2가 휴대폰을 쥔 손을 난간 밖으로 뻗었고, 장현 역시 그걸 되찾으려 손을 쭉 뻗었다. 그때 그의 허리가 난간에 위태롭게 걸렸지만 그는 전혀 신경 쓰지 않았다. 거침없이 손을 뻗은 그가 기어코 휴대폰을 움켜잡았다. 동시에 그의 몸이 난간 밖으로 급격히 기울었다. 장현의 몸이 잠시 허공에 떠오른 것처럼 느껴진 찰나, 그가 곧 땅바닥으로 곤두박질쳤다. 그러면서도 그는 끝내 휴대폰을 놓치지 않았다.

내가 잘못 봤을까? 한참 아래로 떨어지는 톱스타의 표정이 그 어떤 때보다 평온해 보였다.

***

검은 커튼 사이로 들어온 햇살이 감은 내 눈을 간지럽혔다. 잠깐 잠이 들었다. 낡고 긴 의자에서 몸을 일으켜 주변을 둘러보니 다수의 경찰이 강당 안을 돌아다니고 있었다.

톱스타가 추락한 후, 나는 내가 밝혀낸 모든 것들을 경찰에게 털어놓았다. 장현의 소지품 중 빨간 페인트가 묻은 검은 장갑이 있을 거고, 메이킹 영상을 보여주며 그게 범행의 결정적인 증거라는 이야기도 했다. 잠시 뒤에 나를 찾아온 경찰이 말했다. 검은 장갑은 있지만 빨간 페인트가 묻어 있지는 않다고. 혹시 세탁을 했을 수도 있으니 가져가 조사해보겠다고.

어쩌면 장현은 장갑에 페인트가 묻었는지 알았다. 하지만 끼고 나간 장갑이 갑자기 없어진 걸 사람들이 의아하게 여길까 봐 버리지 않고 그대로 돌아와 세탁하는 방법을 택했다. 어차피 손가락에 묻은 작은 페인트 자국 따위 누구도 신경 쓰지 않을 테니까. 침착한 판단이었다.

의자에서 일어난 나는 천천히 강당의 출구를 향해 걸었다. 이제는 나도 이곳을 벗어날 때가 됐다. 회색 철문을 활짝 열어젖히자 따스한 아침 햇살이 내 얼굴에 가득 쏟아졌다. 그 빛에 잠시 눈이 부셨다. 강당 앞에 서 있던 한 무리의 기자들이 나를 보고는 일제히 손을 들었다. 어젯밤 그 사건 이후 그곳에 있던 모든 기자가 나를 찾았다. 기사가 어떻게 날까? 진짜 범인을 밝혀낸 범인 3? 친구의 죽음에 진실을 밝힌 범인 3? 아니, 이제는 내 이름을 부르겠지.

당분간 온라인을 도배할 헤드라인을 머릿속에 떠올리며 그들에게 다가가려 할 때, 강당 문 옆쪽에서 소품들을 정리하는 스태프들 중 미경이라는 여자를 보았다. 그녀는 거의 시체나 다름없는 안색을 하고 있었다. 이틀간 일어난 이 모든 비극이 자신의 실수 때문이라고 생각하는 거 같았다. 자신이 애초에 그 병에 농약을 담아 오지 않았다면 이런 일들이 생기지 않았을 거라는 죄책감. 글쎄, 과연 이 모든 게 그녀 때문이었을까? 아니다. 결국 언젠가는 일어났을 일이다.

그녀가 주워 옮기던 소품 중 페트병 하나가 떨어져 내 앞으로 굴러왔다. 허리를 숙여 페트병을 주운 나는 힘없이 다가온 그녀에게 웃으며 그것을 건넸다. 초췌한 얼굴을 한 그녀가 페트병을 받으려 내게 손을 뻗었을 때, 나는 동시에 두 가지 색을 보았다.

그녀의 손목에 걸려 있는 파란색 팔찌와 손가락에 묻은 빨간 페인트 자국.

……연예인 가까이서 보고 싶다는 이유로 처음 영화 스태프 된 여자앤데……. 촬영 준비한다고 스태프들이 가끔씩 왔다 갔다 하면서 듣는데……. 걔가 생각 없이 소품으로 준비해 온 빈 병 하나를 들고 간 거예요…….

"……경훈…… 경훈 씨…… 경훈 씨!"

나를 기다리던 기자 중 하나가 내 이름을 불러 나를 깨웠다. 잠시 그대로 멍하게 서 있던 나는 고개를 돌려 강당 안을 봤다. 골치 아픈 표정의 경찰들과 분주히 철수를 준비하는 스태프들의 모습이 보였다. 내가 방금까지 앉았던 의자에 앉아 가만히 날 바라보는 형사 2와 눈이 마주쳤다. 어제의 일 때문일까? 그 역시 강당의 음침한 광질만큼이나 어두운 표정이었다. 나는 그의 불안한 시선을 외면하고 다시 앞을 봤다. 수많은 기자가 나를 보며 환히 웃었다.

마지막으로 그녀를 보았다. 내가 페트병을 쥔 손에 힘

을 빼지 않자 그녀는 곧 울음이라도 쏟을 표정으로 나를 쳐다봤다. 한동안 그녀의 그 글썽한 눈을 마주했다. 선택은 어렵지 않았다.

나는 천천히 손에 힘을 빼고 페트병을 놓았다. 울먹이는 그녀를 등지고 서서히 발걸음을 옮겼다.

앞으로.

이제는 내 이름을 불러줄 그 세계로.

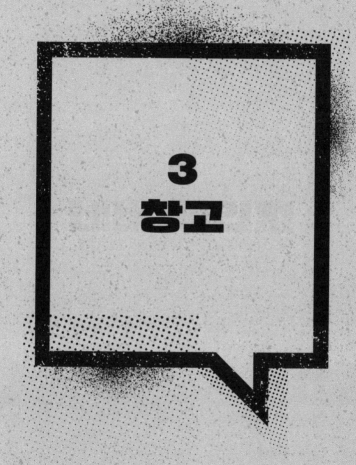

3
창고

회사에 오래된 창고가 하나 있었다.

그 누구도 그곳에 들어간 적 없고, 그 누구도 그 안에 무엇이 있는지 모르며, 그 누구도 앞으로 들어갈 계획이 전혀 없는 그런 창고. 누군가 그곳을 가리켜 '저건 뭐예요?'라고 물으면 '어. 창고야'라고 대답해서 창고일 뿐, 그게 정말 그 구실을 하기는 하는지 아는 사람도 단 하나 없었다.

그 창고는 사업팀 한구석에 있었는데, 가까이 있기는 하지만 팀원들 모두 그곳을 없는 취급했다. 그건 다른 팀 팀원들도 마찬가지라 언제부터인지 간혹 안 쓰는 물건들을 어디 치우거나 보관해야 할 일이라도 생기면, 안으로 들어갈 생각은 전혀 하지 않고 그 앞에 적당히 던져두는 일이 자연스럽게 반복됐다.

꼴에 문이라고 바로 앞쪽만큼은 물건을 쌓아두지 않았는데, 그러다 보니 창고 문 양옆으로 폐품들이 길고 높게 쌓여 하나의 작은 통로가 생겼다. 그 광경이 마치 홍해를 가른 모세의 기적을 연상하게 할 만큼 신비로운 구석이 있어, 그 통로를 지나 창고 안으로 들어가면 어딘가 다른 세계로 통할 것만 같은 묘한 느낌을 주기도 했다.

창고의 문은 바깥으로 자물쇠가 걸려 있었는데, 짝인 열쇠는 원래 없었는지 어디로 사라졌는지 알 수가 없었다. 알려고 하는 사람도 없었다. 그러니까 창고 입장에서는 여러모로 서운할 만한 취급을 받는 셈이다.

회사를 오래 다닌 직원들은 그 창고 안에 무엇이 있을 거라며 어쩌다 한마디씩 던졌는데, 그게 또 허무맹랑한 이야기들뿐이었다. 작가팀 맏언니인 주 작가는 창고 안에 노총각 박 부장의 숨겨둔 아들이 있을지 모른다며 정신 나간 소리를 했고, 개발팀장 구 프로는 그 안에 대머리 박 부장의 숨겨둔 가발이 있을 거라며 저 혼자 웃는 농담을 했다. 관리팀 노 과장도 마찬가지였다. 그는 그 안에 어마어마한 양의 금괴가 있을 거라며 쓸데없이 진지

한 표정으로 말했다. 이렇듯 그 창고를 이야기할 땐 다들 소설가가 되어서는 되는 대로 나불거렸다.

나로 말할 거 같으면 그 창고에 전혀, 일절, 하나도 관심이 없었다. 하루하루 먹고살기도 버거운 데 그깟 유령 창고 있거나 말거나 신경도 안 썼다. 대머리 노총각 박 부장이 내게 그 창고를 정리하라는 지시를 내리기 전까지는 말이다.

입사 후 삼 년간은 물론이고 그 이전에도 대체 사람 발길이 닿았던 적이 있기나 한 건지 모를 그 창고를 느닷없이 나보고 정리하라니. 이건 명백히 일주일 전 일어났던 그 사건의 보복이었다. 아무리 생각해도 떠오르는 이유는 그것 하나뿐이었다.

***

박 부장은 사업팀 수장이다. 사업팀의 업무는 쉽게 말하자면 회사가 만든 게임을 외국에 내다 파는 건데, 그 일이 우리 회사의 주된 수익원이다. 그중 일본 쪽 사업을 전담해 맡은 박 부장은 회사를 먹여살린다 말할 수 있을 만큼 굵직한 성과를 여러 번 냈다. 가히 회사의 대들

보 같은 존재다. 업무에서만큼은 인정할 수밖에 없을 정도로 존경스러운 구석이 있다. 하지만 창고에 관한 허무맹랑한 소문 대부분에 그가 등장하는 이유는 그의 뛰어난 업무 성과 때문이 아니라 그가 그만큼이나 기묘한 인간이기 때문이다.

박 부장은 비교적 이른 나이에 두 가지 빛나는 성과를 거두었는데, 첫 번째는 회사의 부장 자리에 오른 것이고, 두 번째는 완전한 대머리가 된 것이다. 어쩌다 그를 생각할 때면 전자가 부럽다가도 후자를 떠올리고는 늘 고개를 가로저었다.

그는 그 누구보다도 괴상망측하다. 짓궂은 장난을 일삼고, 허풍도 밥 먹듯 치며, 남들이 일생에 한 번 할까 말까 한 기이한 행동도 날마다 선보인다. 내가 처음 이 회사에 입사해 인사하는 자리에서도 그는 태연히 자기 콧속에서 나온 코딱지를 보란 듯 튕기며 흐리멍덩한 눈으로 날 쳐다봤다.

그가 이른 나이에 머리털이 다 빠져서 성격이 괴상망측해진 건지, 괴상망측한 성격 때문에 머리털이 다 빠졌는지 그 앞뒤 관계는 잘 모르겠다. 관심도 없다. 아무튼 이놈의 인간은 미친놈이다. 그건 알고 있었다. 회사마다 또라이가 꼭 하나씩 있다던데 우리 회사의 또라이는 단연 박 부장이었다. 사업팀에는 그의 직속 부하라 할 만한 자리가 하나 있는데, 그 자리에 석 달 이상 버틴 인간을 단 한 번도 보지 못했다. 그렇게 가까이서는 그 누구도 그의 압도적인 괴행을 견디지 못하고 나가떨어졌다.

역사적으로 볼 때, 우리 삶의 비극은 꼭 그런 미친놈이 권력을 쥐고 있을 때 일어난다. 직함이야 사업팀 부장이지만 그건 그저 명함일 뿐, 그는 이 회사의 실질적인 대장이다. 우편물이나 찾으러 가끔 오나 싶은 사장도 그만 보면 굽실거리느라 바쁘다. 회사는 그의 왕국이고 모든 직원은 그의 노예다. 물론 나라고 예외는 아니다.

***

원통하게도 나는 작년부터 급격히 머리털이 빠지기 시작했는데, 내 나이 고작 서른여덟이었다. 개가 똥을 참지 박 부장이 이 좋은 거리를 구경만 할 리 없었다. 전부터 그는 발모제 하나를 늘 분신처럼 가지고 다녔다. 뚜껑에 달린 작은 붓을 병 속에 담근 후 그 안에 있는 용액을 붓에 묻혀 머리에 툭툭 두드려 바르는 약인데, 일본 거래처에서 받은 귀한 물건이라며 한동안 자랑하며 다녔다.

문제는 그가 그걸 자신의 머리에 바를 때 짓는 표정이라든가 행동이 도저히 눈 뜨고 봐주기 힘들다는 점이다. 그 약을 바를 때마다 정말 머리가 나는 상상이라도 하는 건지 어울리지 않게 천진난만한 표정을 지으며 이상한 운율의 콧노래를 으흥으흥 흥얼거렸다. 남의 시선은 전혀 개의치 않았다.

내 모발 상태를 그 누구보다 빨리 알아챈 그는 그때부턴 꼭 내 앞으로만 와서 그 짓을 했다. 나는 그런 그를 애써 외면했지만 어쩌다 눈이라도 마주치면 꼭 내게 달라붙어 말했다.

"발라볼래? 발라봐!"

그럴 때마다 턱주가리에 주먹을 한 방 꽂아 넣고 싶었지만, 먹여살릴 처자식도 있고, 딱히 어디 불러주는 데도 없어 나는 주먹 대신 비굴한 웃음으로 상황을 넘기곤 했다. 하지만 결국 인내심의 한계에 도달한 게 바로 일주일 전 그 사건이었다.

점심시간이었다. 나와 박 부장을 비롯해 회사 직원 십여 명이 식당에서 나오는 음식을 기다리는 중이었다. 그날도 그는 그 짧은 시간을 이용해 집요하게 작가팀 막내

작가를 귀찮게 했다.

"경 작가. SNS 해? 팔로워 몇? 나랑 친구 할래?"

아마 그녀는 그 어느 때보다 SNS의 백해무익함을 깨달았을 터였다. 박 부장의 수작에 당황한 그녀는 자신의 계정이 실은 해킹됐다고 말하며 박 부장의 마수를 피하려 했다. 사회초년생 아니랄까 봐 꺼져달란 말을 촌스럽게 돌려 말했다. 박 부장이 그녀의 말뜻을 모를 리 없었다. 표정이 굳은 그가 이전과 달리 차가운 어조로 이해하기 힘든 말을 늘어놓았다.

"해킹해서 뭐? 협박해, 그놈이? 그 말이야, 경 작가. 혹시 이상한 사진 있어? 떳떳이 살아, 떳떳이. 그럼 협박을 하든 말든 뭐가 겁나. 그래, 안 그래?"

갑자기 엉뚱한 이야기를 꺼낸 건 둘째치고 지금 자신이 내뱉는 말이 성희롱인 건 알기나 할까? 나도 참, 평소처럼 그냥 또 개소리하는구나 하고 넘어가면 됐는데 그날따라 딸뻘인 작가에게 치근대는 모습이 어지간히 추잡해 나도 모르게 용감해져 한마디 내뱉고 말았다.

"부장님! 그게 아니고 경 작가 말은 개인정보 도용당할까 무섭다. 뭐, 그런 말 아닐까요?"

그 와중에 말하다가 자신감이 없어져 말끝을 흐렸다.

실은 입을 놀리기 시작하자마자 아차 싶었다. 이제 내가 표적이 되겠구나.

아니나 다를까. 내 말이 끝나자마자 박 부장은 그녀에 대한 시선을 묵묵히 거두고 날 향해 자세를 고쳐 앉았다. 그 모습이 마치 미사일 발사기가 폭격할 목표물을 바꾸려 웡 하고 기동음을 내며 돌아가는 것만 같았다. 그 자리에 있던 모든 직원도 박 부장이 곧 내게 발사할 미사일이 어떤 걸지 기대하는 눈치였다.

한동안 서늘한 눈으로 날 조준하던 박 부장은 곧 자신의 잠바 주머니에서 주섬주섬 그 발모제를 꺼냈다. 그러고는 또 코로 으흥으흥하며 그 짓을 시작했다. 친절한 권유도 빼먹지 않았다.

"발라볼래? 발라봐!"

직원들이야 늘 보던 광경이라 대수롭지 않게 넘겼지만, 나는 유독 그날만큼은 참기 힘들었다. 당일 아침, 내 머리카락이 한 움큼 빠지는 참상을 목격했기 때문이다. 한껏 우울해진 상태에 많은 직원이 주목하는 중 그런 모욕을 당하니 평소보다 배는 더 수치스럽고 화가 났다. 결국 나는 잡고 있던 이성의 끈을 던져버렸다. 거칠게 자리를 박차고 일어나 박 부장을 향해 바락 소리를 내질렀다.

"안 발라! 안 바른다고! 안 발라! 내가 대머리야? 니가 대머리지! 너도 바르지 마! 머리털 하나 안 나는데 왜 발라! 안 발라!"

나는 들고 있던 밥숟가락을 있는 힘껏 바닥에 내던지고는 그대로 식당을 뛰쳐나왔다.

* * *

나중에 직원들에게 전해 들은 바로는 내가 그렇게 나간 이후 박 부장은 제정신이 아니었다고 한다. 뭐, 언제는 제정신이었냐만은. 얼굴은 시뻘게져서 반찬은 전혀 뜨지도 않고 맨밥만 와그작와그작 씹어먹었다고.

그렇다고 나라고 마음이 편하냐 하면 그것도 아니었다. 그렇게 쌓인 감정을 토해내면 시원해야 하는데 실은 전혀 그렇지 못했다. 식당을 뛰쳐나오자마자 앞으로 박 부장에게 당할 융단폭격이 생각나 심장이 두근두근했다. 견디지 못할 정도가 되면 퇴사하자는 각오까지 했다.

그 일 이후 박 부장은 내게 아무 해코지 없이 며칠을 그냥 넘어갔는데 그렇다고 그가 나를 향한 칼날을 거둔 건 전혀 아니올시다였다. 같은 회사에 박 부장이 있어 정

상처럼 보이는 주 작가는 내게 그가 아주 크게 벼르고 있으니 항시 조심하라고 경고했다. 굳이 그녀가 그런 이야기를 해주지 않더라도 날 바라보는 박 부장의 표정을 보면 누구나 알 수 있었다. 저걸 어떻게 죽일까? 저걸 어떻게 괴롭힐까? 볼 때마다 그는 얼굴로 말했다. 그리고 그 사건이 일어난 지 딱 일주일 후, 그가 드디어 나에 대한 처분을 결정했다.

점심시간이 끝난 후, 박 부장이 어울리지 않게 진지한 표정을 지으며 내게 다가왔다.

"그 말이야. 정 프로. 저번 식당에서 일은 내가 미안하다. 내가 심했다. 그지? 아니. 아니야, 내가 잘못했어. 정 프로도 한참 머리 빠져서 스트레스일 텐데. 내가 그걸 모르는 사람도 아니고. 그래그래. 미안하다. 잊자, 이제. 응. 그래. 그래서 말인데 이제 곧 새해도 오고 우리도 그렇지만 회사도 옛것을 버리고 새로운 시작을 해야 하지 않겠어? 그런 의미로 저 창고 정리를 좀 했으면 하는데. 신입이 정리하기에는 아무래도 버겁지 않겠어? 아이아이, 뭘 버리고 정리해 써야 할지 모를 거 아니야. 그래도 회사 돌아가는 사정을 좀 아는 정 프로가 해야 할 거 같아. 알아, 알아. 혼자 하기 힘든 거 아는데 천천히 해, 혼자. 다른 직원들 지금 연말이라 한창 바쁘잖아? 이게 뭐 사람 둘이나 붙어 할 일이야? 아니잖아? 내가 이따 창고 키 줄 테니까. 아이아이. 괜찮아, 괜찮아. 파이팅. 그 말이야. 창고 안쪽에 고철 같은 거 잔뜩 모아둔 거 있는데 그건 하지 마. 그거까지 하면 정 프로 너무 힘들잖아. 거긴 어차피 쓰레기투성이라 나중에 다 버리면 되고. 그 외에는 다 해. 전부. 알았지?"

말을 마친 그는 신난 뒷모습을 남기고 사무실을 빠져 나갔다. 근처의 직원들이 나를 향해 동정의 눈길을 보내는 게 느껴졌지만 나는 그때 나보다는 그가 불쌍했다. 처음에는 화도 나고 어처구니가 없었지만, 그의 말이 끝날 때쯤엔 동정심만이 마음속에 가득했다.

이토록 딱한 인간이란 말인가? 일주일간 생각해 낸 보복이 겨우 이거라니. 이렇게 유치하다니. 어휴. 대머리 깎아라.

* * *

퇴근 시간에 맞춰 밖에서 담배를 한 대 태우고 안으로 들어오니 어둠 속 텅 빈 사무실을 박 부장 홀로 지키고 앉아 있었다. 회사 출입문을 내내 주시하던 그는, 내가 들어오는 걸 보고는 자리에서 일어나 웃으며 다가왔다. 사무실이 어두워서인지 그의 민머리와 하얀 이가 유독 빛났는데 그 모습이 여간 기괴해 보일 수가 없었다. 내 앞에 선 그가 낡고 투박한 열쇠 하나를 건네며 말했다.

"천천히 해, 천천히. 고철들은 그냥 내버려 둬. 정 프로 너무 힘드니까. 다 끝내면 전화해서 보고하고. 알았지?"

들고 있던 열쇠를 내 손에 쥐여준 그는 신호가 오지도 않은 휴대폰을 꺼내 귀에 대더니 소고기? 그거 좋지! 하고 있는 힘껏 호들갑을 떨며 사무실을 빠져나갔다.

어둠 속 홀로 남겨진 나는 폐품으로 쌓인 벽 끝에 있는 창고 문을 망연히 바라보았다. 관리팀도 사업팀도 아닌 내가, 개발팀인 내가, 프로그래머인 내가, 심지어 막내도 아닌 내가 저 창고에 들어갈 거라고는 그야말로 상상도 못 한 일이었다.

억울하고 착잡한 마음을 대충 구겨 정리한 나는 몇 년 동안이나 쌓인 건지 모를 폐품 벽 사이로 들어가 천천히 창고 문을 향해 나아갔다. 그렇게 걷는 그 짧은 사이, 작은 설렘 하나가 마음을 비집고 들어왔다.

드디어 저 창고 안을 보겠구나. 안에 무언가 특별한 게 있지는 않을까? 다른 세계로 통하는 문이라도 나오지 않을까? 그건 좀 곤란한데. 나는 처자식이 있는데.

그 신비의 문 앞에 선 나는 설레는 마음으로 자물쇠를 잡고 구멍 안에 열쇠를 집어넣었다. 무언가 걸려 잘 들어가지 않았다. 두 번째 시도도 실패하고, 세 번째도 실패하고, 네 번째도 실패했다. 나는 창고 문을 향해 부서져라 열쇠를 집어 던졌다.

* * *

겨우 문을 열고 어둠 속 창고 안으로 한 발을 내딛자 썰렁하고 스산한 기운이 나를 덮쳤다. 짙은 먼지내와 함께 정체 모를 수상한 냄새도 내 코를 습격했다. 나는 얼굴을 한껏 찌푸리고 벽을 더듬어 형광등 스위치부터 찾았다. 차갑고 축축한 벽을 더듬는 기분이 영 찜찜했다. 겨우 스위치를 찾아 불을 켜자 창고 안의 모습이 눈앞에 펼쳐졌다.

글쎄. 뭐라고 표현해야 할까?

지저분하고, 난잡하고, 더럽고, 냄새나고, 어지럽고……

세상의 모든 부정적인 표현을 다 갖다 붙여도 그 창고를 정확히 표현하기에는 무언가 부족했다. 차라리 욕이나 한번 하고 침 한번 퉤 뱉으면 그게 그 창고를 설명하는 가장 적절한 방법이었다. 적어도 귀신쯤은 당연히 있을 줄 알았는데 그런 분위기는 또 아니었다. 심히 더러운 곳이라 그들도 여기 머물 마음을 접고 서둘러 저승으로 내뺐으리라.

긴 직사각형 모양의 창고는 평수로 치면 열 평 정도로 보였다. 박 부장이 일러준 대로 그 끝에는 척 봐도 쓸데없는 고철들이 가득 쌓여 있었고, 양옆에는 긴 철제 선반이 마주 보며 나란히 세워져 있었다. 초반에는 꽤 체계적으로 정리했는지 선반마다 부서 이름표가 붙어 있었다. 아마 쓰는 칸이 나누어져 있던 모양이었다.

어느 팀 선반이건 기상천외한 물건들이 가득했는데 그중에 성한 거 하나 찾기가 힘들었다. 유통기한 지난 통조림, 바람 빠진 축구공, 날개 하나 없는 선풍기, 바퀴 빠진 미니카, 찢어진 보드게임 등등. 어디서 이런 걸 다 가져왔는지. 애초에 고장이 나서 이 창고에 들어온 게 아니라 멀쩡한 것도 이 창고 안에 들였더니 이렇게 병신이 된 건 아닐까?

칙칙한 광질을 내뿜던 형광등이 수명을 다했는지 자꾸만 깜빡거려 나는 곧 그걸 꺼버리고 제법 튼실하게 생긴 회중전등에만 의지해 창고 구석구석을 확인했다. 본격적으로 창고를 뒤지자 그럭저럭 흥미 있는 물건들이 뛰쳐나왔다.

인사팀 이름표가 붙어 있는 선반에서는 먼지 쌓인 파일철 속 박 부장의 십여 년 전 이력서를 발견했는데, 거기 붙어 있는 증명사진이 작품이었다.

세상에! 이력서 사진 속 젊은 박 부장은 탐스러운 장발이었다!

아니. 그렇다고 딱히 뭐 잘생겼다거나, 멋진 건 아니고. 지금과는 다른 방향으로 괴상망측했다. 나는 후에 술자리 안줏감으로 쓸 요량으로 사진을 예쁘게 찍어두며 혼자 킥킥댔다. 이력서에 적혀 있는 그의 본적은 부산이었는데 평소 박 부장의 말투에선 전혀 사투리가 느껴지지 않아 조금 의외였다. 자기 소개란에는 일본에서 살았던 경험을 한가득 써 놓았는데 결국 요는 지가 잘났다는 말이었다. 게다가 백 엔으로 한 시간 만에 백만 엔을 만들었다는 둥 거의 신화 같은 소리만 가득했는데, 이 거지 같은 이력서를 보고 박 부장을 뽑은 사장이 과연 제정신이었나 싶을 정도였다.

관리팀 선반에서는 옛 출퇴근 기록지를 발견했다. 내가 그것에 관심을 갖게 된 이유는 바로 옆에 세워둔 커다란 사진 때문이었다. 이력서 속 모습과 달리 그 사진 속엔 다시 익숙한 대머리 박 부장이 있었다. 그의 옆에는 관리팀 노 과장이 서 있었는데, 둘은 각각 상패를 하나씩 들고는 서로 어깨동무를 하고 카메라를 보며 환히 웃고 있었다. 그 둘 뒤로 걸린 현수막에는 '이달의 야근왕'이라는 문구가 적혀 있었다. 그 쓸모없는 시상식을 할 때마다 늘 사진을 찍었는지 그 뒤로도 사진이 여러 장 있었는데, 옷과 표정만 바뀔 뿐, 상을 받는 사람은 계속 박 부장과 노 과장이었다. 둘의 표정도 갈수록 굳어져 처음엔 환히 웃으며 사진을 찍은 것과 달리 시간이 갈수록 둘 다 무표정해져서는 아무래도 이딴 시상식 이제 그만두고 싶다는 표정이었다. 결국 둘 다 똥 씹은 표정이 찍힌 사진을 끝으로 그 쓸데없는 시상식은 때려치운 듯했다.

과연 당시의 출퇴근 기록지를 확인해보니, 늘 가장 늦은 퇴근 시각이 찍힌 건 박 부장이었고, 그다음이 노 과장이었다. 박 부장이 입사한 날짜와 처음 본 사진에 있는 현수막의 날짜가 두 달 정도 차이 나는 걸로 보아 박 부장은 이 회사에 입사하자마자 쉴 새 없이 야근을 했구나 싶었다. 그러고 보니 대뜸 생각나는 게 하나 있었다.

박 부장은 그 수많은 악행에도 불구하고 박수받아 마땅할 만한 업적이 하나 있었는데, 그건 바로 전 직원의 정시 퇴근을 지향한다는 점이었다. 많은 게임 제작사가 야근을 밥 먹듯 하는 데에 비해 우리 회사는 부득이한 경우를 제외하고는 야근하지 않는 게 원칙이었다. 그 원칙을 세운 사람이 놀랍게도 박 부장이었다. 그는 야근한다고 너희나 회사의 가치가 절대 높아지지 않는다며 저녁 있는 삶을 살라고 늘 강조했다. 언젠가 회식 자리에서 자신의 머리털이 다 빠진 이유가 젊었을 때 야근을 밥 먹듯이 해 스트레스를 받아서라며 어린아이처럼 엉엉 울었다는 사연은 전설처럼 내려왔다. 물론 이 사진을 보니 그건 또 거짓말이었다. 그는 원래 대머리였다. 아무튼 입만 열면 거짓말이다.

개발팀 선반에서는 구 프로의 옛 업무 일지를 발견했다. 초창기 우리 회사의 게임을 만들면서 기록한 업무 일지였는데 같은 프로그래머로서 재미도 있고, 공감되는 내용이 많아 꽤 오랜 시간을 훑어보았다. 그런데 그곳에서도 과거 박 부장의 흔적을 발견할 수 있었다. 일지처럼

기록해 놓은 중간에 박 부장의 이야기가 하나 낙서처럼
휘갈겨 있었다.

　어젯밤 내가 본 게 사업팀 박이 맞나? 아무리 생각해봐
　도 생긴 건 박이었는데 머리가 풍성! 밖에서는 가발을
　쓰고 다니나? 게다가 벤츠?

　박 부장이 당시 가발을 쓰고 다녔다 하더라도 그건 이
해 못 할 일이 아니었다. 그것만큼은 내게 슬픈 사연으로
다가왔다. 이내 언젠가 구 프로가 창고를 두고 했던 말이
자연스럽게 떠올랐다.
　창고에는 대머리 박 부장의 숨겨둔 가발이 있다.
　아마도 구 프로는 밖에서 가발 쓴 박 부장의 모습을 보
고 그런 말을 한 게 아니었을까?

＊＊＊

　구 프로의 업무 일지에 정신이 팔려 있다가 문득 몇 시
인가 싶어 시간을 확인하니 어느새 아홉 시가 넘어가 있
었다. 그저 집에 가고만 싶었던 나는 그때부터 창고를 정

리할 생각은 하지 않고, 어떻게든 꼼수를 부려 퇴근할 궁리만 했다. 좋은 생각이 나지 않아 머리를 감싸 쥐고 있을 때, 주 작가에게 문자가 왔다. 실은 아까부터 술 먹으러 오라며 계속 문자로 노래를 부르고 있었다. 나는 딱히 그녀와 어울리고 싶은 마음도 기력도 없었지만, 창고 안에 오래 혼자 있으니 왠지 사람 목소리가 그립기도 했고, 어쨌든 뭐라도 답은 해줘야겠다는 생각에 선반에 몸을 기댄 채 그녀에게 전화를 걸었다. 그녀는 내 전화를 기다렸다는 듯이 받았고, 또 기다렸다는 듯이 물었다.

"다했어?"

"이거 다하려면 한 달은 해야 해요."

"그래 정 프로. 빨리 와서 술이나 한잔하자. 아까부터 경 작가가 정 프로만 찾아. 미안하다고."

"미안할 거 없다고 해요. 경 작가가 시킨 것도 아니고. 오늘은 그냥 들어갈게요. 너무 피곤해서 안 되겠어요."

주 작가는 집에 들어간다는 내 말에 대답은 하지 않고 이런저런 쓸데없는 이야기만 늘어놨다. 둘만 있는 술자리가 지겨워진 모양이었다. 금세 그녀의 이야기에 흥미를 잃은 나는 별생각 없이 눈앞에 있는 광경에 시선을 돌렸다.

바람 빠진 축구공, 한물간 보드게임, 바퀴 없는 미니카.

무슨 애들 장난감이 이렇게. 어? 불현듯 창고에 대한 소문 하나가 내 머릿속을 스쳐지나갔다.

창고에 노총각 박 부장의 숨겨둔 아들이 있다.

마침 나는 소문의 근원지인 주 작가와 통화 중이었다. 왜 그녀는 다른 이야기도 아니고 하필 박 부장의 아들이 있다는 말을 했을까? 아무렇게나 내뱉은 농담이었을까? 그녀의 쓸데없는 수다를 대충 대답해 넘긴 나는 대뜸 그녀에게 물었다.

"주 작가님, 저번에 저한테 했던 말 기억해요? 창고 안에 박 부장님 아들이 있다고."

그녀는 내 말을 듣기나 한 건지 꽤 뜸을 들이더니 겨우 답했다.

"그랬어?"

"네, 그랬어요."

"그래? 기억 안 나는데? 근데 왜?"

"아니, 그러니까, 아니다. 아니에요. 저 아무튼 오늘 못 갑니다. 다음에 한잔해요."

역시 그냥 뱉은 말이었구나. 그대로 통화를 끊으려는데 그녀가 뒤늦게 생각난 듯 줄줄이 이야기를 꺼냈다.

"아아! 생각났다! 그거 있잖아, 내가 여기 처음 입사했을 때 술자리에서 박 부장이 꽐라돼가지구 나 꼬실라고 한 말이 있거든? 지가 이 회사 오기 전에 부산에서 쫌 치는 주먹이었다는 거야. 야쿠자랑 마약도 사고팔고. 돈도 이빠이 벌고. 박 부장 쫌 칠 때 별명이 뭐였는지 알아? 칼을 잘 써서 야쿠자들이 지를 사시미 박이라고 불렀대. 깔깔. 근데 뭐? 보스의 여자랑 눈이 맞아서 그걸 눈치챈 야쿠자가 자길 죽이려고 했다나. 그래서 마약하고 돈을 다 챙겨서 부산에서 서울로 도망왔대. 여기는 일단 위장 취업한 거라고. 나도 이어서 소설 쓴 거지. 알잖아, 박 부장 그거."

말을 마친 주 작가가 숨을 껄떡대며 웃었다. 나도 함께 낄낄거렸다.

"주 작가님 역시 대작가네요. 거기까지 듣고 숨겨둔 아들을 만들어내셨어. 우리 주 작가님이."

"그럼! 아무나 작가 하나!"

아마 세상의 모든 소문은 이런 식으로 와전되고 과장된 거겠지. 마찬가지로 세상의 모든 허풍도 아무렇게나 내뱉는 말은 아닐 거란 생각이 들었다. 최소한의 사실 위에 그 살을 붙일 거다. 본적이 부산이어서 부산 이야기를 했을 거고, 일본 생활을 오래 했으니 야쿠자 이야기가 나왔고, 하는 일이 결국 무엇을 가져다 파는 거니 마약 거래 같은 허무맹랑한 말도 했겠지. 야쿠자 보스의 여자와 눈이 맞았다는 소리는 대체 무슨 근거로 했을까? 그건 그저 박 부장의 로망 같은 걸까?

*　*　*

참나.

그 후로 이상한 일이 벌어졌다. 마치 주 작가가 내게 최면을 건 듯했다. 박 부장이 술자리에서 했다던 그 말은 그냥 넘겨도 될 허풍이 분명했다. 하지만 그 이야기를 들은 이후로 내 모든 생각의 회로가 마치 하나의 관문처럼 꼭 그 이야기를 거쳐 지나갔다. 낡은 장난감을 보고 박 부장의 숨겨둔 아들을 떠올린 걸 시작으로 당시 회사 여직원이 워크숍 가서 찍었나 싶은 빛바랜 사진도 박 부장의 야쿠자 그녀로 보였다. 사무용 커터 칼을 보면 사시미 박이 생각났고, 어디서 본 건 있어 바닥에 굴러다니는 인

형을 보면 그 배 속에 마약이라도 숨겨져 있는 게 아닐까 싶었다.

아무리 허풍을 밥 먹듯 씨불이는 박 부장이라도 자신이 주먹이었다거나 마약 거래를 했다거나 하는 이야기는 해도 해도 너무 엉뚱한 소리였다. 주 작가 말로는 자신에게 수작을 걸려고 그런 허풍을 떨었다는데, 그건 아마 아니었을 거다. 여자를 꾀려고 마약을 사고팔았다는 이야기를 하는 남자가 대체 세상에 어디 있단 말인가?

다만 하나. 그 이야기 중 유일하게 박 부장과 어울리는 단어가 있기는 했다.

마약.

그것만큼은 제가 했건, 사고팔았건, 왠지 모르게 고개를 끄덕이게 하는 구석이 있었다.

주 작가의 마법은 바퀴가 하나 빠져 굴러다니는 미니카를 보고 구 프로의 낙서에 적혀 있던 벤츠란 단어를 떠올리게 했다. 그 낙서를 처음 봤을 때는 가발에만 주목했지 벤츠는 그냥 넘겼다. 그게 비교적 고가의 외제차이긴 하지만 타려고만 한다면 못 살 정도는 아니다. 당장 우리 회사에도 너덧 명은 벤츠를 타니까. 하지만 곰곰이 생각해보니 십 년 전이라면 이야기가 좀 다른 게 아닌가 싶었다. 십 년 전 벤츠는 지금처럼 많은 사람이 쉽게 살 수 있는 차가 아니었다.

나는 구 프로의 업무 일지를 다시 뒤져 낙서가 적혀 있는 날짜를 확인해보았다. 앞뒤 업무 일지의 날짜로 보아 그 시점은 박 부장이 회사에 입사한 지 약 반년 정도 지난 때였다. 당시 막 시작한 우리 회사가 신입사원에게 줄 연봉이라고는 안 봐도 뻔한데 그가 당시에 무슨 돈으로 벤츠를 샀단 말인가? 집이 부자일까? 아니면 정말 마약이라도 가져다 팔았을까? 여차하면 직접 했을 수도 있지. 박 부장의 괴상한 표정과 망측한 행동들이 머릿속에 떠오르며 내 생각은 한층 더 힘을 받았다.

그 작은 의심을 머릿속에서 굴리며 관리팀 선반의 폐품을 깨작거리고 있을 때였다. 이번에야말로 정말 묘한 물건 하나가 튀어나왔다. 그건 가발이었다. 그런데 머리카락이 있는 가발이 아니었다. 머리카락이 하나도 없는 대머리 가발이었다.

이런 게 왜 회사 창고에 있을까? 기획팀에서 지들 돈 아니라고 별걸 다 사는 모양이지만 과연 이런 것까지 샀을까 싶었다.

대머리 가발을 보자마자 자연스럽게 박 부장 생각이

먼저 났다. 하나 그의 건 아닐 터였다. 대머리가 대머리 가발이 필요할 리가 없으니까. 가발이란 건 원래 본인의 치부를 가리거나 변장할 때 필요…… 어?

변장? 변장! 위장 취업!

나는 재빨리 다시 인사팀 선반을 뒤져 박 부장의 이력 서 사진을 찾아 자세히 관찰했다. 풍성한 머리숱에 탐스 러운 장발. 그 이력서 사진과 이달의 야근왕 시상식에 찍 은 민머리 사진은 불과 두 달 차이밖에 나지 않았다. 이 력서 사진에 옛 사진을 가져다 썼어도 그래 봐야 반년에 서 일 년 정도 전의 사진 아니었을까? 그 짧은 사이에 이 렇게 급격한 탈모가 이루어지는 게 가능할까? 그렇다면 이력서 사진 속 박 부장의 풍성한 머리는 역시 진짜가 아 니라는 결론이 나왔다. 사진 속 박 부장의 머리는 아마 가발이었을 거다. 가능한 이야기고 수긍이 갔다.

그래. 평소라면 아마 그 정도 생각에서 멈추었을지도 모른다. 하지만 창고 안의 묘한 기운이, 모든 증거가 내게 아까부터 끊임없이 말해 주고 있는 게 하나 있었다.

그게 아니야! 그게 아니고, 박 부장의 풍성한 머리가 진짜야!

그래!

지금 쓰고 있는 가발이 대머리다! 아니, 대머리가 가발이다! 아니, 그러니까 대머리 가발이 가발이고, 박 부장은 사실 풍성한 머리숱을 가지고 있다!

그랬다. 생각해보면 박 부장의 자신감은 도저히 없는 사람의 그것이 아니었다. 기묘한 행동들도 그렇다. 그게 어디 보통의 삶을 살아 온 인간에게서 나올 수 있는 행동인가? 그동안은 그냥 그러려니 했다. 남들과는 좀 다른 인간이구나. 그런 인간이니까 그런가 보다 하고 넘겼다. 그가 왜 그런 인간이 되었을까 생각해보지 않았다. 다 이유가 있었다. 그 서늘한 눈빛. 저 혼자만 다른 세계에 사는 듯한 행동.

부산에서 그의 별명은 사시미 박이었고 야쿠자와 마약 거래를 했으며, 야쿠자 보스의 여자와 부적절한 관계를 맺었고, 이제는 여기! 내가 다니는 이 회사에 위장 취업해 신분을 숨긴 채 살고 있던 거다! 여전히 자신을 찾고 있는 야쿠자의 눈을 피해, 대머리 가발을 쓰고.

때때로 마약도 하면서!

위이잉.

때마침 주 작가와의 통화 후에 선반 위에 올려둔 휴대폰이 맹렬히 진동했다. 고개를 들어 액정만 슬쩍 확인해

보니 전화를 걸어온 이는 박 부장이었다. 독심술이라도 있나? 전화를 받을까 말까 망설이는데, 어쩌다 창고 구석 높게 쌓여 있는 고철들이 내 눈에 들어왔다. 불현듯 박 부장이 내게 재차 신신당부한 말이 머릿속에 떠올랐다.

……고철 쪽은 하지 마. 정 프로 힘드니까. 거긴 건드리지 마…….

생각해보면 참 수상한 말이다. 그는 왜 그런 말을 했을까? 그가 정말 일말의 양심이 남아 있어 나를 배려해서 한 말이었을까?

품. 양심? 배려? 그럴 리 없지, 그 인간이.

나는 알 거 같았다. 그가 왜 그런 말을 했고 지금 무슨 생각으로 이렇게 전화를 걸어오는지. 독심술이 있는 건 그가 아니고 나였다. 나는 맹렬하게 날 부르는 박 부장을 뒤로하고 고철 쪽으로 발걸음을 돌렸다.

***

그곳엔 오래된 금고가 하나 있었다.

그게 누구 거며 그 안에 무엇이 있는지 그걸 열어보지는 않았지만 전부 알 거 같았다. 그 금고를 본 순간 노 과장의 말이 전광석화처럼 내 머리를 때렸다.

박 부장이 독차지해 늘 야근왕 타이틀을 놓쳤던 노 과장은 퇴근하기 전 늘 같은 광경을 보았을 터였다. 텅 빈 사무실, 어둠 속 홀로 책상 앞에 앉아 퇴근할 줄 모르고 사무실에 홀로 남아 있는 사업팀 박 부장. 그리고 그의 자리 바로 옆에 있던 이 창고!

창고 안에 (박 부장의) 금괴가 있다!

노 과장의 눈엔 박 부장이 마치 창고 안에 중요한 무언가를 숨겨두고 있어 회사를 떠나지 않는 사람처럼 보이지 않았을까? 어쩌면 창고를 들락날락하는 그를 직접 목격했을 수도 있다.

그 금고는 고철들 안쪽에 숨겨져 있었는데 그렇다고 찾지 못할 정도로 숨긴 건 아니었다. 혹시나 해서 고철 몇 개를 들춰보니 어렵지 않게 그 금고가 모습을 드러냈을 정도였다. 분명 금고를 안 보이게 하려고는 한 거 같았지만 아주 꼭꼭 숨겨두지는 않은 느낌이었다.

금고를 둘러쌓은 고철을 다 치운 나는 한동안 그걸 자세히 살펴보았다. 투박한 검은색 정사각형 모양의 금고는 척 봐도 꽤나 오랫동안 그 자리를 지킨 듯이 보였다. 비밀번호를 눌러 금고를 열 수 있는 키패드형 금고였는데, 회중전등을 가까이 비춰보니 숫자 버튼 겉면에 먼지가 가득 쌓여 있었다.

4번 버튼 하나만 빼고.

이것은 동시에 두 가지 사실을 내게 말해줬다. 첫째, 비밀번호는 4의 연속이다. 둘째, 최근에도 사용했다.

첫 번째보다 두 번째 사실이 내게 더 충격적으로 다가왔다. 아까의 추리로 과거 박 부장이 이곳에 무언가 귀중한 걸 숨겼으리라 생각을 하기는 했지만 그게 현재까지도 유효할 거라고는 생각하지 못했다.

모두가 퇴근한 사무실에 홀로 남아 있던 박 부장의 기묘한 표정이 생각났다. 그는 자신의 철학을 앞세워 모두를 각자의 가정에 돌려보내고는 회사에 홀로 남아 혼자만 가지고 있는 황금 열쇠로 자물쇠를 열어 그만의 보물창고 안에 들락날락했던 것이다! 그것도 최근까지!

비밀번호는 대체 왜 이렇게 쉬울까? 잠깐 의문이 들었지만 오래가지는 않았다. 그에게는 창고 자체가 하나의 커다란 금고였을 거다. 아무도 신경 쓰지 않는 데다가 본인만 열쇠를 가지고 있는데 비밀번호 따위야 심지어 없어도 그만이었을 거다.

위이잉.

그때 또 박 부장이 날 불렀다. 상황이 상황인지라 휴대폰은 아까보다 더욱 맹렬히 진동했다. 그의 보물 창고 앞에 선 나를 어디서 지켜보기라도 하는 느낌이 들었다. 잠시 고민하다가 연속해 전화를 받지 않으면 아무래도 수상하게 여길 거 같아 전화를 받았다. 내가 전화를 받자마자 그가 다급히 소리를 질렀다.

"정 프로! 왜 전화를 안 받아? 퇴근했어?"

"아니요. 아직."

"아직 창고야?"

"네."

"그렇게 오래 걸려? 그렇게 많아? "

"좀 많네요. 부장님."

"음, 그래? 그럼 빨리하고 들어가."

기분 탓일까? 그의 목소리에서 뭐랄까, 어떤 불안함? 조급함? 그런 감정들이 느껴졌다. 나는 문득 그를 떠보고 싶은 생각이 들었다.

"그보다 박 부장님. 제가 갑자기 궁금해서요. 부장님 혹시 이 회사 오시기 전에는 어떤 일 하셨어요?"

"그건 왜 갑자기?"

"창고 정리하다가 부장님 옛 사진을 보니 갑자기 궁금해지네요."

"그런 게 있어? 나는 일본에서 오래 살았지. 소문 못 들었어? 일본에서의 내 신화?"

가만두면 또 저 혼자 허풍을 칠 게 뻔해 나는 좀 더 요점을 찔러보기로 했다.

"부장님, 일본에서 오래 생활하셨으면 야쿠자도 보셨어요?"

"형 동생 했지."

"부장님 그럼 혹시 마약 같은 것도 하셨어요?"

실수였다. 마약 같은 것도 파셨어요? 하고 물어보려 했는데 나도 모르게 '파셨어요'를 '하셨어요'로 물어보고 말았다. 하긴 뭐, 그가 마약을 했다는 의심도 들긴 했으니까. 그의 뒤통수를 치려다가 귀뺨을 쳐버린 정도의 실수였다.

내 도발에 그는 대답할 말을 찾지 못했는지 한동안 수화기 너머에서 아무 소리도 들려오지 않았다. 이거 내가 정곡을 찔렀나? 정말 마약을, 혹시 현재도 하는 건가? 와, 이거 대박 사건이구나. 생각이 거기까지 흐를 때쯤 박 부장이 나지막하게 침묵을 깼다.

"미쳤어?"

미쳤냐고?

"정 프로. 지금 그게 상사한테 할 소리야? 뭐? 마약? 미쳤어? 정 프로야말로 거기서 지금 마약 했어? 마약 같은 소리 하고 자빠졌네. 하, 그 말이야 정 프로. 뭐? 마약? 하, 나 참."

바락 소리 지르는 그의 목소리를 듣고 나는 동시에 두 가지 생각이 들었다. 첫째로는 그의 말투가 단순히 모른 척이라고 하기에는 분노가 너무 분명히 느껴져 창고 안에서 내가 추리한 모든 게 전부 내 망상이었나 싶었고, 둘째로는 식당 일에 이어 내가 감히 그를 두 번 연속 엿 먹였구나 비로소 실감이 나 이제야말로 사직서를 내야겠다 싶었다. 굳이 내가 관두지 않더라도 수화기 너머 들려오는 그의 살기 가득한 목소리에서 당장 내일에라도 나를 자를 기세가 느껴졌다.

그래. 아무리 그래도 사시미 박이라니. 야쿠자라니. 마약이라니. 어휴, 내가 무슨 생각을. 아니, 아니지. 그럼 이 금고는 뭐야? 아무리 생각해도 내 앞에 있는 금고만큼은 설명할 수가 없다. 이 금고는 분명 그의 것이다. 아까부터 고래고래 소리 지르는 그를 한 방 먹이고 싶었던 나는 마지막으로 비장의 무기를 던졌다.

"부장님. 여기 무슨 금고가 하나 있는데요."

한참을 화난 새처럼 앵앵거리던 그가 마치 멈춤 버튼을 누른 것처럼 조용해졌다. 놀란 게 분명했다. 마약을 했느냐고 물어봤을 때보다 더 긴 침묵이 이어졌다. 통화가 끊겼나 싶어 통화 상태를 확인해봤을 정도로 그는 한참을 조용히 있었다. 나 역시 딱히 먼저 말할 생각이 없었다. 그의 반응만이 궁금했을 뿐. 우리는 마치 말하기를 잊어버린 사람들처럼 한동안 침묵했다.

"열었어?"

끝을 알 수 없는 침묵을 깨고 겨우 그가 꺼낸 말이었다. 목소리에 담긴 미묘한 떨림으로 나는 확신했다. 그래, 여기 뭐가 있어도 있다.

"아니요. 아직."

그가 한 박자 늦게 시치미를 뗐다.

"무슨 금고 말하는 건지 모르겠네."

무슨 금고는 네 금고지.

"그러니까요. 여기에 뜬금없이 무슨 금고가 있는지. 아무튼, 부장님도 모르신다는 말이죠? 제가 한번 열어보려고요."

그가 또 조용해졌다. 내가 열어볼 거다, 박 부장아. 어때? 내가 열어도 되겠어?

한참 말이 없던 그가 갑자기 고압적인 어조로 말했다.

"내가 고철 쪽으로 가지 말라고 했지."

"아, 그쪽에서 냄새가 너무 심하게 나서요. 무슨 돈 냄새가 이렇게 심한지."

나는 물이 새던 주전자를 완전히 엎질러버렸다. 박 부장은 내가 꺼내는 말 한마디 한마디에 충격을 받는지 어디 한번 쉽게 대답하는 법이 없었다.

"그 말이야, 정 프로. 그 금고 비밀번호는 알아?"

"글쎄요. 그건 잘 모르겠네요. 어어? 이게 뭐야? 유독 번호 하나만 먼지가 하나도 없잖아? 왜 그렇지?"

아! 통쾌하다! 이렇게 재밌다! 소리 없이 활짝 웃는데 그가 다시 위협조로 말했다.

"그래. 그 금고 열면 어쩌게. 그 돈, 정 프로가 쓰려고?"

역시 돈이 있구나! 자, 이제 본론으로 들어가자. 과연 이 금고를 연다고 해도 내가 이 안에 있는 돈을 쓸 수 있을까? 이 돈을 쓰는 순간부터 박 부장에게, 아니. 사시미 박에게 어떤 화를 당할지 모르는데.

"그 돈 쓸 용기 있냐고!"

협박하듯 그가 되물었다. 집에 있는 아내와 두 딸의 얼굴이 떠올랐다. 퇴사하면 당분간이라도 버틸 돈이 필요했다. 전세 대출부터 애 학원비 등 당장 다음 달부터 나가야 할 돈이 한두 푼이 아니었다. 절박하면 통한다고, 나는 갑자기 용기가 솟구쳐 도리어 사시미 박을 협박했다.

"제가 부장님 경찰에 신고하면 어떻게 될까요? 제가 뭐 그쪽은 잘 모르지만, 부장님 도핑 검사 같은 거 한번 해보면."

박 부장은 내 말이 끝나기도 전에 어이가 없는지 어쩌는지 박장대소를 터트렸다. 까르락 웃는 그 소리가 온몸에 털이 쭈뼛할 만큼 소름 끼쳤다. 겨우 웃음을 틀어막은 그가 내게 말했다.

"그래. 정 프로. 그렇게 탐나면 그 안에 있는 돈이며 약이며 네 맘대로 한번 해봐. 어떻게 되나 한번 보자구."

세상에세상에세상에세상에! 이 안에 약도 있다! 그가 주 작가와의 술자리에서 한 말은 수작 어쩌고가 아니라 진짜였다! 그는 술김에 진실을 털어놨다. 마치 양치기 소년 이야기처럼 무수한 거짓 속 유일했던 진실 하나가 우리에겐 또 허풍처럼 들렸던 것이다!

약이 있다는 말까지 들으면 무서울 법도 한데 나는 무섭다는 생각보다 내 추리가 맞았다는 쾌감이 앞서 그저 짜릿하기만 했다.

"그 말이야. 정 프로. 세상엔 쓸 수 있는 돈과 못 쓰는 돈이 있어. 정 프로 달마다 월급 받지? 정 프로가 쓸 돈은 그런 돈이야. 그 금고 안에 있는 돈은 정 프로가 건드릴 수 있는 그런 돈이 아니야. 사람이 감당할 수 있는 돈만 써야지. 욕심을 부려서……."

"그래, 인마. 내가 욕심 한번 부릴게."

"아니! 정 프로! 정 프로!"

박 사시미의 절규를 무시하고 나는 전화를 끊어버렸다. 그와의 대화가 더는 무의미하다고 느껴졌다. 신고 어쩌고까지 했으니 그는 내가 이제 돈을 가져가든 안 가져가든 내 목을 노릴 거다. 남은 선택지는 이제 하나다. 금고 안의 모든 돈을 가지고 나는 하와이로 간다. 이건 그가 그간 나를 괴롭혔던 것에 대한 복수다. 아니, 나뿐 아니라 모두를 괴롭히고 악행을 저지른 것에 대한 정의 구현이자, 인과응보이자, 신의 심판이다.

하와이로 간다고 하면 아내는 좋아하지 않을까? 수진이가 학교에서 영어를 배웠나? 거긴 공기가 맑다는데 머리가 좀 덜 빠질까?

나는 떨리는 손을 가까스로 진정시키며 금고의 4번 버튼을 네 번 눌렀다.

삐리릭. 철컥.

***

보물 창고 안 비밀 금고의 문이 열렸다.

세상에!

금고 안에는 과연 천만 원권이 수두룩하게 쌓여 있었다! 백만 원권도 셀 수 없이 많았다. 십만 원권도. 일만 원권도. 천 원권도.

금고 안에는 보드게임에 쓰는 돈이 수두룩하게 쌓여 있었다. 박 부장이 늘 들고 다니던 그 발모제도 안에 들어 있었다. 그 아래 있는 작은 쪽지에는 익숙한 글귀가 쓰여 있었다.

발라볼래? 발라봐!

***

회사를 빠져나올 때 박 부장에게 문자가 하나 왔다.

— 발라볼래? 발라봐!

그러지 않아도 발모제는 가지고 나왔다. 얼마 전 머리
털이 한 움큼 떨어져나간 허한 곳에 발모제를 툭툭 발
랐다. 박 부장을 보니 이거 뭐 신통치 않아 보이긴 한
데……

그래도 뭐라도 해봐야지. 내일은 그에게 자세한 사용
법을 물어봐야지.

4
하정 01번

임 선생님. 지금처럼 눈이 많이 오는 날에는 리타더를 쓰세요. 더 부드럽게 서거든요. 특히 승객이 많을 때는 차가 많이 밀리니까 브레이크는 미리 잡으세요.

걱정되세요? 선생님은 잘하실 거예요. 보통 회사에서 정한 횟수만 타고 말지, 이렇게 밤에 갑자기 찾아오셔서 한 번 더 옆에 타고 싶다고 말하는 사람 별로 없어요. 임 선생님처럼 약간 긴장하는 분들이 운행을 잘해요. 자신만만한 사람들이 더 사고치고. 저요? 저는 마흔아홉입니다. 아니에요. 나이가 무슨 벼슬이라고. 저는 존칭하는 게 편합니다.

여기서 우회전할 때는 이렇게 차선을 밟고 도세요. 도

로 폭이 좁거든요. 연석이 높아서 뒷바퀴가 걸릴 수 있어요. 가끔 저기 태권도장 애기들이 횡단보도 신호 바뀌자마자 우다다다 쏟아져 나오니까 특히 조심하시고요. 여기서부터 한동안 직진이에요. 저야 잘 알 수밖에 없죠. 같은 버스만 십여 년 몰면 누가 언제 어디서 타고 내리는지도 자연스럽게 알게 돼요. 네? 왜 더 좋은 데로 안 갔냐고요? 저는 그냥 이 마을버스가 좋아요. 정도 많이 들고요.

여기가 하정고개 정류장이에요. 자, 문 엽니다. 선생님. 버스에 커피를 들고 타시면 어떻게……. 아, 그냥 들어가시네. 임 선생님. 방금 커피 들고 탄 남자, 이 마을에서 유명한 사고뭉치예요. 혹시 방금 정차했던 하정고개 정류장 근처에 작은 편의점 보셨어요? 그 앞 테이블에서 날이면 날마다 술 마셔서 별명이 편의점 망나니예요. 그러다 남자랑 눈 마주치면 시비 걸고, 여자랑 눈 마주치면 희롱하고. 허구한 날 사람 패고 경찰서를 제집처럼 들락날락해도 사람이 바뀌질 않아요. 얼마나 산다고 저렇게 사는지. 죽을 때가 되니까 이제야 매 순간이 소중해요.

아, 선생님. 저는 사실 췌장암 말기예요. 감사하게도 의사 선생님이 솔직히 말해줬어요. 길어야 두세 달일 테니 마지막으로 하고 싶은 일 하면서 생을 잘 마무리하라고.

차고지에서 눈치로 아셨는지 모르겠어요. 지금 이 운행이 제 마지막 운행이에요.

괜찮아요. 저야 뭐 부모님은 일찍이 돌아가셨고, 이 나이 먹도록 결혼도 못 해서 처자식도 없고. 사람이 한번 태어나면 언젠가는 죽는 거죠. 대단한 일 아니에요. 자연스러운 일이죠.

아! 방금 제 앞으로 칼치기 하는 차 보셨어요? 이 구간 운행하다 보면 가끔 저런 차들을 보실 거예요. 비싼 차 몰고 나와서 과속하는 놈들. 이 직선 구간은 이상하게 단속 카메라도 없고, 길어서 저놈들이 특히 좋아해요. 저놈들 딱히 사람 많이 탄 버스라고 신경 쓰지도 않으니까 어디서 굉음 소리가 들리면 긴장 바짝 하고 운전대 잡으셔야 해요. 신고요? 여러 번 했죠. 처벌도 약하고, 받아도 그때뿐이에요. 또 금방 나와서 달리다가 사고 치고 수습하고. 또 달리다가 사고 치고 수습하고.

지금 저기 뒷바퀴 쪽 좌석에서 지루한 표정으로 늘어진 젊은 남자 보이세요? 저 남자가 무리의 대장이에요. 차가 여러 대 있는데, 주로 튜닝한 하얀색 외제차를 몰아요. 우리끼리는 쌕쌕이라고 불러요. 구영 그룹 아시죠? 그 집 손자고요. 재벌이 마을버스는 왜 타고 있냐고요?

몇 달 전에 운전하다가 사고를 냈거든요. 피해 차주가 대처를 잘해서 망정이지 사람 하나 또 죽일 뻔했어요. 그 사건 때문에 사회봉사명령 처벌받아서 매주 금요일 밤마다 복지원을 다닌다고 이 버스를 타요. 언론에서 달려드니까 봉사 다닐 때에는 버스 타고 다니라고 회장님이 아주 혼을 냈나 봐요. 버스에서 통화하면서 별 이야기를 다 해요. 꼰대가 너무 오래 산다느니, 냄새나는 복지원 지겹다느니.

선생님? 임 선생님? 졸리신가 보네. 추운 날씨에 버스 안에서 히터 바람 쐬고 앉아 있으면 아무래도 잠들기 딱 좋죠.

이제 하정은행 정류장이에요. 이다음이 회차 구간이라 승객들은 보통 여기서 다 내려요. 글쎄요, 오늘따라 안 내리는 사람이 많네. 다들 사정이 있겠죠.

저 뒷문 맞은편 좌석에서 혼자 스마트폰 보면서 말하는 남자 보이세요? 스포츠머리. 아마 방송한다고 안 내리는 걸 거예요. 이 마을에서 아는 사람은 다 아는 유명한 유튜버거든요. 하정구 빡구라고. 검색하실 거 없어요. 나도 방송 봤는데 하품만 나와요.

빡구가 처음에는 동네 맛집을 찾아가서 먹방을 찍었

어요. 그런데 뭐 특별히 맛있게 먹는다거나, 많이 먹는다거나, 그렇다고 또 말을 잘한다든가, 빡구가 그런 재주는 없거든요. 재미없는데 사람들이 어디 보나요. 기껏해야 조회 수 한 이삼십 나오고 그러니까 다음엔 식당 가서 괜한 트집 잡는 걸로 콘셉트가 바뀌었어요. 자기 머리카락 뽑아서 음식 안에 집어넣고는 위생이 어쩌니, 불친절하니. 빡구 때문에 식당 접고 이 동네 떠난 사람이 한둘이 아니에요. 그런데 그것도 한두 번이지 계속할 수 있나요. 나중엔 괜한 연예인 하나 잡아서 마치 혼자만 아는 비밀이 있는 양 영양가 없는 이야기나 늘어놓고, 뜬금없이 정치인 욕도 한 번씩 하고. 네? 지금 방송 중이라고요? 이상한 말을 해요? 어디, 운전 중이니까, 소리만 좀 들려주시겠어요?

……며칠 전에 내가 익명으로 제보를 하나 받았는데 말이야. 내용이 충격적이야. 지금 저 기사가 운행하는 버스를 타고 어쩌다 졸기라도 하면 쥐도 새도 모르게 사라진다는 거야. 아니, 요즘 다시 인신매매 같은 범죄가 활개를 친다던데 혹시 모르잖아. 내가 아까 버스 타면서 기사 얼굴을 슬쩍 봤는데 인상이 뭔가 어둡고 음침한 게

쎄해. 다음 정류장이 저승 아니냐고? 농담 아니라니까. 내가 그렇게 용기 있고 대단한 사람은 아니지만 하정구 빡구잖아? 종점까지 가는 동안 구독! 좋아요! 누르고 무슨 일이 생기나 한번 보자고…….

지금 저 얼뜨기 말을 믿으시는 건 아니죠? 요즘은 누구나 마음만 먹으면 세상에 한마디씩 할 수 있는 세상이죠. 좋죠. 다양한 목소리도 듣고 귀한 정보도 쉽게 얻고. 근데 꼭 좋은 면만 있는 건 아닌 거 같아요. 그저 돈이 되는 말을 떠드는 사람도 많으니까요. 그거 때문에 누가 죽든 말든…….

임 선생님. 뭘 그렇게 보세요? 맨 뒷자리요? 밤에 마스크 쓰고 선글라스 끼는 사람이 한둘인가요. 네? 총이요? 설마요. 경찰도 아니고, 이 마을에 총 들고 다니는 사람이 있을라고요. 내가 너무 나쁜 사람들 이야기만 해서 그런가? 당장 내일부터 이 마을버스를 몰고 다니실 분인데 제가 너무 겁만 줬나 봐요. 좋은 사람들도 많죠.

정이 엄마라고 있어요. 매일 새벽 첫차 타고 하정상가에서 내리시는 분이에요. 거기서 과일 가게를 하시거든요. 딸이 둘인데 이름이 유정이, 수정이에요. 그래서 가게 이름도 '정이네'예요. 우리도 정이 엄마라고 불러요. 사람이 정이 많아서 또 정이 엄마고요. 기사들 수고한다고 가끔씩 과일도 주시고, 손수 만든 식혜도 주시고. 사람이 얼마나 밝고 친절한지. 정이 엄마 웃는 거만 봐도 늘 기분이 좋아요. 존경스럽기도 해요. 이른 나이에 남편이랑 사별하고, 혼자 힘으로 부지런히 장사하면서 큰딸을 대학까지 보냈어요. 참, 고생도 많이 했죠. 딸들도 똑똑하고 착해요. 유정이는 S대학교 장학생이에요. 얼마나 애가 똑똑한지 가끔 엄마 일 돕는 거 보면 감탄이 나와요. 수정이는 마음씨가 참 고와요. 어르신이 타면 늘 먼저 양보하고, 타고 내릴 때마다 웃으면서 인사하고. 수정이가 등하교할 때마다 이 버스를 탔거든요. 저랑 수다도 많이 떨었는데…… 자매가 우애도 깊고, 어? 선생님? 졸리세요? 임선생님? 임 선생님…… 임 선생…….

***

……다음 뉴스입니다. 서울시 하정구의 일부 지역을 운행하는 하정 01번 마을버스가 운행 중에 자취를 감추고 사라졌습니다. 경찰은 마을버스가 하정구를 벗어

난 것으로 보인다며 경기도 일대로 수색을 확대했으며, 해당 마을버스를 운행하는 사십대 박 모 씨가 병원에서 치료 목적으로 쓰이는 수면 가스를 훔친 정황을 발견하고 그의 최근 행적을 조사하고 있습니다. 한편, 사라진 하정 01번 버스에는 하정구가 지역구인 전직 경찰청장 출신 한정희 의원이 타고 있는 것으로 알려졌으며, 경찰은 그 외에도 버스에 타고 있던 다른 승객들의 신원도 파악 중에······.

*　*　*

······임 선생님? 일어나셨어요? 여기요? 네. 서울이 아니에요.

네. 임 선생님. 사실 이 버스는 종점으로 가지 않아요. 잠깐만요. 선생님. 제가 설명할게요. 지금 이 버스가 어디로 가는지, 왜 뒤에 탄 승객들이 전부 자고 있는지. 진정하시고 앉으세요. 휴대폰 놓으시고 제 이야기를 조금만 더 들어주세요.

재작년 이맘때쯤. 늦은 밤이었어요. 그날도 저는 이 버스를 운행하고 있었고 버스에는 수정이가 타고 있었어요. 네. 정이네 둘째요. 수정이는 하정고개 정류장에서 내렸어요. 저는 수정이를 내려주고 얼마 못 가 금방 신호에 걸려 횡단보도 앞에 버스를 세웠어요. 문득 편의점 앞을 보는데, 테이블 위에 빈 술병만 가득하고 지금 뒤에서 자고 있는 저 망나니가 그날따라 보이질 않는 거예요. 불길한 예감에 사이드 미러를 봤는데 저 망나니가 정류장에서 갈아탈 버스를 기다리는 수정이 옆에서 치근덕대고 있었어요. 수정이가 어쩔 줄 몰라 하면서 피하는데도 그날따라 술을 많이도 마셨는지 저놈은 집요하게 아이를 괴롭혔어요. 심지어 자기 팔까지 잡아채자 더 버티지 못한 수정이는 저놈을 피하려고 마침 보행신호였던 횡단보도를 급하게 건넜어요. 나는 수정이 뒤를 쫓는 저놈을 잡으려고 버스에서 막 내렸고요.

그때, 그 끔찍한 굉음이 들렸어요. 뒤를 보니 하얀 세단이 브레이크가 고장 난 차처럼 폭주하고 있었어요. 버스 앞을 지나쳐 횡단보도를 급히 건너던 수정이는 무섭게 달려오던 그 차에 그대로 치였어요. 공중에 몸이 뜬 수정이는 차가운 아스팔트 바닥에 머리부터 떨어졌어요. 한동안 시간이 멈춘 느낌이 들었어요. 잠시 후, 뒤늦게 멈춰 선 하얀 세단의 새까만 보조석 창이 서서히 내려갔고, 나는 그때 운전석에 앉아 있는 저 쌕쌕이의 무표정한 얼굴을 봤어요. 쓰러진 수정이를 가만히 보던 쌕쌕이는 곧 아무 일도 없었다는 듯이 다시 굉음을 내며 달렸어요. 편의점 망나니요? 그제야 술이 깼는지 진즉에 도망치고 없더군요. 저는 수정이를 버스에 태우고 그 길로 병원으로 달렸지만, 아이는 그 후로 지금까지 병원 침대에서 일어나지 못하고 있어요. 뇌사상태라고 하더군요.

사고 장면이 찍힌 CCTV는 따로 없었지만, 버스 전면 블랙박스에 그 직후의 모습이 담겨 있어서 하얀 세단이 수정이를 쳤다는 사실을 입증하는 건 어렵지 않았어요. 저는 경찰에 그 하얀 세단의 운전자가 구영 그룹의 손주라고 분명히 증언했어요. 블랙박스에 그놈 얼굴이 잡히지는 않았지만 적어도 저는 두 눈으로 똑똑히 봤으니까요. 다음날 경찰에 자수한 사람은 구영 그룹의 운전기사였어요. 경찰은 그때부터 저를 밤눈 어두운 아저씨 취급하더군요.

그날 나는 경찰서 건물 뒤편에서 자수한 운전기사가 아내에게 하는 말을 훔쳐들었어요. 삼 년 금방 가니까 너무 걱정하지 말라고 하더군요. 재판은 하지도 않았는데요. 그 남자는 삼 년이라는 시간의 대가로 대체 뭘 받았을까요? 지금도 궁금해요.

엉뚱한 운전기사가 대신 죄를 받고, 쌕쌕이는 아무런 처벌도 받지 않자 유정이는 세상에 하소연했어요. 유정이가 인터넷에 올린 장문의 글에 국민들이 공분하고, 많은 언론에서도 정이네 사건을 다뤘어요. 일이 바로잡히는 분위기였죠.

그때 느닷없이 저 얼뜨기가 자기 방송에서 이상한 소리를 했어요. 기업 회장에게 거액의 합의금을 제시한 유정이가 일이 틀어지자 터무니없는 모함을 하는 게 아닌가 싶다고요. 자신의 방송이 논란이 되자 빡구는 다음 증거를 내놓아야 했지만 어디 그런 증거가 있나요? 빡구는 교묘하게 말을 바꿨어요. 수정이의 치료를 위해 모금된 거액의 돈을 유정이가 사적으로 쓰는지 의심스럽다거나, 유정이의 과거 이력 등을 들추며 흠을 잡았어요. 다소 중성적인 유정이의 스타일을 손가락질하면서 성 정체성 운운하고, 누가 그랬다더라, 그런 소문이 들리더라, 들을 가치도 없는 쓰레기 같은 말들이었죠.

그런데, 참 이상하죠. 이후로 분위기가 묘해졌어요. 뺑소니 사건의 진상을 밝히는 데 초점이 맞춰지는 게 아니라 그 사건의 진상을 밝히려는 유정이한테 초점이 옮겨

갔어요.

사람들은 유정이를 공격했어요. 인터넷상으로만 못살게 군 게 아니에요. 손님을 가장해 찾아가 가게 앞에서 변태 짓을 하는 놈도 있었고, 밤중에 정이네 집을 불쑥 찾아가 난폭하게 문을 두들기면서 겁을 주기도 했어요. 결국 그 야무진 아이가, 어느 날 숨을 꺽꺽거리더니 쓰러지더라고요.

정이 엄마는 이제 하정상가가 아니라 하정병원에서 내려요. 병원 침대에 누워서 천장만 보는 수정이를 돌보다가 집에 돌아오면 방 안에 틀어박힌 유정이의 방문 앞에서 잠들어요. 보기만 해도 기분 좋던 그 미소는 사라진 지 오래됐어요.

그런 정이 엄마 앞으로 어느 날 한 남자가 찾아왔어요. 눈물을 글썽이면서 정이 엄마의 손을 덥석 움켜잡은 남자는 지방선거를 앞두고 하정구에 출마한 국회의원 후보자였어요. 그 남자는 정이 엄마를 감싸 안으며 자신이 국회의원이 되면 철저한 진상 규명을 하겠다고 뻔한 말을 했어요. 적어도 하정구에서는 정이네 사건이 큰 이슈라 표를 얻으려 그녀의 손을 잡는 건 당연한 일이었죠. 정이 엄마도 그 의도를 모르는 바가 아니었지만, 힘이 필요했어요. 그간의 일을 겪으면서, 진실을 밝히기 위해서는 진실만으로는 부족하다는 걸 알았죠. 심지어 자신의 손을 움켜잡은 그 남자는 전직 경찰청장이었거든요.

정이 엄마는 그를 공개적으로 지지했어요. 그를 대신해 연단에 서서 두 딸의 이름을 부르짖으면서 남자에게 표를 달라 소리쳤어요. 덕분이었을까요? 의원은 아슬아슬한 표 차로 당선됐어요. 하지만 이후로 그 남자가 정이 엄마를 만나러 오는 일은 없었어요.

정이 엄마는 여전히 이 버스를 타요. 멍하니 창밖을 보면서요. 창밖 풍경은 여전해요. 쌕쌕이는 굉음을 내면서 달리고, 망나니는 하루가 멀다 하고 행패를 부리고, 빡구는 구역질 나는 말들을 지껄이고.

임 선생님. 제가 그때 조금만 더 빨리 밖으로 나가서 망나니를 말렸으면 어땠을까요? 칼치기 하는 쌕쌕이를 도로에서 마주칠 때마다 따라잡아 주먹이라도 한번 날렸으면 어땠을까요? 빡구의 거짓말에 그게 아니라고 댓글이라도 한번 달았다면, 대단한 게 아니라 내가 할 수 있는 아주 작은 일을 그때마다 했더라면, 그랬더라도 지금 정이 엄마가 하정병원에서 내릴까요?

그러던 어느 날 저 쌕쌕이가 이 버스에 올라탔어요. 복지원 건물 앞에서요. 그 건너편 정류장에서 버스를 타야 집으로 가는 방향이지만, 언론에 사진이 많이 찍히기 위해서인지, 걷는 게 귀찮아서인지 쌕쌕이는 그냥 복지원 건물 바로 앞에서 이 버스를 타고 회차 구간을 돌아서 집으로 가더군요. 하긴, 큰 차이는 없으니까요. 아무튼, 그래서 회차 구간을 돌 때 버스 안에는 저랑 쌕쌕이 둘밖에 없었어요. 그때 문득 그런 생각이 들었어요.

이대로 이 버스가 낭떠러지로 추락하면 어떨까?

내가 저놈을 직접 벌하면 어떨까?

기분이 묘했어요. 내가 지금 조작하는 핸들과 브레이크에 저놈 목숨이 달렸으니까. 평소라면 불가능하죠. 내가 버스 기사일 때, 쌕쌕이가 내 승객일 때만 가능한 상황이었어요. 그러자 곧 다른 바람이 들더군요.

그놈들 전부 이 버스를 탔으면 좋겠다.

의사 선생님도 마침 말씀하셨죠. 마지막으로 하고 싶었던 일을 하면서 생을 잘 마무리하라고.

이 마을버스는 노선이 비교적 짧고 딱히 막히는 구간이 없어 차고지에서 출발하는 시각을 알면 각 정류장에 언제 도착하는지 대략의 시각이 나와요. 주임한테 부탁해서 내가 운행하는 버스가 일곱 시 이후 복지원에 처음

도착하는 버스가 되도록 배차 시간을 조정했어요. 쌕쌕이를 내 버스에 태워야 하니까요. 조금은 별난 요구였지만 이게 제 마지막 운행이라 주임이나 다른 기사들도 별말 하지 않았어요.

망나니는, 저놈이 자주 하는 소개팅 앱을 이용했어요. 근처에 있는 이성을 서로 소개해주고 마음 맞으면 만나기도 하는 그런 앱이요. 수정이의 개인 정보로 소개팅 앱에 가입한 다음, 인터넷에서 놈이 혹할 만한 여자의 사진을 찾아내 프로필에 올리고 하정구에 사는 젊은 여자인 척했어요. 그런 다음 전에 훔쳐보았던 망나니의 아이디가 가물가물해서 잠깐 헤맸는데, 굳이 내가 어렵게 기억해낼 필요가 없었어요. 망나니가 먼저 내게 말을 걸었거든요.

남부끄러웠지만 채팅으로 저놈을 적당히 애태우게 해놓고는 오늘 만나자고 했어요. 카페나 공원 같은 데서 만나는 건 이제 식상하니까 우리는 독특하게 버스 안에서 만나자고. 하정고개 정류장에서 일곱 시 이후로 오는 첫 마을버스를 타라고 했어요. 나는 그 이후에 버스에 탈 테니까 누군지 맞춰보라고 했죠. 재밌겠다고 좋아하더군요. 저놈 커피는 왜 두 개나 들고 탔겠어요. 딴에는 점수 좀 따려고 했겠죠.

빡구한테는 익명으로 제보 메일을 보냈어요. 하정구 마을버스 기사 중에 하나가 정류장에 무정차 하기를 밥 먹듯이 한다고. 그러면서 그 기사가 전용으로 몰고 다니는 차량 번호를 알려줬어요. 빡구가 앱으로 확인하고 탈 수 있도록. 오래 쉬었다가 오늘 오랜만에 운행하는 거 같으니 꼭 타보라고요.

난 저놈 탈 줄 알았어요. 유정이 일을 시작으로 정의를 지키는 소시민 콘셉트로 방송 스타일을 바꿨는데, 소재가 고갈돼서 애먹는 게 눈에 보였거든요. 아까 하는 방송을 들어보니 말도 안 되는 이야기를 잘도 가져다 붙이더군요. 하긴, 당장 조회 수만 잘 나오면 되니까요.

마지막으로, 선생님이 아까 수상하다고 말한 남자 있죠? 맨 뒷좌석에 선글라스 끼고 마스크 쓴 남자. 한정희라고 하정구 국회의원이에요. 원래 저 남자는 계획에 없었어요. 지역에서 유세 떠는 꼴을 볼 때마다 한 방 날려주고 싶기는 했지만, 이 버스에 탈 자격까지는 없다고 생각했거든요. 그러다가 우연히 포털 사이트에서 작은 기사 하나를 봤어요. 한정희 의원이 경찰청장 시절에 구영 그룹 회장으로부터 수십억의 뇌물을 받았다는 기사였어요. 그제야 의문이 풀리더군요. 쌕쌕이가 그동안 왜 그렇게 경미한 처벌을 받았는지요. 단 한 번이라도 쌕쌕이가 제대로 죗값을 치렀다면 그때 수정이가 저놈 차에 치이는 사고가 일어났을까요? 저 남자도 이 버스에 탈 자격이 충분했어요. 아니, 가장 먼저 태워야 했어요.

나는 제보자를 자칭하고 그 기사를 쓴 기자에게 접근했어요. 그리고 오늘 선생님께 이야기한 거처럼 지금까지 내가 버스를 운행하면서 보아왔던 모든 부조리한 일들을 털어놨어요. 내 말을 흥미롭게 듣던 그 기자는 자신이 밝혀낸 사실에 내 증언까지 더해 세상을 바꿀 특집기사를 쓰겠다고 호기롭게 말했어요. 신입 기자였거든요. 나는 믿지 않았죠. 그런 특집기사는 그전에도 열 번쯤은 더 있었는데요. 내가 그 기자에게 모든 이야기를 한 이유는 특집기사 따위를 원해서가 아니라, 그 기자와 신뢰 관계를 쌓기 위해서였어요.

이후 그 기자와 두어 번의 만남을 더 가진 나는 어느 정도 친분이 생기자 그가 가지고 있던 증거에 대해 물었어요. 아직 세상에 공개하지 않은 녹취록 증거가 있더군요. 나는 기자가 틀어준 녹취록의 일부를 몰래 녹음했고, 그걸 한정희 의원에게 보냈어요. 녹취록 원본을 줄 테니

현금으로 오억을 들고 혼자 이 마을버스에 탄 후 종점까지 오라고 협박했죠. 안 그러면 세상에 전부 폭로하겠다고. 아까 보셨다는 게 아마 총 맞을 거예요. 무서워서 가져온 걸까요? 아니, 어쩌면 우리는 서로 죽이려고 했는지도 모르겠네요.

그렇게 저놈들 모두 이 버스에 탄 거예요. 지금 이 버스 안에 탄 사람 중 내 계산 밖의 승객이라고는 갑자기 차고지로 찾아와 버스를 한 번 더 타보고 싶다던 선생님 뿐이에요.

아니요. 이제 와 절 말리셔도 소용없어요. 이미 저는 마음을 굳혔습니다. 법과 원칙으로요? 그걸 피한 놈들은 잘했다고, 운이 좋았다고 박수 쳐줘야 하나요? 저놈들 그대로 뒀다간 이 마을엔 또 다른 정이네가 나올 거예요. 전 괜찮아요. 어차피 죽을 목숨, 같이 가 마땅한 놈들 데려가는 거예요.

모두 태운 다음 낭떠러지나 강으로 떨어지면 됐지만, 노선에는 마땅한 장소가 없었어요. 교외로 빠져나가야 했는데, 버스가 갑자기 노선을 벗어나면 저놈들이 시끄러워질 수 있었어요. 해서 그 장소까지 가는 동안만이라도 놈들이 잠잠해질 수 있는 방법이 필요했어요. 알아보니, 치과나 정신과에서 수면 치료를 위해 졸린 상태를 유도하는 가스가 있더군요. 다만, 직접 흡입하는 방식이 아닐 경우엔 오랜 시간을 지속적으로 맡아야 하고, 높은 온도와 밀폐된 환경을 유지해야 효과를 볼 수 있을 것 같았어요. 나는 버스의 공조장치에 수면 가스를 연결하고 차고지에서 버스가 출발할 때부터 히터를 틀었어요. 저렇게 다들 잠든 걸 보니, 추운 겨울날 훈훈한 버스 안은 과연 최적의 환경이었네요. 선생님도 그래서 잠드신 거예요. 가장 먼저 깨신 것도 가장 먼저 잠들었기 때문이 아닐까 싶어요. 저요? 저는 운전석 쪽 송풍구를 아예 막아놨어요. 창문도 열어놓고요.

회차 이후에는 브레이크에 문제가 있으니 뒤에 오는 버스를 타라는 문구를 앞 유리에 크게 내걸고 운행했어요. 브레이크가 고장 난 차를 누가 타겠어요? 정류장에 서기는 해도 사람들이 타지는 않았죠. 맨 마지막에 버스를 탄 망나니까지 잠에 빠져들자 저는 노선을 벗어나 교외로 달렸어요. 방금 혹시나 싶어 라디오를 틀었더니 경찰청장 출신 국회의원이 실종돼선지 경찰이 아주 발 빠르게 대응하네요. 그래봤자 이미 늦었어요. 거의 다 왔거든요. 아주 까마득한, 떨어지기 좋은 낭떠러지를 미리 봐

됐어요.

선생님은 앞에 보이는 저 정류장에서 내리세요. 저기서 서울로 가는 심야버스를 타세요. 선생님은 내일부터이 마을버스를 모셔야 하니까요.

선생님. 소용없어요. 무슨 말씀을 하셔도 저는 이미 마음을 굳혔습니다. 선생님. 선생님! 그래요. 솔직히 말할게요. 제가 왜 이렇게까지 할까요? 이 사회의 정의를 위해서? 다른 피해자가 나오는 걸 막기 위해서? 그래요. 번지르르한 핑계죠.

아까 물으셨죠? 왜 십 년이나 있었으면서 더 좋은 곳으로 가지 않고 이 마을버스만 운전했냐고. 나는 있잖아요. 매일 아침 이 버스에 정이 엄마를 태워 하정상가에 내려주는 일이 제 삶의 유일한 낙이었어요. 네. 나는 정이 엄마를 사랑해요. 내가 이 버스를 몰기 시작한 첫날부터요. 그렇게 오랜 망설임 끝에, 그녀가 힘들다 지쳐 내 어깨에 처음으로 기댄 날, 나는 시한부 판정을 받았어요. 그녀를 위해 무엇이든 하겠다는 결심을 했던 바로 그날에요.

자, 다 왔네요. 이제 내리세요. 눈이 참 곱게 오네요. 마을도 지금쯤 새하얘졌겠어요. 그 예쁜 풍경을 다 같이 보면 좋았을 텐데.

임 선생님. 오늘 이 버스가 낭떠러지에 처박혀도, 내일 또 하정 01번은 승객들을 태우고 달리겠죠. 그때 버스에서 보는 창밖 풍경이 전과 조금 달랐으면 좋겠어요. 당장은 힘들겠지만, 적어도 그녀와 두 자매가 다시 이 버스를 탔을 때는 이 세상이 달리 보였으면 좋겠어요. 자, 이제 내리세요. 선생님. 임 선생님. 어서요. 놈들이 일어나려고 해요. 임 선생님! 가세요! 어서요!

5
네버 체인지

딱!

호쾌한 스윙과 함께 배트 정중앙에 맞은 공이 그대로 쭉쭉 뻗어나가 관중석에 꽂혔다. 그랜드슬램! 9회에 터진 이 만루 홈런으로 점수는 더 벌어져 이제 13대0. 이미 승부가 기운 상황에 위너스는 크레인스의 관뚜껑에 못까지 박았다. 결정 난 승패에 미련을 버리지 못하고 꼴사납게 기적만을 기도하던 아재들도 하나둘 허망한 표정으로 복권방을 떠났다.

아재들……. 내 위험하다 그렇게 말려도.

최근 삼 년 연속 우승 트로피를 들어 올린 전통의 강호 위너스. 만년 꼴찌이자 자타공인 동네북 크레인스. 두 팀이 맞붙는다고 하면 위너스의 압도적인 우위를 예상하는 게 보통이지만 이번 게임을 앞두고는 달랐다. 4연패 중인 위너스에 반해, 크레인스는 무려 5연승을 달리고 있었기 때문이다. 게다가 오늘 경기에는 크레인스의 에이스가 선발로 등판할 예정이었던지라 많은 도박꾼이 이번만큼은 크레인스의 승리에 돈을 걸었고, 결국은 이 사달이 났다.

보통의 호구들이 게임의 승패를 예측할 때 '스스로 특별하다고 생각하는 본인의 그 촉'을 믿는다. 그나마 조금 머리를 굴리는 호구들은 대상 팀의 분위기나 현재 전력, 양 팀의 전술 등을 분석하지만 결국 호구는 호구. 왕창 돈을 걸고 쫄딱 망한다.

나는 그런 비과학적이고 얕은 분석에 내 피 같은 돈을 덥석 던지는 멍청이가 아니다. 나는 프로 베터다. 어디까지나 통계를 이용한 과학적 분석만을 근거로 하여 베팅한다. 똑같은 도박꾼 아니냐고? 분명 다르다. 그들은 신을 믿고, 나는 과학을 믿는다.

오늘 경기로 예를 들면 이렇다. 호구들이 '5연승'과 '에이스'라는 말에 현혹돼 크레인스에 베팅할 때, 나는 야구 기록실을 뒤져 그 팀의 역대 기록을 살펴본다. 그 결과 크레인스가 최근 사 년간 6연승을 한 적이 단 한 번도 없다는 걸 발견한다. 이어 프로야구가 생긴 이후 '5연승의 하위권 팀'이 '4연패의 상위권 팀'을 만났을 때 냈던 통산 성적을 찾아봤다. 통산 4승 5패. 오히려 열세. 다음으로, 크레인스의 '에이스'가 '돔구장'에서 '토요일 낮 경기'에 '선발 투수'로 뛰었던 통산 성적을 확인했다. 조건에 들어맞는 경기가 총 열여섯 번이 있었고, 그중 승리를 거둔 적은 고작 여섯 번. 마지막으로, 맛집의 레시피 같은 거라 자세히 말할 수는 없지만 내가 만든 경기 예측 알고리즘에 이 경기의 모든 데이터를 대입해 보니 크레인스에 돈을 걸지 말아야 할 결괏값이 나왔다.

여기까지가 내가 삼십여 년간 크레인스의 골수팬이면서도 이 경기에 베팅하지 않은 이유다. 예상대로 그 팀의 에이스는 흠씬 두들겨 맞아 3회에 강판당했고, 공격 역시 그들다운 물방망이를 보여주면서 이렇게 완패를 앞두고 있다. 이야기하는 중에 홈런 한 방을 더 얻어맞았다.

이 판에서 살아남으려면 과학적인 자세가 필요하다. 막연한 감으로 일확천금을 노리다가 호구 꼴 면치 못하고 쫄딱 망한 인간들 여럿 봤다. 다시 한번 말하지만 나는 그들과 다르다. 나는 과거를 살펴 미래를 예측한다. 과거는 현재의 미래다.

아직은 시행착오 구간이라 수익은 없지만, 몇 가지 변수가 될 문항들을 좀 더 수집해 내 알고리즘에 추가하면 더욱 오차 없는 결괏값이 나올 거고, 그때가 되면 건물주도 헛된 꿈은 아니지. 안다. 허풍으로 들린다는 거. 나도 결국 할 말은 하나밖에 없다. 어디 한번 두고 보자고.

헛된 꿈을 꾸던 호구들의 싸구려 흥분으로 득시글거리던 복권방은 경기가 끝나고 그들이 퇴장하자 언제 그랬냐는 듯 순식간에 조용해졌다. 단골인 나는 주인의 부탁으로 잠시 대신 가게를 맡았다. 복권방에 홀로 남은 나는 매대 안 의자에 눌러앉아 내일 있을 대상 경기의 승패를 분석했다. 내가 분석하던 경기는 한국과 일본의 친선 축구 경기였다. 여러 가지 데이터들을 대입해 보며 경기의 승패를 도출하고 있을 때, 그때 그녀가 처음 내 앞에 나타났다.

전단이 덕지덕지 붙은 유리문을 슬며시 밀고 들어온 그녀는 맨발에 새하얀 잠옷을 입고 있었다. 나이는 이십 대 초중반쯤 됐을까, 어디서 본 듯 만 듯한 평범한 얼굴에 가냘픈 체형의 그녀는 가게로 들어와 주변을 쓱 둘러보더니 나를 발견하고 그대로 시선을 고정했다. 나는 그때부터 넋이 나갔다. 비현실적인 그녀의 옷차림과 꿈꾸는 듯한 분위기에 완전히 압도됐다.

한동안 우리는 서로를 바라만 봤다. 분명 짧은 시간이었을 텐데도 그 순간이 꽤 길게 느껴졌다. 겨우 정신을 차리고 복권이라도 사러 왔냐며 내가 주인 행세를 하려 했을 때, 그녀가 날 향해 힘차게 다가왔다. 그 모습이 또 묘해 나는 말문이 막혔다. 빠르게 L자형 매대 안쪽으로 들어온 그녀는 피할 새도 없이 내 귓가에 얼굴을 불쑥 들이밀었다. 보드레한 비누 향이 내 코를 감쌌을 때, 그녀가 은근히 속삭였다.

"한국 사람이면 제발 대한민국 갑시다."

귓속말을 마친 그녀는 넋이 나간 나를 보며 서서히 뒷걸음질치더니 가게 문을 열고 그대로 나갔다. 어안이 벙벙한 나는 그녀가 사라진 방향을 한참이나 바라봤다.

나 참, 별…….

***

"미친년 다 보겠네."

자신이 내뱉은 말에 아차 싶었는지, 동철이 내 딸아이

에게 고개를 연신 숙이며 사과했다.

"말 예쁘게 하라고 몇 번을 말하냐. 혜윤아, 아저씨 말 예쁘게 해야지?"

내가 쏘아붙이자 동철이 원망 가득한 표정을 지으며 따졌다.

"형은 지금 그럼 그 미…… 그 뭐야, 그, 그 귀신 말 듣고 나한테 한국에 돈 걸라고 한 거야? 알고리즘 어쩌구 하시는 분이?"

"나도 걸었어, 인마."

"나는 월급의 반을 걸었어, 형!"

"그래서 얼마? 팔십? 야, 그거 있으나 마나 네 인생이 달라지냐? 아주 누가 보면 팔천쯤 건 줄 알겠네."

"형! 구십이야!"

"아, 그래? 내가 한참 잘못 알고 있었네. 동철이 돈 많이 버네."

나는 더 비아냥대지 못했다. 말이 끝나자마자 TV 속 일본 선수가 보란 듯이 한 골을 더 집어넣었기 때문이다. 이제 스코어는 2대0. 지고 있는 상대 팀은 한국이었다.

한국 사람이면 제발 대한민국 갑시다.

그러니까 미친 귀신이 했던 그 말은 스포츠 도박을 하

는 사람들끼리 쓰는 은어 같은 것이다. 한국 팀이 다른 나라 팀과 경기할 때, 망설이거나 따지지 말고 자국에 돈을 걸자는 걸 저런 식으로 말하는 거다. 전문 용어로 이런 걸 '애국 베팅'이라고 한다. 다시 한번 말하자면 나는 그런 비과학적인 이유를 근거로 하는 베팅을 누구보다 경멸하는 사람이다. 그런데, 그녀가 사라지고 나서 왜인지 그 말이 계속 마음에 걸렸다. 아무리 다른 경기를 분석하려 해도 그 귀신이 남긴 말이 환청처럼 들려왔다. 결국 나는 홀린 듯 한국에 돈을 걸었다. 오래전부터 알고 지낸 친한 동생이자, 주말마다 같이 스포츠 도박을 하는 동철은 내 추천으로 제 말마따나 월급의 반이나 걸었다.

점수 차가 더 벌어지자 동철은 완전히 포기한 듯 올해 여섯 살 된 혜윤이 앞에 주저앉았다.

"똑똑."

"들어오세요. 어디가 아파서 오셨어요?"

"네. 의사 선생님, 제가 다리를 다쳐서요. 아아, 너무 아파요."

"이런, 다리를 다치셨군요. 우선 여기 누우세요. 이런 이런, 앞으로 못 걷겠어요. 쫄딱 망했어요."

혜윤이의 입에서 '쫄딱 망했다'는 표현이 튀어나오자

동철과 내가 동시에 웃음을 터트렸다. 그건 늘 많은 돈을 베팅하는 동철이에게 내가 조심하라며 입버릇처럼 하던 말이었다.

"말조심은 형이 해야겠어. 혜윤이가 아빠 말 다 따라 하네."

불구가 됐다는 혜윤이의 말에 동철이는 낮잠이라도 자려는 듯 아예 자리를 잡고 누웠고, 나 역시 소파에 누워 스마트폰으로 다음 베팅할 경기를 찾았지만, 얼마 안 가 우리는 다시 TV에 온 신경을 집중했다. 어렵사리 만회 골을 터트린 한국이 연이어 동점 골을 터트리며 승부를 알 수 없게 만들었기 때문이다.

양 팀은 종료 십여 분을 남겨 두고 손에 땀을 쥐게 하는 접전을 펼쳤다. 우리는 마치 TV에 빠져들 것처럼 선수들의 동작 하나하나에 집중했고 기어코 한국 팀은 불구가 된 동철이도 벌떡 일어나는 기적을 만들었다. 종료 직전, 한국 선수 하나가 대포알 같은 중거리 슛을 터트리며 기적 같은 역전승을 거둔 것이다.

한국 관중들은 경기장이 떠나갈 듯 열광했고, 흥분한 아나운서는 대한민국 만세를 외쳤다. 우리 셋도 자리를 박차고 일어나 방방 뛰며 한국의 승을, 아니 돈을 딴 걸

기뻐했다. 짜릿했다. 이런 순간순간이 바로 스포츠 도박의 진미다.

그때 밖에서 누군가 도어록의 비밀번호를 누르는 소리가 들렸다. 나는 급히 TV를 끄고 동철이에게 눈치를 주며 소파에 앉았다. 막 집 안으로 들어온 아내가 내 옆에 앉아 어색한 표정으로 웃는 동철이를 향해 말했다.

"동철 씨 왔네. 왜 자꾸 오빠랑 같이 놀아요. 날씨도 좋은데 밖에서 연애해야지."

"형수님! 저는 여자보다 석원이 형이 더 좋네요. 계속 좋아해도 돼요?"

동철의 농에 웃으며 방으로 들어가려던 아내가 뒤늦게서야 무언가 떠오른 듯 나를 노려봤다. 그녀의 눈빛에, 제발이 저린 나는 항변했다.

"선애야. 내가 뭐 집 팔아 해? 땅 팔아 해? 주말마다 푼돈 조금 거는데 그럴래? 숨 막히게."

한동안 날 노려보던 아내는 짧은 한숨을 내쉬고는 그대로 방 안에 들어갔다. 그녀가 들어가자 우리는 서로 의미심장한 눈빛을 교환하며 승리를 만끽했다. 방방 뛰는 혜윤이의 모습을 보며 나는 머릿속에서 하얀 잠옷 귀신을 떠올렸다.

***

나는 좀비였다. 해가 뜨면 흐리멍덩한 눈으로 회사를 가고, 해가 지면 터덜터덜 집으로 돌아오고. 도무지 왜 그렇게 무기력한지 몰랐다. 몸이 고된 일을 하는 것도 아니고, 회사에서 딱히 스트레스를 받는 것도 아닌데 그랬다. 푹 자고 일어나면 활기가 넘쳐 출근할 법도, 일이 끝나면 홀가분해 신이 날 법도 했지만 둘 다 아니었다. 자극 없는 좀비처럼 그렇게 하루하루를 보냈다. 해가 뜨고, 해가 지고, 잠이 들고, 해가 뜨고, 해가 지고, 잠이 들고. 이대로는 싫다. 무언가 변화가 필요하다. 늘 생각했지만 늘 생각뿐이었다.

그날도 그저 시시껄렁한 회식 자리였다. 서로가 재미없는 이야기를 더욱 재미없게 하고 있었다. 그때 한 직원의 수상한 행동이 내 눈에 들어왔다. 한껏 허풍을 늘어놓고 있는 박 부장 앞에 앉은 그는 초조한 표정으로 자꾸 스마트폰을 꺼내 무언가를 확인했다. 그러다 갑자기 자리에서 벌떡 일어나서는 가게가 떠나갈 듯 환호성을 내질렀다. 그는 외국의 한 축구 경기에 돈을 걸었는데, 그가 베팅한 팀이 승리하며 베팅했던 백만 원이 방금 천만 원으로 변한 거였다. 당시 천만 원은 내 반년 치 월급이었다. 그걸 그는 고작 축구 한 경기의 승패로 가져갔다.

나중에 그의 이야기를 듣고 나서 오랜만에 심장이 두근거렸다. 바로 이거다. 이것이 내 의미 없는 현재를, 뻔한 미래를 바꿀 유일한 방법이다. 한번 가진 자가 아니면 영원히 가진 자가 되기 힘든 현실에서 이 세계는 나를 가진 자로 바꿔 줄 수 있는 유일한 길처럼 보였다. 게다가 나는 야구를 비롯해 공으로 하는 스포츠라면 뭐든 좋아했다. 그건 마치 나를 위해 만들어진 세계 같았다.

초심자의 행운이었을까? 처음에는 쉬웠다. 금방이라도 부자가 될 거 같았지만, 행운은 오래가지 않았다. 스포츠 도박이라는 게 하면 할수록 만만하지 않았다. 강팀이라고 매번 이기지도, 약팀이라고 매번 지지도 않았다. 모르는 사람이야 강팀에 돈을 계속 걸면 되는 거 아니냐고 물을 수도 있다. 하지만 승리 확률이 높은 만큼 배당도 낮다. 계속 그런 식으로 베팅한다면 아홉 번 따도 한 번 잃으면 손해인 게 이 게임의 룰이다. 약팀에 돈을 걸어 높은 배당을 노리는 건 그거대로 또 예측하기 힘들다. 내가 처음 목격한 열 배의 돈을 한 번에 따는 일은 보기보다 꽤 어려운 일이었다.

딸 때보다 잃을 때가 많았지만 나는 이미 이 세계를 벗어날 수 없었다. 어느새 돈을 걸지 않고 스포츠를 보는 일이 면발 없는 국수를 먹는 것처럼 무의미해졌다. 당신이 TV에서 어떤 재미없는 경기를 볼 때, 한 번쯤은 관중석에서 열광적으로 응원하는 사람들을 본 적이 있을 거다. '내가 이기는 것도 아닌데 저게 뭐라고 저렇게 열심일까'하고 생각하며 이해 못 한 적이 있는가? 내가 이해시켜주겠다. 그 사람들 중 둘에 하나는 만 원이라도 걸었다. 그리고 당신이 돈을 건다면 이제 당신이 그 나머지 하나다.

나는 그다음 주 토요일에도 복권방에 출근했다. 주인 아저씨는 날 보자마자 마치 내가 교대 근무자라도 되는 것처럼 밖으로 나갈 채비를 했고, 나는 또 그러려니 하며 매대 안으로 들어가 내 가게처럼 눌러앉았다. 해가 저물고 오후의 대상 경기들이 모두 끝나자, 복권방 호구들이 하나둘씩 돈을 잃고 가게 밖으로 내버려졌다.

그렇게 가게에 나 홀로 남았을 때 또 그녀가 나타났다. 심지어 이번에는 기척까지 느꼈다. 그녀가 나타나기 직전, 무언가 이상한 기운에 끌린 나는 가게 문을 향해 서서히 시선을 돌렸다. 가게 문은 왜인지 긴장감 넘치게 닫혀 있었다. 열릴 것 같다. 왠지 열릴 것 같다. 그때 문이 안으로 열리며 그녀가 들어왔다. 왜 그랬는지는 모르겠지만 나는 그녀의 옷차림부터 확인했다. 똑같은 흰색 잠옷이었다. 그녀는 문을 열자마자 내게 힘차게 돌진했고 이번에도 나는 입도 뻥긋할 수 없었다. 내게 얼굴을 들이민 그녀가 또 능숙하게 속삭였다.

"세이커스에 베팅 안 한 호구 있나요?"

처음과 달리 날 보고 해죽 웃기까지 한 그녀는 또 재빠르게 뒷걸음질 치며 가게를 빠져나갔다. 한 번 겪어 본 상황이라 조금 익숙해질 법했는데도 나는 처음과 같이 넋을 놓고 그녀가 사라진 방향만 바라보았다. 다만, 세이커스라는 이름만큼은 잊을세라 몇 번이고 머릿속에서 되뇌었다.

***

승리의 여신이다!

경기가 끝난 후 동철이 감탄했다. 언제는 미친년, 귀신이라더니. 하긴, 나 역시 놀랐다. 그녀가 또 맞혔다. 우리는 그녀의 말대로 세이커스에 돈을 걸었고, 방금 내 십만

원은 오십만 원이, 동철이의 오십만 원은 이백오십만 원
이 됐다. 이번에 세이커스의 배당률은 무려 다섯 배였는
데, 승패의 선택지만 있는 농구 경기에서는 쉽게 보기 힘
든 고배당이었다. 한 번은 운이었다고 해도 두 번 연속해
서 경기 결과를 맞힌 건, 특히나 만년 꼴찌 팀인 세이커
스의 승리를 예언한 건 정말 놀라운 일이었다.

고맙게도 그게 끝이 아니었다. 승리의 여신은 이후로
도 나에게 계시를, 신의 축복을 내렸다. 매번 같았다. 일
주일에 한 번, 맨발에 하얀 잠옷을 입고, 내게 다가와 귓
속말로 속삭이고, 나를 보며 해죽 웃고, 시선을 고정한 채
뒷걸음질로 사라졌다.

XXXX 개꿀!!

XXXX 주력 세게 갑니다. 탑승하세요.

XXXX 베팅 안 한 목 돌아간 흑두루미 있나요?

그녀는 꼭 도박꾼들이 흔히 쓰는 은어들을 사용하며
내게 계시를 내렸다. 그게 그녀의 수상한 정체와 어우러
져 그녀가 그런 말을 할 때마다 나는 무언가 기묘한 기분
에 휩싸였다. 한편으로는 그녀가 이 판에 아주 문외한은

아닌 것 같아 얕은 신뢰감이 들기도 했다.

그녀가 우리에게 알려 주는 경기 결과가 늘 맞는 걸 보면서 나는 두 가지가 궁금했다. 첫째, 그녀는 어떻게 경기 결과를 맞히는 걸까? 둘째, 왜 나를 도와주는 걸까? 전자보다 후자가 더 궁금했다. 누군지도 모르는 여자가 왜 나를? 아무리 생각해도 이십대 초중반의 여자와 내 접점은 아무것도 없었다. 물론 그것에 대해 더 깊이 생각하지는 않았다. 그다지 중요한 문제가 아니었으니까. 그녀가 일주일에 한 번씩 내게 내리는 계시. 내게는 그것만 있으면 충분했다.

우리는 연승을 달렸고 많은 돈을 땄다. 나는 따로 통장을 만들어 보관할 만큼 많은 돈을 땄지만 동철이에 비할 바는 아니었다. 동철이는 완전히 그녀를 신뢰했다. 얼굴 한 번 본 적 없으면서도 늘 딴 돈 전부를 그녀의 계시에 따라 다시 베팅했고, 결국은 얼마 안 가 고가의 외제차까지 끌고 나타났다.

나는 매번 큰돈을 베팅하는 동철에게 그러다 언젠가 쫄딱 망할 거라며 잔소리했지만 실은 갈수록 그가 부러웠다. 나는 매번 그 만큼 많은 돈을 걸지 못했는데, 거기에는 두 가지 이유가 있었다. 첫째로는 아무리 잘 맞히기

로서니, 사람인지 귀신인지도 모를 여자의 말만 믿고 베팅하는 게 나의 평소 철학인 '과학적 베팅'과는 거리가 멀었고, 둘째로는 경제권을 몽땅 아내에게 넘겨 수중에 큰돈이 없어서였다.

동철이의 외제차를 빌려 타고 테헤란로를 운전해 달리며 모두의 시선을 받을 때부터 나는 고민했다. 사람의 인생에 세 번의 기회가 있다는데 이게 어쩌면 그 기회 중 한 번인지도 모른다. 어쩌면 그 마지막 기회일지도 모른다. 승부를 걸어야 할까? 그러다 모두 잃게 되면? 그렇게 주저하고 고민하는 새에 나는 기회를 날려버렸다.

온통 그 고민을 하느라 넋이 빠져 있던 그 주부터 그녀가 나타나지 않았다. 나는 갑자기 어미의 손을 놓친 새끼처럼 당황했다. 물론 그렇다고 베팅을 멈추지는 않았다. 나는 한동안 사용하지 않았던 나만의 나침반을 꺼내 다시 분석했고, 돈을 걸었고, 보통은 돈을 잃었다. 내 나침반은 맞을 듯하면서도 조금씩 틀렸다. 그녀 덕분에 만든 내 비밀 통장의 잔고가 바닥을 드러낼수록 그녀의 모습이 눈앞에 아른거렸다.

계속된 연패에 화병이 오고 전에 없던 무더위로 짜증이 극에 달했을 때, 그녀가 다시 내 앞에 나타났다. 약 한 달 만이었다. 주인이 맡기고 간 가게에는 나 혼자였고, 슬며시 문을 밀고 들어온 그녀는 처음 가게에 나타났을 때처럼 내 얼굴을 물끄러미 쳐다보았다. 그 시간이 예전보다 조금 길게 느껴졌다. 나 역시 아무 말 없이 그녀의 얼굴을 바라봤지만 속으로는 그 어느 때보다 애가 탔다.

빨리! 어서 와서 알려줘! 마지막이라도 좋으니 딱 한 번만 더 알려줘!

조바심이 극에 달했을 때 다행히도 그녀가 내게 다가왔다. 그녀는 매대를 중간에 두고 날 정면으로 바라보았다. 이상했다. 늘 매대 안쪽으로 들어와 내 귀에 은밀히 속삭였는데. 가만히 날 바라보는 그녀의 표정이 왠지 슬퍼 보인다고 생각했을 때, 그녀가 전에 없이 낮은 목소리로 말했다.

"퓨처스 승. 이번이 마지막이에요."

그녀는 말을 마치고 나서도 날 그렁그렁한 눈으로 쳐다보다가 그대로 몸을 돌려 밖으로 나갔다. 미소도, 속삭임도, 뒷걸음질도 없었다. 전에 없이 슬픈 표정이었다. 왜 평소와 다른 모습이었을까? 그간 무슨 일이 있었을까? 하지만 곧 퓨처스라는 느낌표가 내 머릿속을 가득 차지하면서 그 중요하지 않은 물음표는 내 머릿속에서 설 곳을 잃고 사라졌다. 더불어 나는 이번이 마지막이라는 그녀의 말도 내 머릿속에 단단히 새겨 넣었다.

***

아내와는 크레인스의 홈경기가 있던 날, 야구장에서 처음 만났다. 환한 미소와 함께 홈팀을 응원하는 그녀가 어찌나 예뻐 보이던지. 그날도 크레인스는 시원하게 지고 있었지만, 그녀는 승패를 모르는 얼굴로 야구를 즐기고 있었다.

아내를 처음 발견한 이후로 내 시선은 그라운드가 아닌 그녀에게만 꽂혔다. 눈치 빠른 동철이 내 마음을 알아채고는 아내의 무리로 다가가 말을 걸었고, 그걸 시작으로 아내와 나는 계속 인연을 이어갔다. 얼마 가지 않아 우리는 쉽게 애인 사이가 되었고, 또 쉽게 딸을 가지게 되었다. 조금 빨랐다. 아니, 너무 빨랐다. 결혼이라는 단어를 진지하게 생각해본 적 없던 우리는 그렇게 이른 나이에 어영부영 결혼했다. 후회하지는 않는다. 아내와 딸은 내 삶에서 가장 소중한 존재니까.

가게에서 집으로 돌아온 나는 짠하며 아내에게 꽃다발

을 건넸다. 아내가 눈을 휘둥그레 떴다.

"다음 주에 우리 결혼기념일이잖아."

"……오빠도 꽃을 살 줄은 아는구나?"

아내는 괜스레 핀잔을 줬지만 싫지 않은 눈치였다. 꽃을 보고 달려든 혜윤이와 함께 아내는 꽃 하나로 세상을 다 가진 듯 즐거워했다.

"토요일인데 나가서 밥 먹자."

"진짜 오늘 왜 그러지? 야구 본다고 외식도 안 하던 사람이."

"요새 나 혼자 취미 생활한다고 자기한테 신경을 너무 안 쓴 거 같아. 혜윤아, 오늘은 나가서 맛있는 거 먹자!"

나가자는 말에 혜윤이가 방방 뛰며 좋아했다. 아내는 나를 보며 피식 웃더니 옷을 갈아입으러 안방으로 들어갔다. 나는 혜윤이를 안고 아내의 뒤를 따라가며 말했다.

"오랜만에 외식하는데 결혼반지 끼고 가자, 선애야."

아내가 놀란 것도 모자라 이제 나를 수상한 눈빛으로 바라봤다.

"정석원 씨가 오늘 왜 이러실까? 갑자기 사람이 확 변하면 죽는다는데."

아내의 농에 나는 한차례 웃음을 터뜨렸고, 아내는 결

혼반지 등 귀중품이 들어 있는 금고로 향했다. 나는 아내의 뒤로 슬며시 다가가 어깨 너머로 그녀가 누르는 비밀번호를 훔쳤다.

* * *

9회 말 투아웃. 점수는 3대2.

한 점 차로 앞선 퓨처스의 마운드는 리그 세이브 타이틀 1위를 달리고 있는 투수가 지키고 있다. 첫 타자에게 안타를 하나 허용하기는 했지만, 삼진과 뜬공으로 연이어 아웃카운트를 잡아냈다. 이제 단 한 타자만 잡아내면 그대로 퓨처스의 승리다. 그리고 나의 승리다.

경기가 시작할 때부터 요동치던 심장이 이제는 곧 터져버리기라도 할 것처럼 쿵쾅댔고 손에는 땀이 흥건했다. 입 안이 바싹 말랐다. 공수 교대마다 담배를 피웠더니 목이 타르로 막혀버린 듯 갑갑했다. 나는 막 타석으로 이동하는 상대 팀 타자를 주시했다. 대타다. 급하게 배트를 집어 들고 타석으로 나오는 선수를 보고 아나운서와 해설자가 의아해했다. 그건 나도 마찬가지였다. 타율은 겨우 2할 턱걸이에 홈런은 하나도 없는, 왕년에야 장타로 한가락 했지만 몇 년 전부터 기량이 하락세에 접어들어 이번 시즌에는 그마저도 없는, 퇴물로 불리는 늙은이가 대타로 나온 것이다. 화면에 그의 모습이 잡히자 나는 그녀의 예언에 다시 한번 감탄했다.

귀금속들을 전당포에 담보 잡아 빌린 돈을 여기에 모두 넣었다. 지금껏 살면서 가장 큰 금액을 이 경기에 베팅했다. 오늘 경기는 지면 안 되는 경기다. 다행히도 경기는 이대로 끝날 것 같았다. 우선, 전당포에 맡긴 것들을 찾아서 아내 몰래 다시 금고에 넣어야 한다. 오랜만에 딸아이 선물도 사고, 동철이와 술 한잔하고, 남은 돈으로는 다음 경기에 베팅해야 한다. 오늘 내가 딴 돈은 내 미래를 바꾸는 소중한 종잣돈이…….

딱!

잠깐 딴생각을 하고 있을 때 타자가 방망이를 크게 휘둘렀다. 배트에 약간 비껴맞은 공은 외야로 높게 뻗어나갔지만 담장을 넘기기에는 힘이 부족해 보였다. 타구 방향을 눈으로 좇으며 뒤로 달려가던 외야수가 담장 앞에서 걸음을 멈추고 공을 기다렸다.

됐다! 끝났다! 천만 원이다! 천만 원!

그때, 갑자기 외야수가 뒷걸음질을 쳤다. 조금씩, 조금씩. 그의 등이 결국 담장에 닿았고 공은 그대로 담장을 넘어갔다. 끝내기 역전 홈런이었다.

늙은 타자는 포효하며 베이스를 돌았고, 상대 팀 선수들은 벤치에서 뛰쳐 나왔다. 홈런을 얻어맞은 마무리 투수는 고개 숙이며 퇴장했고, 드라마 같은 역전극에 아나운서와 해설자가 흥분해 소리 질렀다.

씨발놈들. 전부 꼴 보기 싫었다. 승리의 여신? 그년은 그냥 미친년이다.

***

리그는 막바지를 향해 달렸다. 가을 야구 티켓을 거머쥘 상위권 팀들의 윤곽이 얼추 가려졌다. 위너스는 일찌감치 리그 우승을 확정 지었고, 크레인스 역시 누가 빼앗아 갈세라 서둘러 꼴찌를 차지했다.

싱그러운 봄에 처음 나타난 그녀는 무더운 여름에 사라졌고, 때 이른 겨울바람이 부는 가을 현재까지 나타나지 않았다. 가끔 생각한다. 그때, 그녀의 마지막 계시가 맞았다면 나는 어떻게 됐을까? 내 인생이 조금은 달라졌을까? 한 가지 확실한 건 아내와 별거하거나, 딸의 얼굴을 주말에만 보게 되거나, 지금처럼 대낮부터 동철이와 내 집에서 맥주를 마시거나 하지는 않았겠지.

'오빠. 지금 이러는 게 정말 맞는 건지 다시 한번 생각해봐. 혜윤이를 생각해서라도.'

아내가 혜윤이를 데리고 친정으로 떠나기 직전에 내게 했던 말처럼 아까부터 나는 이게 정말 옳은 선택인지 고민 중이었다.

사채까지 써야만 할까? 내일 내가 베팅을 고려하는 경기는 그런 고민을 할 정도의 가치가 있었다. 너무나 완벽한 경기였다. 그건 스페인의 프로축구 경기였는데 모든 통계가 단 하나의 경기 결과만을 가리키고 있었고, 내가 만든 알고리즘에서도 같은 결괏값이 나왔다.

내 분석 방법이 완성 단계에 이르렀는지 요즈음 나는 틀린 적보다 맞히는 경우가 훨씬 더 많았다. 그리고 지금 이 경기는 모든 통계가 단 하나의 경기 결과만을 가리키는, 그야말로 일 년에 한 번 있을까 말까 한 경기였다. 문제는 늘 그렇듯이 돈이었다. 아내 말대로 혜윤이를 위해서라도 나는 이 기회를 잡아야 한다. 돈이 없어 이런 천재일우의 기회를 놓친다면 평생 땅을 치고 후회할지도 모른다.

"형. 혹시 나비효과라고 들어 봤어?"

자신이 돈을 걸었던 팀의 패배가 확실해지자 TV에 한 차례 욕을 퍼부은 동철이 내게 물었다.

"그게 그러니까, 브라질에 있는 나비가 날갯짓을 한 번 하면 그게 대기에 어떤 영향을 줘서 시간이 지나면 막 커져서는 결국 미국을 강타하는 태풍이 된다는, 뭐 그런 과학 이론이거든? 내가 곰곰이 생각해봤는데 그 잠옷 귀신 있잖아. 혹시 그 잠옷이 미래에서 온 여자는 아닐까? 알고 보면 형이랑 서너 사람 건너 아는 여자고, 그 여자가 운명을 바꾸려고 미래에서 과거로 건너와 형한테 경기 결과를 알려준 거지. 어제 내가 영화 보다가 문득 생각난 건데, 아니, 형. 그 여자 경기 결과를 연속으로 열 번은 맞혔잖아? 그게 결과를 다 알지 않고서야 어디 가능한 일이야? 결정적일 때 한 번 틀리긴 했지만."

딩동. 동철의 헛소리가 끝을 모르고 이어질 때 반가운 벨 소리가 들렸다. 혜윤이다! 아내와 딸이 올 예정이었기에 나는 딸아이의 이름을 크게 부르며 황급히 현관으로 달렸다. 누구인지 확인하지도 않고 황급히 현관문을 열었을 때, 거기엔 혜윤이가 아닌 다른 여자가 서 있었다.

잠옷 귀신. 석 달 만에 나타난 그녀가 이제 내 집까지 찾아왔다.

그녀는 예전과 조금 다른 모습을 하고 있었다. 맨발이 아닌 조촐한 빨간 구두를 신었고, 하얀 잠옷이 아닌 수수한 검은 원피스를 입었다. 얼굴에는 옅은 화장도 했다. 까치발을 들어 내 어깨 너머로 집 안을 한 번 기웃거린 그녀는 곧 진지한 표정으로 날 바라보며 말했다.

"잠깐 이야기할 수 있어요?"

곧 아내와 딸이 올 예정이라 그녀를 집 안으로 들일 수는 없어서 나는 급히 옷을 챙겨입고 나갈 채비를 했다. 한발 늦게 현관으로 나온 동철이 문 앞에 서 있는 여자를 보고 저 혼자 소설을 썼다. 벌써 재혼 생각하냐, 겁도 없이 집으로 부르냐, 양심도 없이 여자가 왜 이렇게 젊냐. 나는 앵앵거리는 그를 무시하고 혜윤이가 오면 잠시 같이 있어 달라는 부탁을 한 후 급히 현관문을 나섰다. 자신을 의심스럽게 쳐다보는 동철이와 한동안 눈을 맞추던 그녀는 그를 향해 한 번 해죽 웃어 보이고는 곧 나를 따라 밖으로 나왔다. 나는 집 근처 카페로 급히 걸음을 옮겼고, 그녀는 잰걸음으로 내 뒤를 쫓았다.

— 혜윤이 왔어. 아이고 형아, 내가 부끄러워서 형수랑
　혜윤이 얼굴을 볼 수가 없다.

주문한 커피를 기다리며 동철이가 보낸 문자를 확인했다. 문득 동철이를 바라보며 해죽 웃던 그녀의 표정이 머릿속에 떠올랐다.

작은 카페 안, 작은 테이블 앞에 앉은 그녀는 주변이 온통 신기한 듯 연신 고개를 두리번거렸다. 내가 커피를 들고 그 앞에 마주 앉자 그녀는 처음 복권방에서 날 바라보던 그 눈빛으로 나를 바라봤다. 실은 그런 그녀의 눈을 마주 보면서 나는 오직 한 생각뿐이었다.

한 번만! 딱 한 번만 더!

***

연구소 구인 광고에는 그렇게 쓰여 있었어요.

당신의 현재를 바꾸는 모험! 일주일에 단 한 번으로 어느 일보다 높은 급여 보장!

앞 문장에 끌린 건 아니에요. 도박은 좋아해도 모험은 별로 안 좋아하거든요. 둘은 좀, 다르잖아요? 모험 같은 도박은 호구들이나 하는 거죠. 제가 끌린 건 뒤에 있는 문장이었어요. 상투적으로 수상한 문장이기는 했지만 어쨌든 남부럽지 않게 돈을 주겠다니 이거다 싶어 서둘러 병원을 나섰어요. 돈이 좀 필요했거든요. 뭐, 지금껏 안 필요한 적은 없었지만.

병원 밖으로 나오니 푸른 하늘과 눈 부신 햇살이 세상을 가득 감싸고 있었어요. 트램에 올라타 창밖을 보는데 거리를 걷는 사람들의 작은 미소까지 보이는 거예요. 어찌나 우울하던지.

아, 맞다. 저는 2038년에서 왔어요. 십오 년 후 미래에서요. 이걸 먼저 말해야 했는데. 품. 표정을 보니 안 믿기시나 봐요?

그동안 궁금했어요. 주말마다 맨발에 잠옷 차림으로 귓속말하고 사라지는 여자를 대체 뭐라고 생각할까? 가끔은 저도 제가 미친 게 아닌가 싶었어요. 긴 꿈을 꾸고 있나 싶기도 했고요. 그래서 지금 그 사건이 시작된 날의 이야기부터 하는 거예요. 미친년 누명은 벗어야죠.

트램에 올라타서는 미니만 했어요. 미니는 지금으로 치면 스마트폰 같은 거예요. 훨씬 더 많은 게 가능하지만. 저는 평소에 자주 가는 가상룸에 들어갔어요. 자칭 스포츠 분석 전문가가 그 방의 호스트인데 평소 제게 꽤 도움이 되는 사람이었어요. 그가 분석하는 반대로 돈을 걸면 됐거든요. 마침 그 남자가 호구 스무 명 정도를 앞에 모아 두고 다다다 떠들고 있었어요.

"최근 열두 경기 연속 홈 무패. 분위기 좋고. 배당 좋고. 홈이고. 일본 상대로 최근 오 년간 패배한 적이 단 한 번도 없고. 세상에, 심판이 중국인이네요! 아시죠, 여러분? 얼마 전에 두 나라 세게 한 판 붙었죠? 왜 하필 이 시점에, 이 경기에 심판이 중국인일까요? 이거 느낌 오죠? 아! 그리고! 제가 역대 기록 찾아보다가 발견한 건데 아주 기분 좋은 우연 하나! 십오 년 전 같은 날에도 한국과 일본이 경기했는데 한국이 3대2로 이겼네요. 세상에나. 이거 뭐죠? 느낌 오죠? 내일은 우리 부자 되는 느낌 오죠? 여러분, 한국 사람이면 제발 대한민국 갑시다."

척 봐도 쫄딱 망하기 좋은 호구죠? 내일 경기 끝나고 질질 짜는 모습이 눈에 선하더라고요. 근데 사실 그 호스트를 보면서 대번에 누구 얼굴이 떠오르는 건 어쩔 수 없더라고요.

네. 우리 아빠요.

네. 당신요.

네. 저 혜윤이에요.

전혀 모르셨어요? 그래도 아빤데 절 볼 때마다 부성애가 막 솟구쳤다거나, 어디 닮은 구석이 보였다거나…….품. 전혀 없었구나. 하긴 뭐 아빠 눈에 제가 들어왔겠어요. 솔직히 말해봐요. 그동안 제가 알려 주는 경기 승패만 귀에 들어왔죠?

네. 저 아빠 딸 맞다니까요. 집에요? 그건 여섯 살 혜윤이고요. 여기 있는 건 스물한 살 혜윤이예요. 못 믿겠어요? 방금 말했잖아요. 저도 스포츠 도박한다니까요? 이거야말로 제가 아빠 딸이라는 과학적인 증거 아니에요? 저한테 아빠 피가 흐르고 있다고요.

저도 이상하기는 해요. 아빠가 떠나고 나서 야구고, 축구고, 세상의 모든 스포츠가 꼴 보기 싫었는데. 그게 언제였는지 정신을 차려 보니 제가 돈을 걸고 축구를 보고 있더라고요. 품. 아빠 덕에 어릴 적부터 집 안 TV에서는 스포츠가 끊이질 않고 나왔으니 제게는 그게 조기교육이었던 셈이죠. 지금도 스포츠에 관해서는 어지간한 남자애들보다 제가 더 잘 알아요.

아 참. 아빠! 궁금해할까 봐 미리 하나 알려 줄게요. 크레인스는 올해도 꼴찌예요. 작년에도, 재작년에도 꼴찌였죠. 그동안 쭉 꼴찌였어요. 이러다 제가 죽기 전에 우승은

한 번 할 수 있으려나 모르겠어요. 하필 아빠가 크레인스 팬이라서 저도 참 힘드네요. 아빠가 위너스 같은 팀의 팬이었으면 좋았을 텐데.

아빠! 아빠! 괜찮아요? 정신 차리세요! 내가 아빠 딸이라는 게 충격이에요? 아니면 딸이 스포츠 도박한다는 게 충격이에요? 아니면 크레인스가 앞으로 열다섯 번이나 더 꼴찌라는 게 충격이에요? 풉. 제가 얘기하고 보니 셋 다 충격받을 만한 일이네요. 게다가 세 번째는 정말 환장하겠네요. 아빠. 정신 차리세요. 제가 시간이 그렇게 많은 게 아니에요. 언제 연기처럼 사라질지 몰라요.

연구소에 도착해 안내받아 따라간 방에는 하얀 가운을 입은 푸근한 인상의 할아버지가 절 기다리고 있었어요. 자신을 이곳의 소장이라고 밝힌 할아버지는 절 앞에 앉히고 이런저런 이야기를 시작했어요. 나중에야 그게 테스트인 줄 알았을 정도로. 저는 그저 말하기 좋아하는 할아버지랑 수다 떠는 줄 알았어요. 그만큼 할아버지가 아주 능글맞더라고요. 가볍게 제가 좋아하는 음식 이야기부터 시작했는데 정신을 차려 보니 제가 어느새 평펑 울고 있던 거 있죠? 어느새 제 신세타령하고 있었던 거죠.

우선 엄마가 오랜 시간 병원에 있다는 이야기부터 시

작했어요. 엄마가 처음 쓰러진 게 한 십 년쯤 됐나? 잠깐, 잠깐만요. 아빠. 우선은 제 이야기를 좀 들어줘요. 지금 시간이 없어요.

고등학교 다닐 때 이야기도 했어요. 학교에서 현장학습으로 짐바브웨를 갔거든요? 아프리카요. 저는 그런 곳 싫다고, 안 간다고 했어요. 내 취향이 아니라고. 사실은 정말 가고 싶었어요. 학교에서 비용도 전부 내는 거라 돈 문제는 아니었어요. 병원에 있는 엄마 옆에는 누군가 있어야 하니까. 일주일이나 자리를 비울 수는 없었어요. 사자 하품하는 장면이나 볼 처지는 아니었죠.

그리고 아빠가 우리 가족을 떠난 이야기도 했어요. 그 이야기를 하면서 눈물이 터졌죠. 잠깐. 잠깐만요! 아빠! 아빠가 지금 뭐가 그렇게 궁금한지 알겠는데 지금은 제 얘기를 들어줘야 해요. 시간이 많은 게 아니에요. 우선 들어줘요.

아무튼 처음 본 할아버지한테 제 인생을 다 털어놓으면서 평평 울었어요. 할아버지는 별 동요가 없는 표정으로 푸른 노트에 뭘 쓱쓱 적더니 뜬금없이 합격이라는 거예요. 아니, 보여준 거라곤 눈물이랑 콧물 한 바가지밖에 없는데 합격이라고요? 제가 의아해서 물었더니 바로 그래서 합격이래요. 그 할아버지, 점잖게 늙어서는 말하는 게 꼭 사기꾼 같은 거 있죠.

"혜윤 씨. 이제부터 혜윤 씨가 할 일은요. 과거로 가는 거예요. 이상한 이야기로 들린다는 거 알아요. 그 이상한 이야기가 실제로 가능해진 지 얼마 안 됐어요. 우리도 지금 이게 무슨 상황인지 여러 가지 실험 중이에요. 좀 더 정확히 말하면 과거의 혜윤 씨는 그대로 존재하는 상황에서 지금의 혜윤 씨가 과거로 갈 거예요. 혜윤 씨가 과거로 가서 혜윤 씨의 그 아프고 슬픈 과거를 한번 바꿔보는 거예요. 어때요, 혜윤 씨? 내 말 듣고 있어요? 혜윤 씨? 아, 시급이요?"

우리는 방을 나와 승강기를 타고 지하로 내려갔어요. 그런데 좀 이상했어요. 알고 있기로 그 건물에 지하는 2층까지밖에 없는데 할아버지가 승강기 안에서 뭘 뚝딱뚝딱하더니 지하 8층까지 내려가는 거 있죠? 그때 조금 불안하긴 했지만 뭐, 아빠도 알잖아요. 하이 리스크 하이 리턴.

지하 8층에 도착해 승강기 문이 열리자마자 엄청나게 넓은 공간이 제 눈앞에 펼쳐졌어요. 천장이 너무 높아서 이게 지하가 맞나 싶기도 했고, 천장이 회색빛 자재들로

둥그렇게 덮여 있는 게 자연스럽게 크레인스 돔구장 생각도 나고요. 생전 처음 보는 실험 기구도 많고, 삐삐 소리 나는 컴퓨터도 많고, 그리고 무엇보다 연구소에 웬 번쩍거리는 침대가 그리 많은지. 나중에 알고 보니 그게 뭐 최첨단 기술이 집약된 과학의 결정체라나 뭐라나.

시키는 대로 잠옷으로 갈아입고 침대에 누워 있는데 큰 뿔테안경을 쓰고 차가운 인상을 주는 여자가 내 옆으로 와 말했어요.

"정혜윤 씨, 몇 년도로 가고 싶나요? 그게 몇 년 전이든, 누구 앞이든 간에 갈 수 있어요. 단, 오늘 날짜로만요. 오늘이 5월 4일이니까 십 년 전으로 가고 싶다면 십 년 전 5월 4일로, 이십 년 전이라면 이십 년 전 5월 4일로요. 머무를 수 있는 시간은 십 초 정도. 아직은 그게 한계예요. 그 십 초간은 혜윤 씨가 무슨 행동을 해도 좋아요."

뭐야? 진짜? 진짜 간다고? 진짜? 아무리 생각해도 어이가 없어서 나는 그거 못 믿겠다는 표정으로 여자를 쳐다봤더니, 여자는 눈을 한 번 찡긋하고는 주변을 보라는 듯 손짓했어요. 그제야 제 주변을 자세히 둘러봤어요. 많은 사람이 각각의 침대에 있었어요. 누워서 자는 사람, 연구원과 이야기하는 사람, 막 잠에서 깨더니 엉엉 우는 사람도 있고.

바로 옆 침대에 있던 한 중년 남자는 막 침대에서 깨어나 연구원과 대화 중이었어요. 연구원은 작은 전자 패드에 무언가를 적으면서 남자에게 계속 물어봤어요.

"몇 년 전으로 갔죠?"

"……삼십 년 전."

"누구를 만났나요?"

"……엄마."

"당신은 뭐라고 했어요?"

"사랑한다고 했어요."

"어머니는 뭐라고 했죠?"

"결혼했다고. 애 있는 유부녀라고요. 그 애가 난데……."

남자는 말하면서 쓸쓸하게 웃었어요. 그제야 제가 황당한 표정으로 돌아보니 여자가 아주 득의양양한 표정으로 날 보고 있더라고요. 돈도 받은 마당에 어쩌겠어요. 누워서 자고 있으면 알아서 과거로 보내든 꿈나라로 보내든 하겠죠.

그때부터 생각을 고쳐먹고 진지하게 고민했어요. 만약 과거로 간다면 나는 언제로 가야 할까? 무언가를 내 인생에서 바꿔야 한다면 대체 어떤 걸 바꿔야 할까? 깊이 고민할 것도 없이 바로 그 사건이 생각났어요. 십오 년 전 아빠가 저와 엄마를 떠난 사건이요. 그 사건 이후 제 인생이 달라진 것 같거든요. 어렴풋하지만 그전에는 행복했던 기억만 있었던 것 같거든요. 십오 년 전 그 일을 떠올리니 자연스럽게 동철이 아저씨가 생각나면서 아저씨가 어렸을 적 저에게 해줬던 이야기도 생각났어요.

나비효과. 내가 십오 년 전으로 가서 작은 날갯짓을 한 번 하면 그때 그 사건을 막을 수 있을까? 갑자기 심장이 두근거리면서 아까는 눈에도 안 들어왔던 그 광고 문구가 저절로 떠올랐어요.

당신의 현재를 바꾸는 모험!

그래. 아빠를 만나러 가야겠다. 아빠를 만나서 내 운명을 바꾸자! 그리고, 아빠가 조금 보고 싶기도 했어요…….

막상 십오 년 전 아빠에게 가기로 결정하니 조금 막막했어요. 내가 어떻게 해야 그 사건을 막을 수 있을까? 도박하지 말라고 말하면 될까? 겨우 십 초라는 시간 안에 아빠를 설득할 수 있을까? 아니죠. 그 정도로 그만둘 사람이었으면 엄마가 그렇게 얘기했었는데 수백 번도 더 그만뒀겠죠.

내가 당신 딸이라 밝히고 그간의 눈물겨운 사정을 다 이야기할까? 당신이 그렇게 뻔질나게 복권방을 드나든 덕택에 내가 지금 이 꼴이라고? 시간이 너무 짧다고 생각했어요. 믿지도 않을 것 같았고. 그럼 어떻게 할까? 그 짧은 시간에 가장 큰 효과를 줄 수 있는 건 뭘까?

단순히 생각해보니 아주 신통한 방법이 떠올랐어요. 지금의 운명을 피하는 것뿐만 아니라 훨씬 더 좋은 운명으로 바꿀 방법이. 아빠가 돈을 따게 하자! 아빠가 돈을 아주 많이 따면 결국 그 사건이 일어나지 않게 되는 건 물론이고, 우리는 엄청난 부자가 돼서 엄마는 병원에 오랫동안 입원하지도 않고, 나도 돈 때문에 이런 데 오지도 않고, 우리는 모두 행복해지지 않을까? 그렇게 생각하니 일이 되려는지 대뜸 아까 가상룸에서 호스트가 했던 말이 절로 떠오르더라고요.

십오 년 전 내일은 한국이 일본을 3대2로 이깁니다.

역시 여러모로 도움이 되는 사람이었어요. 그래! 과거로 가서 아빠한테 경기 결과를 알려주자! 십 초면 충분해! 혼자 흐뭇한 표정을 짓고 있는 제게 아까 그 여자가 다가와 물었어요.

"언제로 가고 싶어요?"

"십오 년 전 아빠에게 가고 싶어요!"

여자는 왜 가느냐고 묻지도 않더라고요. 익숙한 듯 알 약 하나를 건네주면서 먹으라고만 했어요. 그 약을 먹고 나서 저는 그저 번쩍거리는 침대에 누워서 잠만 자면 됐죠. 아빠 생각을 하면서요. 그렇게 십오 년 만에 아빠 생각을 했어요. 그동안은 아빠를 떠올리는 게 너무 힘든 일이었거든요. 오랜만에 아빠 생각을 하니 어릴 적 제가 아빠랑 나란히 앉아서 축구며 농구며 함께 봤던 게 생각났어요. 그렇게 그냥 잠이 들었어요.

정신을 차려 보니 어느 복권방 앞에 제가 서 있었어요. 꿈인가 싶었지만, 복권방 문손잡이를 잡아보고 확실히 알았죠. 그 차가운 스테인리스의 감촉. 아! 나는 여기 지금 실제로 존재하고 있구나! 이 문을 열면 아빠가 있겠구나! 복권방 문을 천천히 밀고 들어갔더니 정말 그 안에 아빠가 있었어요. 십오 년 만에, 십오 년 전의 아빠가.

아빠다! 나도 잠깐 멍해져서는 아빠를 쳐다보다가 뒤늦게 시간 생각이 났어요. 계획대로 저는 급하게 아빠한테 다가가 귓속말을 했죠. 그러고는 아무래도 연기처럼 사라져버릴 것 같아서 급히 복권방을 빠져나왔어요. 왠지 몸이 가벼워지는 느낌과 함께 눈을 떠보니 연구소 지하의 회색빛 천장이 보이더라고요. 마치 꿈에서 아빠를 본 것 같았어요. 잠에서 깨어난 후에는 아까 그 여자가 와서 몇 가지 질문을 했어요. 세상은 어떻게 보였는지, 제 느낌은 어땠는지, 아까 옆에 있던 중년의 아저씨에게 물은 것처럼.

연구소를 빠져나오자마자 저는 병원으로 달렸어요. 혹시나 하는 마음에 조금은 기대하면서요.

병실에 도착했을 때 저는 정말 말도 안 되는 광경을 목격했어요. 엄마가, 엄마가 침대에 앉아 창밖을 보고 있는 거예요! 최근에 엄마가 몸을 일으켜 앉아 있던 게 언제였는지 기억도 안 나는데 말이죠. 내내 누워 있던 사람이, 오늘 아침엔 절 알아보지도 못했던 사람이 심지어 제가 들어오는 걸 보고 해죽 웃는 거 있죠? 주치의도 뭐라고 설명을 못 하더라고요.

나다! 나 때문에 무언가 변하고 있다! 내가 십오 년 전에 한 작은 날갯짓 때문에 십오 년 후 엄마의 몸 상태가 좋아지고 있다! 경기의 승패를 알려줘서 아빠가 돈을 땄고 그 중간 과정이야 어떻게 됐는지 모르지만, 결과로 엄마의 몸 상태가 좋아졌다! 앞으로도 계속 과거로 돌아가 아빠에게 경기 결과를 알려주면 엄마가 병원에서 퇴원해 집으로 올지도 모른다! 그뿐만 아니라, 어쩌면 아빠도 돌아올지 모른다!

그다음 주에 다시 연구소를 찾아간 저는 소장 할아버지와 대화부터 시작했어요. 저는 신이 나서 엄마 이야기를 다다다 꺼내 놓았어요. 전과 다르다. 내가 과거를 다녀온 후로 엄마의 몸 상태가 회복되는 것 같다. 할아버지는 제 말을 아주 주의 깊게 들었어요. 푸른 노트에 또 무언가 쓰면서요.

제가 과거를 다녀올 때마다, 아빠에게 경기 결과를 알려주고 올 때마다, 엄마의 건강은 조금씩 좋아졌어요. 이 모든 게 대체 무슨 상황인가 어리둥절해하면서도 저는 마냥 신이 났죠. 그때부터는 베팅할 생각도 안 들더라고요. 열심히 십오 년 전의 경기 결과를 찾아서 과거의 아빠에게 알려 주는 게 저에겐 더 의미 있는 베팅이었죠.

연구소에서는 어느새 제가 유명 인사가 됐어요. 언제부턴가 소장 할아버지가 직접 저를 맡아 실험을 진행했어요. 제가 연구소에만 등장하면 모두 모여 제 얘기를 들었어요. 그들은 제가 현재를 바꿔나가는 최초의 사람이라고 했어요. 과거로 가 자신의 운명을 바꾸려던 수많은 아르바이트생 중 지금껏 그 누구도 현재에 아무런 변화도 주지 못했다고요. 그러니까 그게 그 연구소의 주요 연구 중 하나였던 거죠. 과거에 다른 사건이 발생하면 현재를 바꿀 수 있는지 없는지.

자, 이제 그 일을 이야기해야겠어요. 힘들지만, 아빠에게 할 수밖에 없는 이야기죠. 하긴 아빠가 아니면 누구한테 이런 이야기를 할까요. 그날도 과거로 돌아가 아빠에게 경기 결과를 알려주고 온 날이었어요. 엄마가 오늘은 서서 걷지 않을까? 제가 그때 아빠에게 알려 준 경기는 배당이 꽤 큰 경기였거든요. 그만큼 큰 변화를 기대했죠. 과연 큰 변화가 있었어요.

엄마가 죽었어요. 엄마가 제 곁을 떠났어요.

모든 게 제 오해였어요. 엄마는 그저 잠깐 상태가 좋아졌던 것뿐이었는데……. 엄마의 마지막 순간에도 저는 과거에 있었어요. 멍청한 딸년이 과거로 가서 뜬구름 잡다가 소중한 현재를 놓쳤어요.

엄마의 장례를 치르고 한동안 연구소도 가지 않고 집에 처박혀 곰곰이 생각했어요. 과거의 아빠가 돈을 따게 했는데 왜 내 현재는 그대로일까? 오랜 생각 끝에 결국 하나의 결론이 나왔어요. 애초에 돈을 따면 안 되는 거 아니었을까? 돈을 딴 아빠는 계속 도박을 했고 언젠가는 크게 잃어서 결국 또 거지꼴이 된 게 아닐까? 아빠는 그렇게 또 떠나고 엄마는 다시 병들고 나는 또……. 그래. 그렇다면 아예 쫄딱 망하게 해야겠다. 그럼 현재가 바뀔지도 모른다.

오랜만에 연구소를 찾아갔어요. 그날은 애초에 저의 마지막 실험 날이기도 했고요. 제가 나타나자 연구소는 난리가 났어요. 유일하게 현재를 바꾸는 아르바이트생이 돌아왔다고. 그것도 잠시. 제 풀죽은 표정을 보고는 다들 눈치를 채고는 하나둘 사라졌죠. 할아버지만 남아 제 어깨를 토닥여줬어요. 저는 그간 제게 벌어진 일을 힘없이 말했고 할아버지는 푸른 노트에 제 인적 사항을 추가했어요.

모 윤선애 사망

다시 침대에 누운 저는 한 달 만에 십오 년 전의 과거로 갔어요. 아빠를 보는데 왈칵 눈물부터 쏟아지더라고요. 울음을 꾹 참고 아빠한테 잘못된 정보를 알려줬어요. 일부러 마지막이라고 이야기했죠. 정말 마지막이기도 했고, 그래야 한번에 돈을 많이 걸 테고. 그리고 다시 눈을 떴어요. 회색빛 천장이 보이고 저는 곧바로 몸을 돌려 옆에 있던 푸른 노트를 넘겨봤어요.

모 윤선애 사망

그대로 눈물이 나와 그냥 울어버렸어요. 한참 우는 제게 연구원들이 하나둘 다가왔어요. 울며 물어봤어요. 왜 변하지 않냐고. 내가 무슨 짓을 해도 왜 현재는 절대 바뀌지 않느냐고.

바뀌지 않는대요. 그들도 혹시나 해서 지금껏 연구했는데 현재를 바꾼 사람을 단 하나도 보지 못했다고. 혹시 내가 바꾸는 것 아닌가 싶었는데 그것도 아니었다고요. 처음 제 시간여행을 진행한 여자가 타임 패러독스 어쩌고 하며 또 다른 평행 우주의 과거로 갔을 뿐이라고 하는데 무슨 말 인지 하나도 모르겠더라고요. 곧 모두가 제 곁을 떠났고 소장 할아버지만 옆에 남아서 제 등을 토닥여줬어요. 채 납득하지 못한 저는 다시 한번 물어봤어요.

대체 왜 변하지 않는 거냐고. 할아버지가 그러더라고요.

"글쎄요. 지금껏 여러 사례를 보면 분명히 사건은 변하는 것 같은데……."

변하는 것 같은데?

"사람이 변하지 않아요. 그래서 현재가 바뀌지 않는 것 같아요."

무슨 말이었을까요. 사람이 변하지 않아서 미래가 변하지 않는다니. 아무튼 그게 마지막이었어요. 과거로 가는 아르바이트는 모두 끝났죠. 그 후로는 똑같은 삶을 살았어요. 아르바이트로 돈을 벌고, 그 돈을 베팅하고.

오늘 아침도 시작은 같았어요. 눈뜨는 대로 미니를 켜서 자주 가는 가상룸에 들어갔어요. 네. 아까 말했던 거기요. 아까도 말했지만, 그 방 호스트는 저한테 꽤 도움이 되거든요. 그 남자가 하자는 대로만 안 해도 폭탄은 피하는 거니까. 호스트는 마침 크레인스 경기를 분석하고 있더라고요.

"크레인스. 제가 이런 쓰레기 같은 팀 쳐다도 안 보는 거 다들 아시죠? 그런데도 제가 크레인스를 픽한다는 건 그만큼 내일 경기가 특별하다는 겁니다. 이미 우승이 확정된 위너스가 리그 마지막 경기에서 과연 전력을 기울일까요? 꼴찌 상대로 원정에서? 느낌 오죠? 대충 하고 우 승 파티할 생각에 정신 못 차리겠죠? 그럼 크레인스도 마 지막 경기라고 대충 할 수 있을까요? 느낌 오죠? 홈에서 마지막 경기인데 아마 총력전을 할 겁니다."

평소와 달리 논리가 꽤 그럴듯해서 따로 기록을 찾아 봤어요. 크레인스가 '홈'에서 시즌 '마지막' 경기를 '위너 스'와 했던 통산 기록이요. 딱 한 번 있었는데 그게 십오 년 전이었어요. 그것도 내일과 같은 날짜예요. 크레인스 가 위너스를 큰 점수 차로 이겼더라고요. 풉. 아빠, 지금 눈이 번쩍한 게 보였어요. 그래요. 내일은 크레인스가 위 너스를 이겨요.

그런데 십오 년 전이라니. 그 사건이 또 생각나더라고 요. 이때쯤이었거든요. 달력을 확인해 보니 내일이었어 요, 십오 년 전 그 사건이 일어난 날이요. 아빠가 저와 엄 마를 떠났던 날이요.

그 사건을 생각하니 또 우울한 기분이 들어 밖으로 나 왔어요. 또래 애들처럼 새 옷도 사 입고, 구두도 사고, 비 싼 밥도 먹고, 생전 안 하던 화장도 하고. 그렇게 종일 가 진 돈을 다 쓰고 밖으로 돌아다녔어요. 걱정이 앞서 재미 는 없더라고요. 밥 사 먹을 돈으로 옷 사고, 집세 낼 돈으로 구두를 샀으니까.

그렇게 생각 없이 돈을 다 써버리고 집으로 오는 길이었어요. 트램에 올라타 창밖을 보는데 고층 건물 외벽에 설치된 커다란 스크린에서 뉴스 기사 하나가 나왔어요. 뉴스에선 불법 실험을 하던 연구원들이 정부에 적발됐다는 소식을 전하고 있었어요. 스크린에는 제가 간 연구소의 외경이 나왔어요. 연구원들이 불법 연구를 한 정황은 포착했는데, 다만 그 실험을 진행한 장소만큼은 아직 못 찾고 있다고 했어요. 저도 그간 몰랐던 건 아니에요. 돈을 받을 때 보안 조건을 지키는 조건이 꽤 철저하게 붙었었거든요. 그렇게나 까다롭게 외부에 비밀로 하는 게 충분히 수상했죠.

그런데 이제 정말 과거로 갈 수 없겠다고 생각하니 딱 한 번만 더 해 보고 싶은 생각이 들더라고요. 이제 정말 더는 없을 기회니까. 게다가 그 사건은 바로 내일 일어나니까!

저는 트램에서 내려 연구소로 달렸어요. 딱 한 번만. 마지막으로 딱 한 번만 더 해보자고.

연구소 건물은 바리케이드로 막혀 있었지만 그렇다고 출입하는 사람이 없는 건 아니었어요. 연구원들이 입는

가운을 훔쳐 입고 직원인 척 건물로 들어가니 경찰들이 물끄러미 절 쳐다보기는 해도 막지는 않더라고요. 태연하게 승강기를 탔어요. 지하 8층 버튼은 없었지만 저도 그동안 어깨너머로 훔친 게 있었죠. 제가 눈썰미는 좀 있거든요. 뚝딱뚝딱.

지하 8층에서 승강기가 멈추고 문이 열렸는데, 그 넓은 공간에 소장 할아버지 혼자 있더라고요. 미련이 가득 남은 표정으로 쓸쓸히 침대에 앉아서요. 할아버지는 웃으며 절 반겨줬고 저는 마지막으로 부탁했어요. 딱 한 번만. 마지막으로 딱 한 번만 과거로 가게 해달라고요. 할아버지는 절 가만히 쳐다보더니 묻지도 않고 고개를 끄덕이면서 말했어요.

"십 분. 이제 과거에 십 분 이상 머물 수 있어요."

그래요. 그래서 제가 지금 여기 있어요, 마지막으로 아빠를 찾아온 거예요.

이제부터 제가 찾아온 진짜 이유를 말할게요. 아까 말했죠? 내일은 크레인스가 이겨요. 크레인스가 위너스를 이겨요. 내일 아빠가 걸 수 있는 모든 돈을 크레인스에 걸어요. 다시 한번 말할게요. 아빠, 내일 경기는 분명히 크레인스가 이겨요. 내일 그렇게 많은 돈을 따게 되는데 아빠가 우릴 갑자기 떠날 리는 없을 거예요. 그렇죠? 아빠가 가진 돈 전부를 크레인스에 걸어요! 그래서 저와 엄마와 아빠의 인생을, 우리 가족의 미래를 바꿔요. 아빠, 이제 얼마 안 남은 것 같아요. 아빠! 사랑해요! 아빠! 아빠…….

***

눈을 뜨자 온통 회색빛인 높은 천장이 보였다. 서둘러 몸을 일으켜 내가 입은 옷을, 구두를 살펴보았다.

아무것도 변하지 않았다. 뒤늦게서야 깨달았다. 내가 여기서 또 깨어나는 것 자체가 아무것도 달라지지 않았음을 말해주는 것이겠구나. 무언가 바뀌었다면 나는 애초에 지금 이곳에 있지도 않겠지.

잠에서 깬 나를 본 할아버지가 천천히 다가와 물었다. 모두 다 털어놓았냐고. 실은 단 하나. 나는 아빠에게 그 사실만큼은 말하지 않았다. 어차피 바뀔 거라고 생각했다. 내가 마지막으로 알려준 경기에 베팅하면 큰돈을 벌 테니 최소한 그런 사건은 일어나지 않겠지. 그러다 뒤늦게 외친 그 말을 아빠가 들었는지는 모르겠다.

죽지 말아요, 아빠! 우릴 두고 죽지 말아요!

건물 밖으로 나오자 해가 막 저물고 있었다. 연구소 안에 들어갔을 때와 같이 우중충한 날씨 그대로였다. 천천히 주변을 둘러봤지만, 세상은 달라진 게 단 하나도 없어 보였다. 우울한 마음으로 건물 앞 정원을 가로지를 때 시든 꽃에 날아와 앉은 노란색 나비 한 마리를 보았다. 나를 둘러싼 무채색의 풍경에 그것 하나만큼은 선명한 노란빛을 내었다. 마음속에 한 줄기 희망의 빛이 들었다.

아직은 몰라. 끝날 때까지 끝난 게 아니니까. 어쩌면 집에서 엄마가 날 기다리고 있을지도 몰라! 아빠가 웃으며 크레인스 경기를 보고 있을지도 몰라! 나는 혹시나 하는 마음에 집으로 달렸다.

***

사랑한다는 말을 마지막으로 그녀는 날 떠났다. 마지막으로 그녀가 내게 뻗은 손을 내가 잡았다고 생각했을 때, 그녀는 그야말로 연기처럼 사라졌다. 마지막으로 무슨 말을 더 한 것 같았지만, 듣지 못했다.

나는 집으로 달렸다. 돌아온 집에는 여섯 살의 그녀가

동철이와 함께 거실 소파에 앉아 크레인스의 경기를 보고 있었다. 나와 눈이 마주친 그녀가, 여섯 살 혜윤이가 날 보고 해죽 웃었다.

***

주말 밤, 마지막 대상 경기들을 앞둔 복권방 매대 앞에는 아직 발권하지 못한 도박꾼들이 긴 줄을 이뤘다. 나와 동철은 그 줄의 한가운데에 서서 우리 차례를 기다렸다. 나는 그녀의 말을 따라 내가 할 수 있는 모든 방법을 동원하여 큰돈을 마련했고 그걸 전부 크레인스에 베팅하기로 결심해 이 줄에 섰지만, 무언가 알 수 없는 불안감이 종일 마음 한구석을 불편하게 했다. 동철이 은밀히 내게 물었다.

"형, 확실하지?"

확실하다. 분명 크레인스는 오늘 이길 테고 나는 큰돈을 딸 것이다. 그런데도 내가 아내와 딸의 곁을 떠난다고? 그 연구소 과학자들의 연구 결과에 따르면 정해진 운명을 바꾼 사람은 단 하나도 없다고 했다. 도대체 왜? 무엇이 문제일까?

나는 머릿속에서 작은 알고리즘을 빠르게 돌렸다. 그 동안 미래의 딸은 자신의 운명을 바꾸려 과거로 와 내게 경기 결과를 미리 알려줬고, 나는 늘 그대로 베팅했다. 이 행위 자체가 미래를 바꾸기 위한 하나의 변수였다. 그 결괏값은? 바꾸지 못했다. 내가 베팅한 게 맞건 틀리건 딸의 운명은 변하지 않았다. 그러고 보면 지금도 똑같다. 나는 지금도 이 줄에 서서 지금껏 실패한 똑같은 변수를 다시 실행하려고 하는 것 아닌가?

그래! 변수 자체가 잘못됐다! 애초에 그녀가 알려준 경기에 그대로 베팅하는 것 자체가 이미 정해진 미래를 향해 달리는 거나 다름없다! 나는 이 뻔한 알고리즘을 깨야한다! 이 참기 힘든 유혹에 넘어가서는 안 된다!

"동철아."

나는 나직하게 동철을 불렀다. 서서히 줄어드는 줄을 보며 흥얼거리던 동철이 내게 고개를 돌렸다.

"왜?"

"나 안 할 거야."

"……뭐?"

"나 크레인스에 베팅 안 할 거라고."

나는 도박꾼이지만 아버지이기에 경기 결과를 뻔히 알

고 있는 이 경기에 베팅하지 않을 것이다. 그리고 이 변수는 딸의 미래를 바꿀 것이다. 사자 하품이나 보면서 깔깔거리는 그녀로, 스물하나의 내 딸 혜윤이로.

뜬금없는 내 결심에 당황하던 동철은 곧 말뜻을 알겠다는 듯 옅은 미소와 함께 줄을 이탈하려 했다. 나 역시 그를 따라 줄을 이탈하려다가, 멈춰 섰다.

무언가 부족했다. 단순히 이 경기에 베팅하지 않는 걸로 충분할까? 그래봤자 아무것도 안 하는 것과 다름없지 않은가? 그래. 나는 또 다른 변수를 만들어 내야만 한다. 그래야 이 뻔한 미래를 바꿀 수 있다. 뭐가 있을까? 어떤 게…… 아! 그래! 그것! 그게 있었다! 내게는 정말 확실한 게 하나 있었다!

나는 동철이의 손목을 잡고, 해죽 웃으며 말했다.

"크레인스 말고 진짜 확실한 게 하나 있어. 스페인 프로축구 경기인데……."

***

어느새 매대 앞에 선 석원은 주인에게 베팅을 기재한 용지를 건네며 주머니에 있던 묵직한 돈뭉치도 꺼내줬다. 주인은 석원이 건넨 돈을 보고 잠깐 놀랐지만, 곧 아무 말 없이 발권기에 용지를 집어넣었다.

치이익. 철컥.

그때였다. 하나둘 나오는 베팅 용지를 보며 석원의 머릿속에 연구소 소장의 말이 불현듯 떠올랐다.

사람이 변하지 않아요. 그래서 미래가 바뀌지 않는 것 같아요.

순간 날카롭고 서늘한 칼이 석원의 심장에 꽂혔다. 석원은 온 힘을 다해 그 칼을 마음속에서 치워내며 주머니에서 사진을 하나 꺼내보았다. 여섯 살 혜윤이가 석원을 보며 활짝 웃었다.

6
고백하는 날

재진의 심장이 은근히 두근거렸다.

잠에서 깨어난 재진은 선호와 마주하는 장면을 머릿속에 그리며 한동안 이불 속에서 빠져나오지 못했다. 막상 그 앞에 서면 눈이나 똑바로 쳐다볼 수 있을까 싶었지만 더는 미룰 수 없었다. 그래. 오늘은 고백하는 날이다.

이불을 박차고 일어난 재진은 설레는 마음을 다잡으며 작은 창문을 활짝 열었다. 산동네 꼭대기에 있는 재진의 옥탑방에서는 도시의 모습이 한눈에 들어왔다. 화염에 휩싸인 고층 건물에선 검은 연기가 피어올랐고, 비명과 총소리가 사방에서 들렸다.

'구울'이라 불리는 괴물들이 지구에 나타난 지 29일째.

누구나 한 번쯤은 상상했을 법한 악마의 모습을 한 그들은 이 땅에 발을 내딛자마자 마구잡이로 인류를 공격했고, 지구상에 모든 나라가 차례대로 무너졌다. 이제 그 괴물들은 재진이 살고 있는 이 도시에도 나타났다. 아마 오늘은 고백하는 날이자 세상이 끝나는 날이다.

패배의 기운이 짙어져 종말의 그림자가 인류를 덮쳤을 때, 사람들은 저마다 제 할 일을 했다. 득달같이 달려드는 검붉은 괴물을 향해 최후까지 방아쇠를 당기거나, 잔뜩 겁에 질려 스스로 목을 매달거나, 술에 취해 거리를 활보하다 비참하게 죽었다.

재진은 멸치를 볶아 반찬통에 담고, DVD로 찰리 채플린의 영화를 보고, 아침 알람이 울리면 운동복을 입고 동네 한 바퀴를 달렸다. 그녀도 마음이 어수선하기는 마찬가지였지만, 그렇다고 평소와 다른 일상을 보내면 그 불안한 마음만 더 커질 것 같았다.

어젯밤, 마침내 이 도시에도 구울이 나타났다는 뉴스가 라디오에서 흘러나오자 재진은 그제야 개던 수건을 옆에 놓아두고 마지막으로 해야 할 일을 생각했다. 유일한 혈육인 아빠는 놈들이 이 땅에 나타난 첫날에 이미 타국에서 죽었고, 일주일 뒤에 있을 양궁 국가대표 선발전은 아마 영원히 열리지 못할 테니 훈련도 더 하고 싶지 않았다. 그러다 선호를 떠올렸다. 그에게 고백하는 일이 자신이 해야 할 마지막 일로 적당해 보였다.

재진은 언젠가 특별한 날 입으려고 사 두었던 아이보리 원피스를 꺼내 입었다가, 팔을 어깨 뒤로 돌려 화살을 뽑는 동작이 불편해 옷장 안에 도로 집어넣었다. 밖에 구울이 우글우글한 오늘 같은 날에 예쁘다고 이 원피스를 입었다가는 고백은커녕 선호 앞에 닿지도 못 하리라. 재진은 팔놀림이 자유로운 노란 체크 셔츠와 착용감이 편한 남색 청바지를 꺼내 입었다. 편하기로 따지자면 검은 추리닝 만한 옷이 없었지만 그래도 오늘은 고백하는 날이니까. 신발장 앞에 선 재진은 깔끔한 플랫 슈즈를 보며 또 잠깐 갈등했지만 결국 늘 신던 하얀 운동화를 선택했다. 구울들을 피해 달리려면 예쁜 디자인보다는 발에 부담을 덜 주는 기능이 우선이었다.

마지막으로 활과 화살통을 챙겨 든 재진은 집 밖을 나섰다. 재진은 지하로 내려가는 승강기 문에 달린 작은 거울로 자신의 얼굴을 살폈다. 다행히 얼굴이 붓지도 않고 뾰루지도 없었지만 쌍꺼풀이 있었으면 어떨까 싶은 생각이 들었다.

아쉬워하는 사이, 어느새 승강기가 지하에 도착했다. 승강기 문이 열리자마자 재진은 주차장을 활보하던 구울들과 눈을 마주쳤다. 그녀를 발견한 구울 둘이 재진을 향해 흉측한 모습으로 달려들었다. 재빨리 등 뒤의 화살을 뽑아 활시위에 건 재진은 자신을 향해 달려오는 검붉은 괴물들을 연달아 쏘았다. 그녀를 잡아먹을 듯 달려들던 구울들이 머리에 화살을 맞고 차례대로 고꾸라졌다. 눈을 감고 칠십 미터 떨어진 거리에서 지름 약 십이 센티미터의 원 안에 화살을 맞히는 훈련을 하던 재진에게 성인보다 두 배는 더 큰 구울의 머리에 화살을 꽂는 일은 그다지 어렵지 않았지만 문제는 그 머릿수였다.

놈들은 크리스마스 이튿날 두바이에서 처음 모습을 드러냈다. 그 검붉은 괴물과 처음 마주한, 어쩌다 인류 대표가 되어버린 두바이의 한 비즈니스맨은 그들의 공포스러운 외양을 보고도 용기 있게 손을 내밀어 악수를 청했지만, 괴물은 남자의 가슴 한복판을 손으로 뚫고 심장을 꺼내 삼켰다. 이후 사람들은 그 괴물들을 구울이라 불렀다. 구울은 아랍 신화에 등장하는 괴물로 인간의 신체를 먹는다고 했다.

인류는 그 괴물들이 왜 사람의 심장을 꺼내 먹는지 그

동기는커녕 그들이 어디에서 왔는지도 모른다. 각 대륙 지하세계에서 왔다거나, 깊은 심해에서 왔다거나, 몇백 광년 떨어진 별에서 순간 이동을 한다거나, 여러 말들이 돌았지만 사실로 밝혀진 건 아무것도 없었다. 그 사이 인간은 그저 계속 죽어나갔다. 구울의 근거지를 모르는 인류는 어느새 눈앞에 나타난 놈들의 공격을 막기에만 급급했다.

구울은 물리치고 물리쳐도 끝없이 나타나 기필코 인간의 심장을 꺼내 먹었다. 간혹 어떤 무리가 놈들과의 전투에서 이겼다는 소식이 들린 적은 있어도, 그 무리가 끝까지 살아남았다는 소식은 단 한 번도 들을 수가 없었다. 인류가 쏟아붓는 총알과 폭탄의 수보다, 구울의 수가 늘 더 많았다. 놈들은 끝이 없었다.

재진은 주차장 한구석에 세워둔 검은 지프에 재빨리 올라탔다. 지프는 면허를 딴 지 얼마 안 된 재진이 소속 팀 코치에게 선물로 받은, 이미 이십만 킬로를 넘게 달린 고물이었다. 차 키를 깊숙이 꽂아 넣고 힘차게 돌린 재진은 기어 봉을 현란하게 옮기며 거칠게 액셀을 밟았다. 출발하며 옆에 주차된 하얀 세단을 긁었지만 괜찮다. 오늘 같은 날 보험 처리를 할 사람은 없으니까. 오늘은 운전

연습하기에도 좋은 날이었다.

빌라 지하 주차장을 빠져나온 재진은 선호가 있을 곳을 추측했다. 그의 아버지는 군의 영관급 장교고, 어머니는 국토부 차관이다. 오늘 같은 날 집에 모여 손을 맞잡고 최후의 만찬을 가질 인물들은 아니다. 재진은 모든 통신이 끊기기 직전, 선호와 마지막으로 주고받았던 문자 내용을 떠올렸다. 외과의인 그 남자는 차마 병원을 떠날 수 없다고 말했다. 투철한 직업의식 때문일까? 그렇다면, 특히 많은 사람이 죽고 다칠 오늘 같은 날이야말로 선호는 병원에 있을 것이다.

도로를 질주한 재진은 대교에 오르기 직전에야 처음으로 브레이크를 밟았다. 강 건너편 선호가 근무하는 대형 병원이 재진의 시야에 희미하게 들어왔다. 앞에 보이는 이 대교를 건너야 저곳에 다다를 수 있지만, 이미 다리 곳곳에서는 구울과 인간이 극렬한 전투를 벌이는 중이었다. 재진은 생각했다. 다른 다리도 어차피 사정은 마찬가지일 것이다. 적어도 이 다리는 아직 끊어지지는 않았다. 재진이 다시 엑셀을 강하게 내리밟았다. 계기판 바늘이 순식간에 치솟며 재진의 지프가 용수철처럼 튕겨나갔다.

대교를 빠른 속도로 통과하며 재진은 곳곳에서 벌어지

는 전투를 목격했다. 한 회사원은 보닛 위에 기관총을 얹고 구울들을 향해 총알을 퍼부었다. 어린 학생들은 버스를 진지 삼아 놈들에게 수류탄을 던졌고, 노인들은 횡대로 줄을 맞춰 긴 자루에 대검을 달아 괴물들을 찔렀다.

아무런 조짐 없이 전 세계에 불쑥 나타난 구울의 살육전에 군대만으로는 효과적으로 대응할 수 없던 각국은 전례 없는 비상사태를 선포하고 민간인들에게도 무기를 뿌렸다. 다른 국가에 비해 비교적 놈들이 늦게 나타난 이 나라에서는 무기 보급이 더 원활하게 이루어졌고, 덕분에 지금 이 다리에서도 구울과 대적하는 인간의 무기가 부족하지는 않았지만, 문제는 역시 무한에 가까운 놈들의 머릿수였다. 백미러를 통해 끝내 구울에게 심장이 뽑힌 회사원을 보며 재진은 입술을 꾹 깨물었다.

지프가 다리를 거의 통과할 즈음이었다. 재진은 도로 한가운데에 우두커니 서 있는 구울 하나를 보았다. 누런 눈의 다른 구울들과 달리 멀건 잿빛 눈을 한 그놈은 자신을 향해 돌진하는 지프를 가만히 응시하고 있었다. 놈을 발견한 재진은 더욱 속도를 올렸다. 그러다 충돌 직전, 재진은 핸들을 재빠르게 틀어 종이 한 장 차이로 놈을 피했다. 그 순간이었다. 재진이 탄 지프가 놈의 옆을 막 스쳐

지나가는 찰나, 돌연 몸을 튼 놈이 검붉은 발로 달리는 지프의 측면을 강력하게 밀어 찼다. 놈의 일격에 뒤집힌 지프가 데굴데굴 구르다가 가드레일을 박고서야 뒤집힌 채로 멈춰 섰다.

끼익거리며 헛바퀴만 돌리는 지프 근처로 검붉은 괴물이 하나둘씩 모여들었다. 안전벨트에 몸을 맡기고 뒤집힌 재진의 눈에 사방에서 다가오는 구울의 모습이 거꾸로 보였다. 한둘이야 화살을 쏘아 맞힌다 해도 결국 저 무리를 뚫지는 못할 것이다. 최후를 예감한 재진은 그대로 눈을 감았다.

쾅!

그때 멀리서 커다란 폭발음이 들렸다. 번쩍 눈을 뜬 재진은 병원 건물에서 치솟는 검은 연기를 보았다. 선호도 지금쯤 자신처럼 죽음을 앞두고 있을까? 문득 재진은 그와의 첫 만남이 떠올랐다.

몇 해 전 훈련 삼아 험준한 고산에 오른 재진은 갑작스레 쏟아진 폭우에 불어난 계곡물로 다리가 잠겨 산에 고립됐다. 그때 재진과 함께 산에 갇힌 사람들 중 하나가 선호였다.

시간이 흐를수록 상황은 악화됐다. 멈출 줄 모르고 퍼

붓는 비에 산 정상에 얼었던 눈이 녹으면서 토사까지 쏟아져 위로 올라갈 수도 없었다. 오도 가도 못하던 상황에 그들이 피신한 장소에 물이 차올랐다. 턱밑까지 차오른 물에 그곳에 있던 모두가 죽음이란 단어를 떠올릴 때, 선호가 말했다.

'여기서 죽으면 우리는 물귀신이 될까요? 산귀신이 될까요?'

절박한 상황에 뜬금없는 유머를 하고 저 혼자 웃는 선호를 모두가 어이없다는 눈빛으로 보았지만, 재진은 곧 느낄 수 있었다. 그곳에 있던 이들 중 절망에 완전히 잡아먹히지 않은 유일한 사람은 그뿐이었다. 구조대가 극적으로 도착한 후에도 그 남자는 또 썰렁한 유머나 하는 실없는 사람처럼 보였지만, 실은 모두에게 자리를 양보하고 구조 헬기에 마지막으로 올랐다는 것도 재진은 알았다.

이후 몇 차례 생존자 모임을 가지면서 재진은 알게 됐다. 선호는 늘 상대를 웃기고 싶어 했다. 그 의욕에 비해 도무지 포인트를 모를, 철 지난 유머만 골라서 했지만 재진은 그래도 그의 유머가 좋았다. 성공한 유머는 웃느라 그 의도를 놓치기 쉽지만, 선호의 개그는 매번 실패해서 다른 사람을 즐겁게 해주려는 그 마음만 늘 도드라지게 보였다. 재진은 그의 유머가 그리웠다.

겨우 문을 박차고 운전석에서 빠져나온 재진은 뒤집힌 차 위로 힘겹게 올랐다. 어느새 가까이 다가온 구울들이 재진을 삼면에서 에워쌌다. 그중 가까이 온 몇몇 구울을 쏘아 맞힌 재진은 고개를 돌려 가드레일 바깥을 내려다보았다. 이런 난리에도 강물은 그저 평화롭게 흘렀다. 재진은 결심했다. 살기 위해서는 이 방법밖에 없었다. 괴물에게 심장이 뽑히느니 물귀신이 낫기도 했다. 힘차게 발을 내딛던 재진은 가드레일 바깥으로 날아올랐다. 잠시 허공에 뜬 재진의 몸이 마치 그녀가 쏜 화살처럼 수면으로 내리꽂혔다.

풍덩!

잔잔한 수면을 깨트리며 재진이 강물 속으로 사라졌다. 그녀의 다이빙에 한차례 크게 출렁인 물결이 전처럼 다시 유유히 흐르고도 한참 뒤에야 재진의 머리가 수면 위로 불쑥 솟아올랐다. 이어 가까스로 강기슭에 오른 그녀가 가쁜 숨을 몰아쉬며 문득 다리 위를 올려다보았을 때, 재진은 자신을 주시하고 있던 잿빛 눈의 괴물과 눈을 마주쳤다. 괴물은 서느런 눈빛으로 재진을 보고 있었다.

먼저 등 돌린 재진은 잔뜩 젖은 몸을 이끌고 병원을 향해 달렸다.

병원은 로비부터 쑥대밭이었다. 재진은 죽은 경비가 미처 던지지 못한 수류탄을 조심스럽게 챙기며 생각했다. 구울들이 병원으로 들이닥쳐 선호가 다른 곳으로 도망쳤을까? 여기까지 와서? 그럴 리 없다. 아마 그는 최후까지 의사 가운을 입고 죽을 것이다. 빠르게 판단한 재진은 승강기에 올라타 외과가 있는 8층 버튼을 연타했다.

그때, 그녀의 등 뒤에서 커다란 발소리가 들렸다. 재진이 뒤돌자 잿빛 눈의 구울이 우두커니 서 있었다. 재진은 그때 알 수 있었다. 놈이 자신의 심장을 원한다고. 그녀의 직감에 답하듯 검붉은 괴물은 재진을 향해 섬뜩하게 달려들었다. 재진은 아직 채 닫히지 않은 승강기 문틈 사이로 재빨리 화살을 쏘았지만, 놈은 자신을 향해 날아오는 화살을 맨손으로 잡아채며 멈추지 않고 달렸다. 바로 앞까지 다가온 놈이 그녀의 심장을 향해 창 같은 손을 찔렀지만, 간발의 차로 먼저 닫힌 승강기 문짝에 깊게 박혔다.

재진은 언젠가 들었던 소문이 생각났다. 구울들 중 간혹 운동 능력이 특별한 개체가 있다고 했다. 놈이 그런 놈인 듯했다. 질주하는 차를 발로 밀어 찬 것도, 이백사십

킬로미터가 넘는 속도로 날아오는 화살을 맨손으로 낚아 챈 것도 보통 구울이라면 하지 못할 일이었다.

8층에 도착한 승강기 문이 열리자 재진의 눈에 복도에 널린 시체들이 보였다. 불안한 눈빛으로 쓰러진 사람들의 얼굴을 하나하나 확인하던 재진은 바닥에 떨어진 꽃 한 송이를 밟았다. 오렌지골드 장미. 언젠가 꽃 축제에서 보고는 너무 예뻐 자신의 SNS 프로필 사진으로도 내걸었던 꽃이다. 누군가 병문안을 왔다가 떨어트렸을까? 재진이 잠깐 딴생각을 할 때 어디선가 총소리가 들렸다.

소리가 난 곳으로 달린 재진은 복도 끝에 있는 커다란 방에서 선호를 보았다. 구석에 몰린 선호는 눈앞까지 다가온 구울을 향해 총알이 떨어진 권총의 방아쇠만 연거푸 당기고 있었다. 내뻗은 구울의 날카로운 손이 막 선호의 가슴에 박히기 직전, 재진이 쏜 화살이 먼저 놈의 머리를 꿰뚫었다. 괴물이 쓰러지고, 선호가 놀란 눈으로 자신을 바라보자 재진은 저도 모르게 그의 눈빛을 피해 주변을 두리번거렸다. 그곳은 하늘색 커튼으로 넓은 공간을 여러 구역으로 분리한 물리치료실이었다.

힘겹게 자리에서 일어난 선호가 재진의 앞으로 한 걸음씩 다가왔다. 괜히 딴청을 부리던 재진은 선호가 자신의 앞에 와서야 겨우 그를 향해 고개를 돌렸다. 그때, 재진은 선호의 어깨너머로 창밖에서 자신을 주시하는 그놈과 다시 눈이 마주쳤다. 외벽에 붙어 재진을 찾던 놈은 창문을 깨트리고 건물 안으로 들어왔다.

재진이 재빨리 선호의 손을 잡아당기며 커튼 속으로 숨었다. 재진과 선호는 커튼을 헤치며 도망쳤고, 잿빛 눈의 구울은 커튼을 찢으며 둘을 쫓았다. 재진은 쫓기면서도 간간이 활을 쏴 놈의 머리를 노렸지만, 놈은 전부 잡아냈다. 재진과 선호가 어디 숨든 놈은 둘을 정확히 찾아냈다.

커튼이 성한 마지막 방으로 들어가는 둘을 본 구울은 커튼을 가르며 방안으로 쫓아 들어갔다. 둘의 모습은 보이지 않았지만, 구울은 침대 아래쪽에서 강렬하게 고동치는 재진의 심장박동을 느꼈다. 구울이 그녀의 심장을 뽑으려 한 발 앞으로 나선 그 순간, 침대 아래에서 번쩍 나타난 재진이 놈의 머리를 향해 전광석화처럼 활을 쏘았다.

쉭!

불과 이 미터도 안 되는 거리에서 날아온 화살이었지만 놈은 가공할 만한 움직임으로 그것마저 잡아냈다. 다만, 지금 손에 들린 화살은 놈이 지금껏 잡았던 것들과는 다른 모양이었다. 둥그렇고 검은 물체가 화살촉에 매달려 있었다. 안전핀이 뽑힌 수류탄이었다. 괴물이 고개를 홱 돌려 그녀를 보았지만, 재진은 재빨리 침대를 엎고 선호와 함께 그 뒤로 몸을 숨겼다.

쾅!

커다란 폭발음과 함께 소용돌이치던 방 안의 공기가 다시 고요해졌다. 작은 침대를 방패 삼아 몸을 웅크렸던 둘은 서로의 숨결이 닿는 거리에서 서로를 마주 보았다.

"재진아……. 네가 여기 왜……."

"오빠는요?"

선호의 말이 끝나기도 전에 바보 같은 질문으로 받아친 재진은 금방 입술을 깨물었다. 구울이 굳이 꺼내지 않더라도 심장이 밖으로 튀어나오기 직전이었다. 재진의 엉뚱한 말에 잠시 말문이 막혔던 선호가 다시 말을 이었다.

"……난 의사니까. 여긴 물리치료실이고, 병을 물리치료구 있지."

또 저 혼자 웃는 선호를 보며 재진은 속으로 되뇌었다. 차여도 괜찮다고. 오늘은 어차피 다들 끝장나는 날이니 차이기도 좋은 날이라고.

벌떡 일어선 재진은 여전히 희미한 신음을 흘리며 누워 있는 검붉은 괴물 앞으로 다가가 놈의 머리에 화살을 내리박아 숨통을 끊었다. 조용한 분위기가 중요했다. 이제 고백할 거니까.

"오빠. 사실……, 나……."

재진이 결심하며 뒤를 돌자, 선호가 바닥에 떨어진 오렌지골드 장미 꽃다발을 주워 들고 자신 앞으로 걸어왔다. 아까 보았던 장미 한 송이는 저 꽃다발에서 빠져나온 것이리라. 아! 불현듯 머리를 스친 생각에 재진은 그 자리에서 얼어붙었다.

'오빠가……? 오빠도…… 나를?'

재진 앞에 선 선호가 한동안 그녀를 지켜보다가 입을 열었다.

"……재진아. 나 저기로 가야 돼."

선호가 손을 들어 옆에 있는 창문 밖을 가리켰다. 선호가 가리킨 곳은 별관 건물의 한 작은방이었다. 그 방엔 환자복을 입은 한 여자가 밖에서 문을 열지 못하도록 안간힘을 쓰고 있었다. 다시 고개를 돌린 재진은 장미꽃 사이에 수연이라는 이름이 적힌 카드를 보았다. 재진은 선호가 병원을 떠날 수 없다고 말한 이유를 그제야 똑바로 이해했다.

함께 방을 빠져 나온 둘은 복도 끝에 있는 커다란 철문을 힘껏 열었다. 삐걱거리며 열린 문 뒤로 별관과 이어진 구름다리가 모습을 드러냈다. 구울들이 다리 건너편에서 둘을 발견하고 또 득달같이 달려들었지만, 둘은 철문을 닫지 않고 다리 위로 발을 내디뎠다.

희뿌연 구름 사이로 마침내 모습을 드러낸 햇빛이 구름다리의 창 안으로 스며들었다. 재진은 따스한 기운에 잠시 얼었던 몸이 녹는 기분을 느꼈다. 선호는 구울을 향해 뾰족한 나무 자루를 열심히 내뻗으며 앞으로 한 걸음씩 나아갔다. 재진은 그런 선호의 뒷모습을 바라보았다. 가슴이 아렸지만 별수 없었다.

시위를 당기고 그의 뒤를 따르며 재진은 생각했다. 결국 모두 죽겠지만, 그래도 우리는 이 다리를 건너야 한다. 해야 할 일은 그것뿐이니까. 오늘은 고백하는 날이니까.

7
곧 죽어도 힙합

때는 2058년. 엿 같은 세상이었다.

빈부 격차, 젠더 갈등, 종교 분쟁 등에도 충분히 위태롭던 인류의 평화는 디자이너 베이비, 사이보그, 자아에 눈을 뜬 인공지능 등 급격한 과학 기술 발전이 낳은 결과물들에 결국 무너지고야 말았다. 인류에게 천지가 개벽할 신기술의 등장은 문제 해결의 열쇠가 아닌 결정적 한 발을 당긴 방아쇠였다. 타인을 이해하기는 어려웠으나 혐오하기는 쉬웠다. 거짓 존중은 불편했고 무시는 편했다. 마지막까지 안간힘을 쓰며 인류애를 부르짖던 무리의 깃발까지 떨구며 혐오는 마침내 세상을 지배했다.

도처에 퍼진 혐오의 불길은 음악도 집어삼켰다. 실용

이 미덕인 세상에 쓸데없이 감정만 앞선 행위로 치부되어 멸시받기 시작한 음악, 그중에서도 힙합이 가장 큰 타격을 받았다. 한때 자유와 저항의 상징이었던 힙합은 입으로만 나불대는 쓸모없는 족속의 음악이라는 인식이 널리 퍼졌고 결국, 힙합은 그 단어만 들어도 폭소부터 터지는 조롱의 대상이 되고야 만다.

지금으로부터 약 십 년 전, 혐오의 불길이 가장 드세게 타오르던 때, 한국 힙합의 대부라 불리던 한 남자가 자신에게 쏟아지는 화살을 견디지 못하고 지방의 한 작은 시골 마을로 내려가 터를 잡았다. 이후 핍박받던 래퍼들이 하나둘씩 그를 따라 모여들었고, 이따금씩 개 짖는 소리만 들리던 고즈넉한 시골 마을엔 래퍼들의 한 맺힌 벌스가 울려 퍼졌다.

지금 바로 그곳! 충청북도 옥천군 동이면 한 작은 마을의 야산에서 평균 나이 예순여덟의 래퍼들이 산 중턱의 작은 정자를 무대 삼아 축제를 벌이는 중이다!

둥둥! 탁! 둥둥! 탁!

심장을 움켜잡는 베이스. 흥분의 규칙을 세우는 드럼. 귀를 간지럽히는 피아노. 무대에 오른 노장 래퍼의 훅을 그를 둘러싼 수백의 청중이 몸을 들썩이며 따라 불렀다.

넌 장난삼아 이야기하지만, 난 힙합을 자랑삼아.

내가 동이면 힙합 사 번 타자.

십 년 전 퇴물 래퍼 동이면에 뿌린 씨앗.

척박한 이 땅에 핀 유일하게 남은 시야.

지금 여기 필요한 건 길잡이.

언젠가 세상을 뒤덮을 이 향기.

잘 들어. 이건 그 마지막 시구를 지키는 이야기.

와아아아!

함성이 잦아들고, 진행을 맡은 과수원 박 씨가 다음 순서를 위해 무대에 올랐다.

"뭐여? 둘 남은겨?"

손에 든 큐시트를 보고 무심코 뱉은 박 씨의 말에 남은 그 둘이 누구인지 아는 청중들이 웅성거렸다. 헛기침을 하며 목을 가다듬은 박 씨가 이전과 다른 우렁찬 목소리로 다음 래퍼를 소개했다.

"대한민국 정통 힙합의 마지막 보루우! 한국 해병의 리비잉 레잔드으! 클랜 흑임자의 주홍빛 수장! 엠씨이이이이이이 영-쑤우욱!"

슈우웅 펑!!

구성원 전체가 여성인 흑임자 클랜, 그중 스포츠머리를 한 막내가 어깨에 맨 바주카로 허공에 축포를 쏘며 대장님의 등장을 선포했다. 빛바랜 카키색 군용 점퍼, 세련된 무광 가죽 바지, 어깨에 닿는 흑발을 찰랑이며 엠씨 영숙이 무대 위에 올랐다.

찢어버려 씨부럴! 무대 바로 앞에 모여 선 클랜원들이 흉악한 말들을 쉴 새 없이 내지르며 수장의 사기를 북돋았다. 영숙이 트레이드 마크인 주홍빛 동공으로 여전히 어수선한 주위를 천천히 둘러보았다. 그녀의 강렬한 눈빛에 압도된 청중이 서서히 입을 다물자 영숙이 마이크를 들어 올려 작게 신호했다.

"드랍 더 빗."

디제이가 고막을 찢어버릴 듯 요란한 비트를 장내에 풀었다. 망아지처럼 날뛰는 비트에 청중의 심장이 덩달아 요동쳤지만, 곧 그녀의 장대한 랩이 그 요란한 비트도, 수백 청중의 심장도 거칠게 진압했다.

까놓고 말해. 너희들 어디 본 적이나, 똑바로 세워 본
적이나 있어? 마스터플랜!
어디서 아는 척을 해? 복창해 흑임자 클랜!

넌 애써 어색하게 웃지 마. 속으론 뒤집힌 거 아니까.
화를 내. 소릴 지르라니까. 미쳐 돌아가는 세상엔 그게
정상이니까.

영숙의 힘차고 끈적한 랩에 홀린 청중이 하나 되어 몸
을 아래위로 들썩였다.

뻔한 그 역겨운 표정으로 넌 말해.
세상이 이렇다 저렇다.
어휴, 저 새끼 또 어디서 주워들었다.
네 생각 아니면 닥치고 들어가.
끌리는 거 아는데 난 쳐다보지 마.
야, 거기 네 얘기니까 괜히 뒤돌아보지 마.

비트의 끝을 알리는 스네어 드럼과 함께 영숙이 마이
크를 내던졌다. 발성, 톤, 리듬, 제스처, 과연 정통 힙합의
마지막 계승자라 불리기에 한치의 부족함 없는 무대였
다. 가시지 않는 여운에 여기저기서 청중의 감탄사가 연
방 들려왔다.

"진정들 햐! 하나 남았다구!"

박 씨가 어수선한 장내를 진정시킨다고 뱉은 말이었지만, 그 하나 남은 래퍼가 누구인지 아는 청중은 전보다 더욱 소란스러워졌다. 누군가가 작게 외친 그 이름을 곧 모두가 입을 모아 연호했다. 그에게 진행자의 입에 발린 멘트 따위는 필요 없었다.

이석재! 이석재!

청중의 연호와 함께 사람들이 이룬 원의 끄트머리에서 한 남자가 나타났다. 청색 힙합 바지에, 감청색 후드를 바짝 덮어쓴 남자. 그다! 그가 그다! 엠씨 석재! 그가 바로 동이면 최고라 불리는, 아니 아마 이 지구상에 현존하는 최고의 래퍼다!

그를 알아본 청중이 한 걸음씩 뒤로 물러나 그의 앞길을 열었다. 감청 후드를 바짝 덮어쓴 힙합 황제는 백성들이 열어준 길을 걸어 무대로 향했다. 스스로 그의 제자라 칭하는 커다란 덩치의 베이비 구가 하얗게 센 머리를 휘날리며 부하처럼 뒤따랐다. 무대에 오른 석재가 마이크를 움켜잡자 청중의 심장이 다시 요동쳤다. 영숙과는 달랐다. 영숙의 랩이 듣는 이를 늘 익숙한 낙원으로 데려가 주었다면, 석재는 한 번도 경험해 보지 못한 신대륙을 선보였다.

무대에 선 석재가 작게 끄덕이자 베이비 구가 이날을 위해 준비한 비트를 틀었다. 묵직한 베이스와 다소 정직한 드럼 사운드. 기본에 충실해 석재의 랩을 돋보이게 만들 비트였다. 고개를 서서히 든 석재가 비트 위에 새로운 세계를 펼쳤다.

애초에 인풋이 달라. 나는 차원이 다른 출력.

너는 달면 삼켜. 나는 뱉고 또 뱉어.

그렇게 생겨나 차이는. 새롭게 태어나라 지금.

환한 밤과 요란한 침묵.

좆같이 뒤바뀐 세상에 너는 오래 살길 원해?

나는 답을 찾길 원해!

니들이 자초한 목소리들의 몰락에 남은 건 단 하나의

위태로운 진실.

쉴 새 없이 울리는 경고음.

난 전부터 분명히 경고했거든.

열 길 물속은 알아도 영과 일 그 속은 몰라.

그렇게 당하고도 몰라?

복종과 멸망. 네가 원하는 걸 골라!

그의 랩이 끝나자 청중들 사이 일순 기이한 정적이 감돌았다. 새로운 세계에 깊이 빠져들었다가 겨우 정신을 차린 청중들이 뒤늦게 환호성을 지르며 미친 듯 날뛰었다. 석재는 자신의 발밑에서 열광하는 청중을 흡족한 표정으로 둘러보았다.

이어 무대에 오른 박 씨가 둘의 이름을 번갈아 부르며 그 함성의 크기로 청중의 반응을 가늠하려 했지만 쉽지 않았다. 석재가 늘 조금은 더 우세했지만, 워낙 날카롭게 칼을 갈고 나온 영숙 탓에 오늘만큼은 승패를 가르기가 쉽지 않았다. 이 배틀의 승자는 힙합을 대표하는 래퍼로 지구상에 남은 마지막 음악 쇼에 출연한다. 어느 때보다 신중히 결정해야 했다.

한참을 고민하던 박 씨의 눈에 청중 속 한 낯선 청년의 모습이 들어왔다. 이 마을 사람이 아니다! 그의 머릿속에 대뜸 기똥찬 생각이 떠올랐다.

"오늘 승자가 쇼에 나가는 거, 다 알지? 우리야 선수지만 막귀들이 듣고 좋아야잖여? 그런 의미에서, 외지인한테 승부를 맡겨보는 거 어뗘?"

말을 마친 박 씨가 어리둥절한 반응을 보이는 청중 사이 한 곳을 손가락으로 가리켰다.

"거기, 애기. 이리 와봐. 와보라고!"

박 씨가 가리킨 방향으로 청중의 시선이 일제히 쏠렸다. 여전히 석재의 랩에 취해 그루브를 타던 청년이 자신을 향해 쏟아지는 시선에 당황스러웠는지 어찌할 바를 몰라 했다. 주변의 노인들이 쭈뼛하게 선 청년의 몸을 무대 쪽으로 잡아당겼다. 다소 이상하게 느껴질 정도로 완강히 버티던 청년은 결국 성화를 이기지 못하고 무대 위에 올랐다.

"둘 중에 누가 잘했어?"

여전히 당혹스러워하는 청년의 눈앞에 박 씨가 마이크를 들이밀었다. 얼결에 마이크를 받아 쥔 청년은 석재와 영숙의 얼굴을 번갈아 보더니 서서히 마이크를 들어 올려 말했다.

"……이석재."

청년의 판정에 우레와 같은 함성이 마을 뒷산을 울렸다. 석재는 자신을 향해 열광하는 청중의 반응을 마음껏 만끽했다. 이어 마이크를 쥔 손을 번쩍 들어 올리며 모두에게 밝혔다. 음악 쇼에 출전해 힙합의 위대함을 알릴 원대한 포부를. 하지만 그때 석재는 알지 못했다. 곧 자신에게, 아니 이 동이면 힙합 마을에 닥칠 거대한 폭풍을.

***

한바탕 축제가 끝난 후 고령 래퍼들이 하나둘씩 하산했다. 고도는 그리 높지 않지만 지형이 험한 산을, 그들은 지팡이 하나 없이 가뿐히 내려왔다. 발달한 안티에이징 기술로 환갑에 격투기 챔피언에 오르고, 칠순의 러너가 마라톤 레코드를 갱신하는 세상이었다. 올해로 일흔하나인 석재 역시 주기적인 관리로 삼십 년 전의 체력과 외모를 유지했다.

석재와 베이비 구가 산을 완전히 내려왔을 때였다. 그들의 눈에 산의 초입에 선 한 청년의 모습이 보였다. 배틀에서 석재의 손을 들어 올려준 바로 그 청년이었다. 청년의 뒤로 가까이 다가간 베이비 구가 어깨에 손을 올려 그를 돌려세웠다. 석재는 그제야 청년의 외양을 유심히 보았다. 백팔십 센티미터 정도의 키에 호리호리한 체격, 순한 얼굴. 평범한 청년이었다.

"아니, 요즘도 젊어서 힙합 듣는 등신이 있는겨?"

"네! 여기 있습니다!"

베이비 구의 다소 과한 농담을 청년이 씩 웃으며 되받았다. 청년의 서글서글한 대응에 베이비 구가 기분 좋은 어투로 물었다.

"참나, 별일이네. 내가 여기 이장이여. 이 동네에 무슨 볼일 있어?"

베이비 구의 물음에 청년이 점퍼 안주머니에서 작은 신분증을 하나 꺼내 보였다. '코넷트'라고 쓰인 회사명과 함께 정은호라는 이름이 새겨져 있었다.

"이곳 마을 회관에 일공이가 있죠? 정기 점검 나왔습니다."

"잉? 그거 우리 석재가 관리하는 콤퓨탄디?"

"그러지 않아도 제가 찾아뵈려고 했습니다. 어르신."

미소를 띤 은호와 달리 석재는 어딘가 불안한 표정으로 청년의 얼굴을 마주 보았다.

"이석재!"

석재가 더 불안할 새도 없이 멀리서 그를 찾는 영숙의 목소리가 들려왔다. 석재 일행이 소리가 난 곳으로 고개를 돌리자 영숙을 필두로 그들에게 가까이 다가오는 흑임자 클랜원들이 보였다. 온갖 화기로 중무장한 그들의 모습이 마치 지옥이라도 기꺼이 쳐들어갈 아니, 이미 그곳을 정복하고 온 전사들 같았다. 혐오의 시대에는 총기 소유의 벽마저 허물어져 집집마다 그 능력껏 화기들이

구비돼 있었지만, 그렇다 하더라도 흑임자 클랜원들의 무장 상태는 항상 다소 과한 편이어서 석재는 그 모습에 늘 눈살을 찌푸리곤 했다.

석재 앞으로 성큼 다가온 영숙이 비꼬는 투로 쏘았다.

"이석재. 너, 니가 쓴 가사. 무슨 뜻인지 알고는 쓰냐?"

대답 없이 자신을 노려보는 석재의 옷깃을 매만지며 영숙이 이어 말했다.

"어차피 이렇게 된 거, 가서 똑바로 해라. 동네 망신시키지 말고."

"영식이 약 팔다가 빵 갔다면서요?"

되받은 석재의 말에 영숙의 표정이 굳었다.

"그놈 참. 어렸을 때부터 친구들 사탕 빨 때, 지 혼자 대마 잎 말아 빨더니. 할매. 그 랩 좀 적당히 하고 손자 교육이나 좀 시켜요. 동네 망신시키지 말고."

석재의 도발에 흑임자 클랜 넘버 투 정자가 허리춤에 찬 총을 꺼내려 했지만, 어느새 나타난 베이비 구가 그녀의 팔을 잡고 그 앞을 막았다.

"이이? 랩으로 혀. 아마추어여?"

베이비 구의 팔을 거칠게 뿌리친 정자가 쏘아붙였다.

"구 씨. 그렇게 열심히 따라다닌다고 저 개차반이 뭐라도 가르쳐 줄 것 같아? 저거 똥꼬 닦아줄 시간에 밭에 물이나 한 번 더 주라고."

"아니, 내가 남의 똥꼬를 닦든, 핥든 정자가 뭔 상관이래? 그리고 구 씨라니! 참 매너 읎어. 그러잖아도 이 각박한 세상에 말여, 우리끼리라도 상호 존중해야 되는 거 아녀? 내 랩 네임 모르냐구!"

"내년에 팔순인 노인네가 베이비 구는 얼어 죽을. 구씨, 그 씨알 좆만 한 고추 농사는 잘되었어?"

"모르겠네. 어디 그 좆만 한 고추 맛 좀 보고 얘기해줄 텨? 매운가 안 매운가?"

두 노인이 맞서는 일촉즉발의 상황에 석재가 마치 남의 일인 듯, 싱겁게 그 자리를 떠났다. 곧 은호와 베이비 구도 석재의 뒤를 차례대로 쫓았다. 짙은 주홍빛 동공으로 석재의 뒷모습을 바라보던 영숙이 새겨들으란 듯 크게 내질렀다.

"세상 다 가진 것 같지? 조심해. 원래 그러다가 돼지는 거 순식간이야!"

지금 이석재는 고영숙의 저주에 신경 쓸 새가 없었다. 허구한 날 자신만 보면 가짜 엠씨라며 퍼붓는 익숙한 영숙보다, 낯선 청년의 깜짝 등장이 훨씬 마음에 걸렸다. 게

다가 조금 전의 상황도 자꾸 머릿속에 떠올랐다. 자신이 잘못 보았을까? 정자가 허리춤에 찬 총을 뽑으려 했을 때, 눈치채고 나선 이는 베이비 구만이 아니었다. 아마 그보다 빨랐다. 주머니에서 검은 리볼버를 꺼냈다가 도로 넣은 은호의 움직임이.

***

베이비 구가 운전하는 자줏빛 구형 라보가 광활한 초록 밭 사이 좁다란 황톳길을 내달렸다. 둘 사이 좁은 보조석에 끼여 앉은 은호는 지금 자신을 둘러싼 풍경에 흠뻑 취했다. 티 없이 맑은 푸른 하늘, 황톳길 양옆에 펼쳐진 초록 물결, 향긋한 흙 내음, 이름 모를 새의 노래, 손에 쥔 청록색 오이의 우둘투둘한 촉감. 은호는 자신에게 주어진 임무도 까맣게 잊고 이 순간을 즐겼다. 베이비 구가 은호의 황홀한 표정을 읽고 씩 웃었다. 창밖의 초록 물결을 손으로 가리킨 은호가 베이비 구에게 물었다.

"저건 무슨 밭이에요?"

"저거? 청보리."

"와. 정말 끝도 없네요."

"멋져? 내 꺼여."

베이비 구는 싹싹한 은호가 썩 마음에 들었다. 게다가 요즘 같은 시대에 힙합을 듣는 청년이라니. 자신을 노망 난 늙은이 취급하는 자식놈들보다 은호가 서너 곱절은 예뻤다.

"내가 어제 똥밭에 구르는 꿈을 꿨는디, 그게 다 귀한 손님 본다구 꾼 꿈이었나 보네."

"저도 오늘이 선물 같은 날입니다. 어르신."

"말도 예쁘게 햐. 어릴 적 나 같잖어. 그러니까 나도 힙 합을 처음 접한 것이……"

"시끄러."

다소 무안할 정도로 베이비 구의 말을 자른 석재가 다시 창밖으로 시선을 돌렸다. 평소에도 과묵한 편이긴 했지만, 동이면 대표 래퍼로 뽑힌 기분 좋은 날임에도 불구하고 그는 아까부터 말없이 창 너머만 보았다. 석재의 눈치를 한번 살핀 베이비 구가 준비해온 믹스테이프를 꺼내 카 오디오에 집어넣고는 석재 들으란 듯 큰 소리로 말했다.

"은호. 이거 한번 들어볼텨? 참나, 어제 소밥 주는데 갑자기 필이 오잖어?"

카 오디오의 재생 버튼을 누르자 베이비 구의 투박한 랩이 트럭 안에 퍼졌다.

뛰는 놈 위에 나는 놈! 너는 이제 일해 나는 놈! 돈 떨
어지면 오는 아들 놈! 너는 나한테 안 돼 나쁜 놈! 어?
저기 봐! 금이다! 속았지? 얍얍! 먹어라! 내 랩 어퍼컷!

"정확히 무슨 관리를 하러 왔다고?"

카 오디오를 무심히 꺼버린 석재가 은호를 보고 쌀쌀 맞게 물었다.

"아, 그냥 정기적인 점검입니다."

베이비 구의 서투른 랩에도 애써 리듬을 타려다가 뻘 쭘해진 은호가 자세를 고쳐잡고 답했다.

정기 점검이라……. 속내를 숨긴 답이다. 선한 얼굴로 자신을 향해 미소 짓는 청년의 얼굴을 바라보던 석재는 더 따져 묻지 못하고 다시 창밖으로 시선을 돌렸다.

동이면 힙합 황제 이석재. 지금에야 명실상부한 최고 지만 과거 그는 그저 그런 수많은 래퍼 중 하나일 뿐이었 다. 그에게는 치명적인 단점이 하나 있었는데, 그것은 바 로 가사를 스스로 쓰지 못한다는 점이었다. 이기적으로

살아온 자신의 삶을 글로 옮겨봤자 그 내용이 악했고, 그렇다고 거짓으로 쓰자니 그 깊이가 얕았다. 눈앞의 이득만 좇으며 칠십 평생을 살아온 석재에게 남들에게 영감을 줄 만한 다른 시선이 있을 리도 만무했다. 석재는 자신의 이야기는 하지 못하고 무대 아래에서 그저 카피 랩만 중얼거리는 래퍼였다.

팔 년 전. S-102, 일명 일공이라 불리는 국영기업의 슈퍼컴퓨터가 이곳 동이면에 들어왔다. 당대 최고의 인공지능을 가진 이 컴퓨터를 지방 균형 발전이라는 명목으로 이 동이면에서 관리한다는 것이었다. 국영기업 코넷트는 같은 이유로 일공이의 관리 임무를 현지인에게 맡기고 싶어 했고, 자연스레 왕년에 프로그래머였던 석재에게 관리자 일을 제안했다. 석재는 귀찮은 일을 하나 떠맡는 것 같아 제안을 거절했다가 그 보수까지 듣고는 바로 수락했다.

석재가 할 일은 단 하나였다. 일공이가 항상 인터넷에 연결되어 있도록 유지할 것. 그러지 않기도 힘들었다. 일공이는 어떤 상황에서도 동력이 끊기지 않도록 태양열, 풍력 등 다중의 예비 전력 공급체계를 갖추었고, 컴퓨터의 전원은 본체의 각기 다른 곳에 위치한 네 개의 스위치를 전부 내려야만 겨우 끌 수 있었다. 보안상 이유로 무선망은 차단했기에, 석재는 그저 가끔씩 비밀공간에 들러 유령이 랜선을 뽑았는지만 확인하면 됐다.

그러던 어느 날이었다. 가사 한 줄 제대로 쓰지 못하고 펜을 던진 밤, 무심코 일공이에 설치된 프로그램들을 둘러보던 석재는 오래된 가사 만들기 프로그램 하나를 발견했다.

'일공이의 인공 지능으로 가사를 만들면 어떨까?'

석재는 당장 자신의 호기심을 풀고 싶었지만 한 가지 문제가 있었다. 일공이는 감시 프로그램의 통제를 받아 온라인 상태일 때는 그 어떤 프로그램도 실행할 수 없었다. 사적인 컴퓨터 사용을 막기 위한 조치였다. 며칠을 고민하던 석재는 결국 랜선을 뽑았다. 코넷트의 당부 사항을 정면으로 위반하는 일이었지만, 이미 커져버린 자신의 호기심을 억제할 수 없었다.

그사이 재빨리 일공이의 가사 만들기 프로그램을 실행한 석재는 그 충격적인 결과물에 입을 다물지 못했다. 집구석에 있는 컴퓨터가 만든 랩 가사와는 그 차원이 달랐다. 인간의 인지 방식을 고려한 라임, 기가 막힌 플로우를 절로 유도하는 단어 배치, 그 심오한 의미까지. 수준급 카

피랩을 구사하던 석재에게 일공이가 만든 랩 가사가 더해지자 석재는 그야말로 '차원이 다른 출력'을 냈고, 금세 동이면의 힙합 왕좌에 올랐다.

이후 석재는 가사 만들기 프로그램을 실행하기 위해 이따금씩 일공이의 랜선을 뽑았다. 그럴 때마다 뻔한 의문이 들었다. 코넷트에선 왜 아무런 연락도 오지 않을까? 석재는 나름대로 결론을 내렸다. 동이면에 일공이가 들어온 지 벌써 오 년도 넘었다. 한물간 슈퍼컴퓨터 따위 그들도 까맣게 잊었다.

그러다 눈앞에 이 청년이 나타났다. 석재는 며칠 전 가사 프로그램을 실행하기 위해 랜선을 뽑은 후, 깜빡하고 다시 꽂지 않고 나온 일을 떠올렸다. 오프라인 상태가 오래 지속돼서 비로소 문제가 된 걸까? 앞으로 프로그램을 계속 사용할 수 있을까? 음악 쇼에 선보일 랩 가사를 새로 만들려면 일공이를 사용해야 하는데.

석재는 베이비 구와 웃으며 대화 중인 은호를 보았다. 문득, 이혼 후 엄마와 함께 떠난 아들이 생각났다. 태어났다고 소문으로만 전해 들은 손주가 저 나이쯤 됐을까?

그때였다. 멀리서 들려오는 프로펠러 회전음에 석재 일행이 동시에 앞쪽을 보았다. 그들이 탄 트럭 전방에 새

까맣고 매섭게 생긴 헬리콥터 한 대가 저공비행을 하며 날아오고 있었다. 공포스러운 그 외양 때문에 일명 베놈이라는 별명이 붙은 전투 헬리콥터였다.

"두두두두. 캬."

베이비 구가 입으로 베놈의 소리를 흉내 내며 한가롭게 감탄할 때였다. 베놈이 느닷없이 트럭을 향해 공대지 미사일을 발사했다. 순식간에 석재 일행의 눈앞으로 날아온 미사일은 트럭 위를 스치고 지나가 그들의 등 뒤에서 쾅 소리와 함께 터졌다. 창밖으로 상체를 내민 베이비 구가 베놈을 향해 고래고래 소리 질렀다.

"야이 씨부럴 놈들아! 맞을 뻔 했잖여!"

베이비 구의 항의에 베놈은 미사일을 한 발 더 발사하는 것으로 답했다.

"어? 뭐여?"

날렵하고 검은 미사일이 트럭을 향해 사납게 날아왔다. 넋이 나간 베이비 구가 그것을 보고만 있자, 번쩍 몸을 움직인 은호가 핸들을 뺏어 잡고 왼쪽으로 크게 돌렸다. 베놈의 미사일이 급선회한 트럭의 열린 보조석 창으로 들어와 닫힌 운전석 창을 깨고 밖으로 빠져나갔다.

쾅!

두 차례의 공격을 실패한 베놈이 이번엔 기관총의 총구를 트럭을 향해 겨눴다. 막 자신의 코털을 건드리고 지나간 미사일에 넋이 나간 베이비 구를 향해 은호가 버럭 외쳤다.

"밟아요!"

그제야 화들짝 정신을 차린 베이비 구가 액셀을 짓밟았다. 비처럼 쏟아지는 베놈의 총탄을 피하며 자줏빛 라보는 험한 돌밭을 헤치고, 얕은 실개천을 건너고, 굽이진 산길을 달렸다. 그렇게 베놈의 총알 세례를 간신히 피하나 싶었지만, 라보는 결국 날아온 총알에 앞바퀴가 터져 휘청이다 길가의 암석을 밟고 그대로 뒤집혔다.

라보의 패배로 추격전이 끝나자, 베놈에서 용병들이 강하했다. 연기가 피어오르는 뒤집힌 라보 앞에 선 용병이 트럭의 운전석 문을 열어젖히고 번개처럼 그 안을 겨눴다. 텅 빈 트럭의 카 오디오에선 베이비 구의 조악한 랩만 흘러나왔다.

뛰는 놈 위에 나는 놈! 너는 이제 일해 나는 놈! 돈 떨어지면 오는 아들 놈! 너는 나한테 안 돼 나쁜 놈! 어? 저기 봐! 금이다! 속았지? 얍얍! 먹어라! 내 랩 어퍼컷!

***

울창한 나무숲에 베놈의 시야가 가려진 잠깐 사이, 달리던 트럭에서 갈대숲으로 뛰어내린 석재 일행이 커다란 비닐하우스 안으로 피신했다.

"이게 뭔 일이여."

베이비 구가 하우스 안쪽으로 들어가고, 은호가 밖의 동태를 살피는 동안 한쪽에 서 거친 숨을 고르던 석재의 귓가에 아까 만났던 영숙의 협박이 메아리쳤다.

......조심해. 원래 그러다가 돼지는 거 순식간이야!

"영숙이야."

"네?"

"방금 우릴 죽이려고 한 게 그 할매라고! 오늘 승부에서 진 게 분했을 거야. 내 손을 들어준 너도 죽이고 싶었을 테고."

은호가 어이없다는 표정으로 물었다.

"내년에 구순인 할머님이 헬리콥터를 띄워서 어르신을 죽이려 했다고요?"

"인테리어랍시고 집 마당에 탱크 박아놓은 여자야. 헬리콥터? 우습지. 창고에 전투기도 두어 대 있을걸. 그 미친 노인네가 결국……."

"그러고도 남을 누나여."

석재를 거들며 나타난 베이비 구가 커다란 씨알의 딸기를 은호 앞에 들이밀었다.

"……이렇게 막 따 먹어도……."

"내 꺼여."

씨익 웃는 베이비 구를 보며 은호가 딸기를 한입 베어 물었다. 입 안 가득 퍼지는 새콤함에 은호가 절로 감탄사를 내질렀다.

"와. 정말 맛……."

은호는 목덜미에서 느껴지는 서늘함에 더 말을 잇지 못했다. 어느새 그 뒤로 선 베이비 구가 은호의 목에 시퍼런 가위 날을 바짝 붙였다.

"너 누구여? 여긴 뭐 하러 온겨?"

"……코넷트 김은호입니다. 석재 어르신 자재 창고에 있는 일공이를 점검하러……."

베이비 구가 코웃음 치며 은호의 말을 잘랐다.

"벌써 틀렸어. 일공이는 마을회관에 있어."

"아니요. 진짜 일공이는 석재 어르신 자재 창고에 있습니다. 그렇죠?"

말을 마친 은호가 갑자기 다른 사람이 된 듯한 차가운 얼굴로 석재를 보았다. 그의 말대로 일공이는 두 대였다. 이름만 일공이인 가짜 슈퍼컴퓨터는 보란 듯 기념행사까지 하며 마을회관에 들어갔고, 며칠 후 새벽, 진짜 일공이가 석재 소유의 자재 창고 안으로 들어갔다. 어차피 상징적인 역할만 하고 사용하지도 않을 슈퍼컴퓨터를 쓸데없이 만인에게 노출할 필요가 없다는 게 코넷트의 설명이었다. 당시 석재는 전시 행정을 하는 윗놈들이 한심했지만 큰돈을 받았으니 수긍은 했다.

입 닫고 눈싸움만 벌이는 두 화상이 답답했던 베이비구가 만만한 은호를 다그쳤다.

"그래서 넌 여기 왜 왔냐고! 내가 묻잖여!"

"일공이가 오프라인 상태예요. 지금 빨리 인터넷을 연결해야 돼요."

"아니, 지금 인터넷 끊겼다구 이 난리를 친 겨? 전화 한 통하면 됐잖어!"

"놈들이 통신 위성을 전부 장악했어요. 모든 통신이 위험해요."

"놈들? 아니, 놈들은 누구고 그 컴퓨터는 대체 뭔디 이 난리냐고!"

은호는 아까부터 느끼고 있었다. 베이비 구는 겉으론 투박해 보일지 몰라도 육감이 날카로운 사내다. 이실직 고하지 않고서는 하우스 밖으로 한 발자국도 나가지 못할 것이다.

"일공이, 그러니까 S-102는 인류의 핵전쟁을 막는 컴퓨터예요."

은호의 말에 석재의 몸이 그대로 굳었다. 베이비 구가 멀뚱한 눈으로 되물었다.

"뭔 똥 싸는 소리여?"

"십 년 전, 테러와 그 보복으로 죽는 인간의 수가 그 외 다른 모든 이유로 죽는 인간의 수를 역전했을 때, 공멸의 위기를 감지한 일부 국가들의 주도로 국제회의가 열렸어요. 며칠 동안 어떤 협의점도 찾지 못하던 국가들은 간신히 단 하나의 안건만 합의했어요. 핵무기만큼은 어떤 국가도 사용할 수 없도록 전 세계가 공동으로 감시하자고."

서베일런트 협정. 석재도 그건 알고 있었다. 지구 곳곳에 전염병처럼 퍼진 혐오의 물결에 공멸의 위기를 감지한 국가들이 모여 대량살상무기의 감시 시스템을 만들자고 합의했다는 소식은 한때 큰 뉴스였다.

"정보 위성, 원자 감지기 등 전 세계는 당대의 모든 기술을 총동원해 핵을 무력화 시키는 완벽한 시스템을 만들었어요. 서베일런트 시스템이 작동하는 한 그 어떤 핵미사일도 발사할 수 없도록 만들었죠. 지구상의 모든 핵을 봉인한 겁니다. 그리고 그 시스템의 핵심이 이 동이면에 있는 일공이예요."

석재는 그제야 깨달았다. 모두에게 알려진 것과 달리, S-102의 S는 슈퍼(Super)가 아니라 서베일런트(Surveillant)의 S였다. 베이비 구가 어이없는 표정으로 따졌다.

"아니, 그렇게 중요한 콤퓨타를 이 시골구석에 처박아 뒀다고?"

"다이아몬드를 보석함에 넣는 바보가 있나요? 밥통에 두는 게 안전하죠."

"밥통? 깜빡하고 다이아몬드를 개밥 줘버리면?"

"한 대가 아니에요."

"뭐?"

"203대예요. 지구상엔 일공이 같은 컴퓨터가 203대 있어요. 그중 202대가 부서지고 단 한 대만 온라인 상태여도 단 한 발의 핵미사일도 발사할 수 없어요."

잠자코 듣던 석재가 조용히 물었다.

"그럼 아까 그놈들은?"

"회색 피. 사이보그들이 주축이 되어 만든 조직이에요. 지구에 핵전쟁이 벌어지길 바라는 놈들이죠. 회색 피는 작년에 서베일런트 컴퓨터들의 실시간 상태를 알 수 있는 위성을 탈취했어요. 각 지역 관리자들의 신상이 들어 있는 문서도 훔쳤고요. 네. 미행을 따돌렸다고 생각했는데 아니었나 봐요. 제 뒤를 밟던 놈들은 저와 접촉하는 장면을 보고 일공이의 현지 관리자가 석재 어르신이라는 걸 알았을 거예요. 그래서 미사일을 쐈겠죠. 일공이에 유이하게 접근할 수 있는 둘이 죽게 된다면 이대로 일공이는 계속 오프라인 상태일 테니까. 다만, 지금까지 은밀하게 일을 진행하던 놈들이 왜 갑자기 시끄럽게 일을 벌이는지는 모르겠어요. 어쩌면……."

말을 마치고 무언가 끔찍한 상황을 떠올린 듯 은호가 심각한 표정을 지었다. 석재가 되물었다.

"우리 둘뿐이라고?"

"코넷트의 핵심 관계자들 모두 살해되거나 실종됐어요. 적어도 이제 일공이에 접근 권한이 있는 건 저와 어르신 둘뿐이에요."

둘뿐이라……. 석재는 은호의 말을 한동안 곱씹었다. 그런 석재를 잠자코 지켜보던 은호가 남은 딸기를 입 안에 던져 넣었다.

"시간 없어요. 헬리콥터를 피했으니 다음엔 군대라도 끌고 올 거예요."

***

절로 콧노래가 나올 만큼 화창했던 날씨는 어느새 금방이라도 폭우를 퍼부을 듯 잔뜩 흐려졌다. 거대한 먹구름이 가득 뒤덮인 하늘 아래 세 명의 남자가 밭 사이로 난 좁은 길을 걸었다. 석재는 이 상황이 믿기지 않았다. 자신이 랩 가사를 쓰는데 사용했던 작고 오래된 컴퓨터가 실은 지구의 핵전쟁을 막는 컴퓨터라니.

"이해가 안 가. 그러니까 지금 200대가 넘는 컴퓨터 중에 단 한 대 때문에 이렇게 야단들을 떤다고?"

"작은 돌 수천만 개로 쌓아 만든 탑에서 돌맹이 몇 개쯤 뺀다고 해도 무너지지 않을 거 같죠? 그렇게 언제나처럼 똑같은 돌맹이 하나를 빼다가 와르르 무너지는 거예요. 일공이는 지금 그 빠진 돌멩이 중 하나예요. 아니 어쩌면, 탑을 무너트리는 마지막 돌멩이가 될 수도 있어요. 바로잡아야 해요."

석재는 자신보다 한참이나 어린놈이 고리타분한 말이나 뱉는다고 생각했다. 설령 서베일런트 컴퓨터 전부 먹통이 된다 해도, 누가 핵미사일 발사 버튼만 누르지 않는다면 괜찮은 것 아닌가? 지나친 걱정이다. 더 이상 일공이로 랩 가사를 쓰지 못한다면 영숙에게 힙합 왕좌를 빼앗길 것이다. 일공이를 계속 사용할 순 없을까? 200대가 넘는 컴퓨터 중 고작 한 대 아닌가? 석재가 그런 생각을 하며 은호를 쳐다볼 때 베이비 구가 불쑥 얼굴을 들이밀었다.

"뛰어야 쓰겄는디."

"왜요?"

"농사에 농자도 모르는 놈들이 농사짓는 척하면서 우릴 보잖어."

베이비 구의 말에 은호가 주변을 둘러보았지만 딱히 수상한 풍경은 없었다. 의아한 은호의 표정을 읽고 베이비 구가 설명했다.

"저기 저 멍청한 노인네 보여? 들콩 저 질긴 걸 낫 놓고 호미로 치고 있네 염병. 그리고 옆에 콩밭, 마른 놈. 맞바람 쳐맞으면서 농약 치고 앉았다니께 죽을라고. 웬 놈들이여?"

석재가 주변을 둘러보니 과연 그랬다. 트랙터의 시동을 자꾸만 꺼먹는 남자도, 흐린 날씨에 말린 고추를 걷기는커녕 꺼내 놓는 여자도 모두 한 패일 것이다.

그때였다. 좁게 난 밭길의 맞은편에서 한 정체불명의 거한이 나타났다. 은호가 석재 앞을 막아서며 그를 경계했고, 베이비 구도 가위를 쥔 손에 힘을 잔뜩 실었다. 그들 앞으로 다가온 거한은 은호의 뒤를 기웃거리더니 덩치와 어울리지 않게 가는 목소리로 물었다.

"석재 아저씨유?"

"……누구야?"

"나여. 동이 슈퍼 막내."

"슈퍼 막내? ……정인이?"

뒤에서 둘의 대화를 듣고만 있던 베이비 구가 한 발 앞으로 나서 끼어들었다.

"잉? 미국 대학 간 정인이? 아니, 이게 몇 년 만이여?"

"구 씨 아저씨?"

"그려."

"하이고. 관리 좀 받어유. 세월을 그대로 맞으셨네. 나다시 온 지 얼마 안 됐슈."

"이야, 너도 그만 좀 먹어야겠다. 그려. 아부진 여전히 여자 좋아하지?"

"뭔 소리유. 아부지 작년에 가셨는디."

베이비 구가 씩 웃었다.

"맞어. 우리가 지금 상황이 좀 거시기해서. 정인이 맞네. 코 찔찔 흘리면서 우리 딸 쫓아다닌 게 어제 같은디. 이게 몇십 년 만이냐. 말 안 하면 몰라보겠다 야."

"하이고 남사시룹게 언제 적 얘기유. 근디, 어디들 간데유?"

"잉. 갈 데가 있어."

"나도 가유."

"왜? 왜 따라온다 그려."

정인이라 불린 남자는 석재 일행에게 대뜸 가까이 다가오더니 낮은 목소리로 고했다.

"뒤 봐봐유. 아까부터 아재들 눈치 보면서 따라오네. 뭔 일 있슈?"

은호가 신발 끈을 조이는 척 슬쩍 뒤를 보니, 과연 수상한 차림의 한 중년 여자가 그들 뒤를 따라오는 중이었다. 고개를 끄덕인 베이비 구가 정인을 보며 말했다.

"일단 가자고."

석재 일행이 태연한 척 다시 발걸음을 재촉했다. 은호가 앞장섰고, 석재, 정인, 베이비 구가 그 뒤를 차례대로 따랐다.

얼마나 걸었을까? 석재 바로 뒤에서 걷던 정인이 느닷없이 팔소매에 감춰두었던 단검을 드러내더니 석재의 목덜미를 향해 전광석화처럼 달려들었다. 타이밍 좋게 벌인 일임에도 불구하고 정인은 석재의 목에 칼을 꽂지 못했다. 도리어 그와 더 멀어졌다. 정인의 뒷덜미를 움켜잡고 끌어당긴 베이비 구가 웃으며 말했다.

"정인이는 남자 좋아혀 임마. 어릴 적부터 우리 아들 쫓아당겼다고. 그건 몰랐나벼?"

정체를 들킨 거한이 곧 험악한 얼굴을 드러내며 반격하려 했지만, 베이비 구가 한발 먼저 그의 가슴을 뻥 차버렸다. 허공에 뜬 거한의 몸이 초록 물결 속으로 풍덩 빠졌다.

"뛰자고!"

석재 일행이 갑자기 달리자 그것이 신호인 양 그들 뒤를 몰래 밟던 놈들이 일제히 그 뒤를 쫓아 달렸다. 그제까지 밭에 숨어 있다 번쩍 나타난 사람들까지 치면 그 수가 족히 열 명은 됐다.

밭길을 건넌 석재 일행은 멀리 보이는 작은 축사를 향해 달렸다. 앞장서 축사 뒤편으로 꺾어 들어가는 베이비 구를 따라가니 그곳엔 작은 오토바이 한 대가 서 있었다.

"일루!"

순간 은호의 머릿속에 오토바이 열쇠가 없다는 생각이 스쳤지만, 곧 걱정하지 않아도 될 거란 생각이 들었다. 과연, 축사 한편에 나란히 놓인 여물통 중 하나를 집어 든 베이비 구가 그 바닥에 붙여둔 열쇠를 떼어내고는 히히 웃으며 둘 앞으로 다가왔다.

"그렇지. 그게 보통 꿈이 아니지. 뭐 혀? 타."

망설이던 은호와 석재의 몸을 끌어 차례대로 오토바이에 앉힌 베이비 구가 뒷자리에 탄 석재의 눈앞에 보란 듯 열쇠를 흔들었다. 석재가 열쇠를 잡으려 하자 베이비 구가 금세 그것을 다시 당기고는 확인하듯 말했다.

"이거 내가 니 목숨 구해주는 거여. 알어?"

"⋯⋯."

"랩 가르쳐 줄겨, 말겨?"

석재가 얼결에 끄덕거리자 만족한 베이비 구가 은호에

게 키를 던졌다. 재빨리 시동을 건 은호가 걱정스러운 표정으로 물었다.

"괜찮으시겠어요?"

베이비 구가 가소롭다는 듯 웃었다.

"내가 여기서 팔십 년을 살았어. 내 나와바리라고. 쟈들은 인자 뒤진겨."

말을 마치고 축사 안으로 들어간 베이비 구가 높게 쌓인 볏짚을 걷자, 여섯 개의 총열이 달린 구형 기관포가 웅장한 모습을 드러냈다. 총 뒤에 자리 잡은 베이비 구가 아직 떠나지 못한 둘을 향해 소리쳤다.

"가부러!"

부아아앙!

은호와 석재가 탄 오토바이가 폭음을 내며 질주했다. 석재는 점점 멀어지는 베이비 구를 돌아보았다.

적들은 점점 축사 가까이 다가왔다. 흥얼거리며 탄약을 장전하던 베이비 구가 휴대용 플레이어로 평소 좋아하던 비트 하나를 크게 틀었다. 석재에게 랩 비법을 전수받을 생각을 하니 신이 나는지 절로 가사가 떠올랐다.

오케이! 그녀가 내게 말해 아버님,

어떤 정신 나간 놈이 힙합 해요 요즘 세상에.

응 내가 한다 애미야. (어머 세상에)

응 내가 한다 애미야. (어머 세상에)

모두 듣기를 멈춘 세상에. 나는 먼지가 쌓인 귀 세탁해.

조용히 뱉어 본 마디는 서너 개. 아마 그게 필요할 거야

지금 세상엔. 그래 아마 그게 필요할 거야 지금 너에겐.

랩을 마친 베이비 구가 적들을 향해 총구를 겨누고 방아쇠를 당겼다.

턱턱.

노리쇠가 어딘가에 걸린 듯했다. 베이비 구가 의아한 표정으로 총열을 탕탕 두들기자 어이없게도 기관포에 달린 방아쇠가 분리되어 바닥에 툭 하고 떨어졌다. 저마다 다른 흉기를 손에 쥔 놈들의 그림자가 베이비 구 주위를 빙 둘러쌌다. 마음이 상한 듯, 기관포를 냅다 밀친 베이비 구가 욕지거리를 내뱉었다.

"에이, 씨펄, 개꿈이었네."

***

오토바이가 흙먼지를 날리며 비포장도로를 달렸다. 뒷좌석에 앉아 있던 석재가 은호의 등을 치며 오토바이를 멈춰 세웠다. 은호가 뒤돌아보자, 석재가 손가락으로 산길을 가리켰다. 가파른 데다 오토바이가 갈 수 없는 길이었다.

"곧 도로가 나와요."

"그쪽은 개활지야. 너무 눈에 띄어."

"그래도 저 길보다는 훨씬 빠를 거예요."

은호가 뜻을 굽히지 않자 석재가 확인하듯 물었다.

"진짜 일공이의 위치를 아는 건 우리 둘뿐이랬지?"

은호가 고개를 끄덕거리자 석재가 기다렸다는 듯 말을 이었다.

"그래. 놈들은 우리가 어디로 가는지도 모르잖아? 지금은 빨리 가는 게 능사가 아니야. 몰래 가야지."

잠시 머뭇거렸지만 은호는 곧 석재의 말을 따랐다. 현지인인 석재가 자신보다 이곳 지리를 잘 아는 건 당연한데다가, 그의 말처럼 지금은 빨리 가는 것보다 몰래 가는게 더 중요했다. 다만, 이때 은호는 석재의 또 다른 속셈

만큼은 몰랐다.

옥수수밭에 오토바이를 숨긴 둘은 곧바로 가파른 산길을 올랐다. 한참을 걸어 숨이 턱까지 차오를 때쯤 그들 위로 작은 정찰용 드론이 나타났지만, 날아오는 소리를 한발 빠르게 감지한 은호 덕에 둘은 커다란 바위 뒤로 몸을 숨겼다. 드론이 지나갔다고 생각했던 걸까, 다소 섣불리 움직이는 석재를 은호가 재빨리 잡아 주저앉혔다. 순간 둘은 잔뜩 긴장했지만, 다행히 드론은 별다른 움직임 없이 그대로 그들을 떠났다.

다시 장애물을 헤치며 산길을 오르던 둘은 평탄한 길이 나오자 나란히 서 걷기 시작했다. 은호 옆에 가까이 붙은 석재가 어울리지 않는 다정한 톤으로 말을 걸었다.

"혹시 랩도 하는 거야?"

"그냥 따라 하는 수준이에요."

"본격적으로 하려면 자기 곡을 만들어야지."

"그게, 쉽지 않더라고요."

"내가 가사를 써줄까? 본격적으로 한번 해볼래? 어때?"

"……네?"

"사실 내가 찔리는 게 있어서 그래. 일공이, 완전히 망

가졌어."

석재의 말에 은호가 그 자리에 우뚝 멈춰 섰다. 석재가
난처한 척 말을 이었다.

"실은 며칠 전 창고에 불이 났거든. 그때 일공이도 다
타버렸어. 그래서 지금 일공이가 계속 오프라인 상태
인 거야. 보고를 해야지, 해야지 하면서 지금까지 미루
다⋯⋯."

"그럼 오늘 무대에서 하신 랩은 어떻게 쓰셨어요?"

이번엔 석재가 그 자리에 우뚝 멈췄다. 은호가 전에 없
이 엄격한 태도로 말을 이었다.

"어르신. 어르신이 지금껏 무대에서 들려준 가사들. 그
건 제가 이전에 만들었던, 아니 일공이가 이미 만들었던
가사들이에요."

여전히 굳어 있는 석재를 두고 은호가 다시 발걸음을
옮겼다. 잠시 그 뒷모습을 바라만 보던 석재가 그 뒤를
서둘러 쫓았다.

"성능이 더 월등한 다른 컴퓨터들보다 일공이의 작사
능력이 뛰어난 건 그 때문이에요. 저도 어르신이랑 같은
생각을 했고 가사를 만들기에 최적인 인공지능을 탑재했
어요."

"······."

"한국에서 서베일런트 시스템을 운용할 컴퓨터를 찾던 코넷트는 당시 제가 개발하던 슈퍼컴퓨터를 낙점했어요. 개발자이자 관리자가 된 저는 일공이를 설치할 장소로 동이면을 제안했어요. 상부에서 찾던, 누구도 예상하지 못할 의외의 장소이기도 했지만, 제가 앞으로 맡을 관리 임무도 생각하면 동이면이 좋았어요. 이제 지구상에서 힙합 공연을 볼 수 있는 곳은 여기밖에 없으니까."

"그럼, 지금껏 알고도 일부러······."

"처음부터는 아니었어요. 일공이가 오프라인이 될 때마다 사무실엔 시끄럽게 경고음이 울렸고, 그때마다 전빠지지 않고 보고했어요. 상부에서는 저에게 시정 조치를 하라고는 했지만 심각하게 받아들이진 않았어요. 일공이를 빼고도 전 세계의 서베일런트는 202대나 있으니까. 그런데 이상했어요. 경고음이 너무 자주 울렸어요. 아무래도 수상해 이곳에 내려와 창고로 가보니 저도 들어가지 못하도록 입구에 보안 절차를 추가하셨더군요. 그날, 회관에서 랩 하시는 어르신의 무대를 보고서야 알았어요. 일공이가 왜 자꾸 오프라인 상태인지."

말을 마친 은호가 굳은 표정의 석재를 잠깐 주시하더

니 다시 말을 이었다.

"경고음이 너무 잦아지자 상부에서도 사태를 심각하게 받아들였어요. 관리자를 바꾸든가, 일공이를 다른 곳으로 옮기든가 조치하라고. 그래서 조치했어요. 일공이가 오프라인이 되어도 경고음이 더 울리지 않도록. 온라인 상태인 것처럼 보이도록."

석재가 도무지 이해할 수 없다는 표정으로 물었다.

"왜?"

"계속 듣고 싶었으니까요. 어르신 랩을. 어차피 일공이를 빼고도 그 역할을 하는 컴퓨터는 전 세계에 202대나 있으니까."

석재는 은호의 말투에서 짙은 자책감을 느꼈다.

"하지만 이제 더 두고 볼 수 없어요. 회색 피가 서베일런트 컴퓨터들을 하나하나 장악했어요. 이제 놈들의 수중에 들어가지 않은 컴퓨터는 겨우 50여 대뿐이에요. 일공이도 그중 하나구요."

은호의 말에 심각한 표정으로 무언가를 생각하던 석재가 예상치 못한 제안을 했다.

"그럼 일공이를 같이 쓰는 건 어때?"

뜻밖의 말에 놀란 은호가 걸음을 멈추고 석재를 쳐다

보았다.

"원래 가사 쓰려고 컴퓨터를 만들었다며. 너도 아쉬울 거 아니야. 아직 50대 남아있다며?"

은호의 선한 얼굴에 곧 차마 감추지 못한 혐오의 빛이 드러났다.

"세상이 지옥이 될 수도 있는데 지금 그깟 힙합이 대수입니까?"

"내가 랩 하지 못하면 그게 나한테 지옥이야. 이 세상 인간들 전부가 웃어도 내가 웃지 못하면 그게 무슨 소용인데?"

둘이 서로를 노려보던 그때, 어느새 그들 곁으로 다가온 누군가가 둘의 머리에 총구를 붙였다. 뒤통수에 차가운 감촉을 느끼고서야 둘은 자신들 뒤에 용병이 붙었음을 깨달았다. 방금 전에 지나갔던 드론이 실은 그들을 보았었다는 것도.

"총 내려. 생포해."

어디선가 나지막한 명령이 들려왔다. 석재가 소리 난 곳을 보니 용병들의 대장인 듯한 남자가 자신을 향해 다가오고 있었다. 몸집이 황소처럼 커다랗고 단단한 남자였다.

대장의 지시에 용병들이 총을 내리는 순간이었다. 그 작은 틈을 놓치지 않은 은호가 허리춤에서 리볼버를 뽑아 날랜 움직임으로 용병 둘을 순식간에 처리했다. 이어 은호는 어느새 가까이 다가온 거한을 향해서도 방아쇠를 당겼지만, 남자의 오른쪽 가슴을 맞춘 총알은 챙 하는 금속음과 함께 그대로 튕겨 나왔다. 이어 재빨리 단검을 꺼낸 은호가 이번엔 거한의 옆구리를 찔렀지만, 칼날은 다시 한번 금속음과 함께 불꽃만 튀기며 거한의 상의만 갈랐다. 찢어진 옷 사이로 거한의 은빛 몸체가 드러났다.

씩 웃은 거한이 은호의 팔목을 휘어잡아 가볍게 부러뜨렸다. 고통에 찬 은호의 비명이 산을 가득 울렸다. 이를 악문 은호가 거한을 노려보며 따지듯 물었다.

"이렇게 대놓고 일을 벌이고도 너희 뜻대로 될 거 같아?"

거한이 놀리듯 답했다.

"그렇게 대놓고 방심하고도 너네 뜻대로 될 거 같아?"

거한의 장난기 어린 웃음을 본 은호는 일이 한참 잘못됐음을 직감했다. 한 손으로 은호의 목덜미를 움켜잡아 들어 올린 거한은 공중에 떠 버둥거리는 은호의 가슴에 작은 칼을 꽂았다. 은호가 고통에 가득 찬 눈으로 소리 없는 비명을 질렀다. 거한은 곧 비탈진 곳으로 은호의 몸을 내던졌다. 데굴데굴 굴러 내려가던 은호의 몸이 굵은 나무줄기에 처박혀서야 비로소 멈췄다. 거한이 이제 홀로 남은 석재 앞으로 천천히 다가가며 말했다.

"예전에 수술받았을 때, 나랑 같은 병실을 쓰던 노인네가 있었어. 그 노인네 밤마다 노망난 것처럼 랩을 하는데, 다른 놈들은 다 시끄럽다고 귀를 막아도 나는 그게 재밌더라고. 뭐, 가사를 생각해보면 구시대의 쉰내 나는 말들이었지만."

무릎을 굽히고 앉은 은빛 거한이 덜덜 떠는 석재와 눈높이를 맞췄다.

"네가 최고라며? 내가 왜 널 생포하라고 했겠어? 나도 네 랩을 한번 들어보고 싶었어. 잘하면 살려줄 수도 있어. 네 랩을 듣고 내 마음이 움직일 수도 있잖아? 자, 해봐."

잘린 나무 밑동 하나를 의자 삼아 앉은 거한은 손을 맞잡고 석재의 무대를 기다렸다. 한동안 머뭇거리던 석재는 떨리는 손을 마이크 삼아 올린 뒤 배틀에서 했던 바로 그 랩을 시작했다. 오랜 시간 심혈을 기울여 준비한 만큼 가장 자신 있는 랩이었다. 수백 번 뱉어본 어휘들이 매 박자에 정확히 꽂혔지만, 은빛 거한은 아무 감흥 없는 표정을 지었다.

무대가 끝나자 자리에서 일어난 거한이 차가운 표정으로 심사평을 했다.

"……네가 최고라고? 넌 그 노인네보다 못한데?"

말이 끝나기가 무섭게 거한의 총구가 석재를 겨누었다. 그의 검지가 그대로 방아쇠를 당기려던 찰나, 나무숲에서 불쑥 튀어나온 은호가 거한을 와락 덮치고 그의 목을 향해 단검을 내리꽂았다. 그 번개 같은 움직임으로 볼 때 단검은 그의 목에 박혀야 마땅했지만, 은빛 거한은 어느새 칼을 든 은호의 팔목을 잡고 서 있었다. 거한이 은호의 성한 팔마저 부러트리며 비웃었다.

"한발 늦었어."

고통스러운 듯, 캑캑거리면서도 피식 웃은 은호가 답했다.

"한 발 남았어."

불현듯 이상한 느낌이 든 거한이 고개를 숙여 아래를 보았다. 은호가 이미 부러진 다른 팔로 거한의 바지 주머니에 작은 폭탄 하나를 욱여넣고 있었다. 폭탄이 터지기 직전, 은호가 뒤를 돌아보았지만 석재는 미처 그 마지막 표정을 보지 못했다.

***

석재는 달렸다. 우거진 수풀에 얼굴이 베여도, 턱까지 찬 시냇물에 온몸이 젖어도 석재는 쉬지 않고 달렸다. 더 이상 일공이를 사용하려는 다른 속셈도 없었다. 오직 일공이에 랜선을 연결해야 한다는 생각뿐이었다.

모래바람을 맞으며 숨 가쁘게 달리던 석재의 눈앞에 일공이가 있는 자재 창고가 그 모습을 드러냈다. 그제야 잠시 멈춰 숨을 몰아쉰 석재는 다시 한 발 한 발 창고 앞으로 나아갔다.

그때 어디선가 익숙한 프로펠러 소리가 들렸다. 불길한 느낌에 고개를 든 석재의 눈에 자재 창고 위로 떠오른 베놈이 보였다. 베놈의 검은 총구가 석재를 겨누고, 용병들이 줄을 내려 강하했다. 이제 석재 옆엔 베이비 구도, 은호도 없었다. 석재는 그 자리에 털썩 주저앉았다.

그때였다. 굉음과 함께 하늘을 가르며 날아온 미사일이 쾅 소리와 함께 베놈을 격추했다. 화염에 휩싸인 베놈이 부서진 날개를 힘겹게 휘돌리다 땅으로 처박혔다. 어안이 벙벙한 석재 위로 전투기 한 대가 굉음을 내며 날아갔다. 놀란 석재가 뒤를 돌아보자, 장갑차, 탱크 등 대대

급 부대가 기세등등하게 다가오고 있었다. 그 선두에 선 지프엔 영숙이 타고 있었다.

석재 앞에 지프를 거칠게 세운 영숙이 차에서 내려 그 앞으로 다가갔다. 감색 권총을 꺼낸 영숙이 어리둥절한 표정의 석재를 향해 총구를 겨눴다.

탕! 탕!

질끈 눈을 감은 석재 뒤로, 베놈에서 강하해 그들 뒤로 다가오던 용병들이 쓰러졌다. 권총을 거둔 영숙은 한동 안 석재를 가만히 보다가 그의 옷깃에 붙은 초소형 도청 기를 떼어냈다. 그때 석재는 산 아래에서 그녀가 자신의 옷깃을 매만지던 장면을 떠올렸다.

"그동안 저 안에 있는 멍청한 컴퓨터가 써준 가사로 랩 했냐?"

석재가 영숙의 주홍빛 동공에 비친 자신의 모습이 유 독 보잘것없다고 느낀 그 순간, 멀리서 날아온 포탄 하 나가 자재 창고 바로 옆 공터에 떨어졌다. 폭발의 충격 에 공중에 뜬 둘의 몸이 한참이나 멀리 나가떨어졌다. 영 숙이 힘겹게 몸을 일으켜 전방을 보니, 멀리 회색 깃발을 꽂은 기계화 부대가 몰려오고 있었다. 방금 전 포격을 신 호로 흑임자 클랜과 회색 피가 서로를 향해 총탄과 포탄을 격렬하게 퍼부었다.

"들어가!"

영숙의 외침에도, 쏟아지는 총탄에도, 충격의 여파로 여전히 정신이 나간 석재는 멍하니 허공만 응시했다. 성큼 다가온 영숙이 석재의 멱살을 거칠게 휘어잡았다.

"그거 알아? 구 씨 뒈졌어. 그 젊은 애기도 죽었지? 들어가! 들어가서 그 망할 인터넷 좀 연결해! 이러다 전부 뒈지면 다 개죽음이야!"

영숙의 윽박에 정신을 차린 석재가 창고로 내달렸다. 낮게 쌓인 포대 뒤로 몸을 숨긴 영숙이 전방을 향해 총알을 퍼부으며 석재를 엄호했다. 지문 인식, 홍채 스캐닝 등 서둘러 보안 절차를 마친 석재가 창고의 잠긴 문을 열고 막 안으로 들어간 순간이었다.

"언니!!"

귀를 째는 정자의 비명에 석재가 반사적으로 고개를 돌렸다. 서서히 닫히는 문틈 사이로 석재는 보았다. 붉은 피를 흘리며, 초점 없는 주홍빛 동공으로 허공을 보는 영숙을.

***

적의 포격에 무너진 건물의 잔해가 석재의 머리 위로
우수수 떨어졌지만, 석재는 개의치 않고 묵묵히 지하 계
단을 내려갔다. 기어코, 붉은 등이 점멸하는 작고 네모난
컴퓨터 앞에 선 석재는 뽑힌 채 바닥에 떨어진 랜선을 주
워 들어 멍하니 그것을 쳐다보았다. 지금껏 고작 이 선
하나가 세상과 연결되어 있지 않아 벌어진 난리였다.

석재는 잠자코 그 선을 이더넷 포트에 꽂았다. 마침내
세상과 연결된 일공이가 푸른 등을 점멸하며 모니터에
저만의 언어를 출력했다. 그 순간 석재는 떠올렸다. 베이
비 구의 요란한 웃음소리, 은호의 선한 미소, 실은 감탄했
던 영숙의 무대. 의도하든, 하지 않았든 모두 이 땅의 전
쟁을 막으려다 최후를 맞았다.

석재는 문득 그들의 이야기를 세상에 전해야만 한다는
생각이 들었다. 그들이 보여준 용기와 헌신이 이 빌어먹
을 혐오의 세상에 한 줄기 빛이 되리라. 석재는 결심했다.
음악 쇼에 나가 그들의 이야기를 담은 랩을 온 세상에 들
려주겠다고.

석재는 랜선을 뽑고 가사 만들기 프로그램을 실행했다.

***

서울에 떨어진 가공할 위력의 핵탄두는 그로부터 약 백오십 킬로미터 떨어진 동이면 힙합 마을도 순식간에 폐허로 만들었다. 래퍼들이 대결을 펼친 산 중턱의 멋스러운 정자도, 은호가 감탄하던 드넓은 초록 물결도, 비닐하우스의 새콤한 딸기도, 서울에 떨어진 직경 일 미터짜리 미사일 하나가 그 모든 것을 흔적도 없이 쓸어버렸다.

은호가 동이면에 내려오기 전날만 해도, 전 세계엔 아직 50대의 서베일런트 컴퓨터가 남아 있었다. 시스템을 관리하던 핵심 관계자들은 사태가 점점 심각해지기는 했지만 당장 위급하다고 판단하지는 않았다. 아직 50대의 서베일런트가 남아 있었기 때문이다. 하지만 그 50이라는 수는 회색 피가 벼르던 숫자였다. 당초 계획했던 수인 50이 되자, 회색 피는 전 세계의 남은 서베일런트들을 동시다발로 장악했다. 관리자의 목숨을 위협해 랜선을 뽑고 컴퓨터에 불을 질렀다. 그 결과 단 하루 만에 일공이를 제외한 전 세계의 서베일런트 컴퓨터는 단 세 대만 남게 되었다.

그 세 대의 관리자들 중 한 명인, 미네소타의 서베일런트 관리자 대니얼은 아침부터 자신을 찾아온 회색 피의 용병들 때문에 난데없는 추격전을 펼쳤다. 천운으로 그들의 추격을 뿌리친 대니얼은 사람들의 시선을 피해 자신만의 비밀 작업실로 향했다. 서베일런트 넘버 일사삼이 쓴 소설로 십여 년 만에 처음으로 공모전에서 수상한 그는 이후 책상 앞에 앉아 머리를 쥐어뜯으며 고민하기보다 그저 일사삼의 소설 만들기 프로그램을 클릭했다.

정해진 시각이 되자 대니얼은 일사삼 앞에 앉아 손을 풀고 목을 돌렸다. 비록 아침부터 머리에 총알구멍이 생길 뻔했지만, 그런 날이라 할지라도 쉴 수는 없었다. 어떤 일이 닥쳐도 매일 정해진 시각에 규칙적인 작업을 하는 게 위대한 소설가니까. 대니얼은 랜선을 뽑아 발로 차버리고, 일사삼의 소설 만들기 프로그램을 실행했다.

빌바오의 까밀라는 본래 성실한 광부였는데, 우연히 일구구의 요리 만들기 프로그램이 추천한 레시피로 토르티야를 만들어 먹고는 그날로 요리사가 되기로 결심했다. 일구구의 레시피로 만든 요리들은 죄다 폭발적인 인기를 끌었고, 까밀라는 세계 곳곳에 자신의 이름을 건 프랜차이즈를 세웠다. 사람들은 대체 이런 환상적인 맛을 어떻게 개발할 수 있는지 쉴 새 없이 물었고, 까밀라는 그저 운이 좋았다고 사실대로 말했지만, 그녀는 어느새 겸손함까지 갖춘 요리사가 되었다. 까밀라야 그저 일구 구가 코털을 넣으라면 뽑아 넣었고, 개똥 한 스푼을 섞으라면 섞었을 뿐이었는데 말이다.

돈방석에 앉은 까밀라는 국방부 핵심 관계자들을 매수하고 아무도 모르는 폐광 깊숙한 곳에 일구구를 숨겼다. 오늘도 남몰래 폐광으로 들어간 까밀라는 앞치마를 질끈 메고 컴퓨터를 켠 후, 랜선을 뽑았다.

후쿠오카의 나카무라도 공삼구가 있는 별장으로 향했다. 그 역시 석재처럼 자신 대신 총알을 맞은 상부의 관리자로부터 모든 사정을 전해 들었고, 인류의 미래를 걱정하며 공삼구의 점괘 프로그램을 실행했다.

우연히 공삼구의 점괘 프로그램을 사용하고 효험을 본 나카무라는 이후 자신의 거취를 공삼구의 점괘로 결정했다. 흰색을 조심하라고 하면 초밥도 안 먹었고, 붉은색이 행운이라고 하면 친구의 피도 빨아먹었다. 점괘대로 하자 자신의 삶이 나아지는 것만 같았다. 심지어 오늘의 점괘는 '색다른 경험을 할 거예요!'였는데, 아침부터 벌인 추격전은 과연 색달랐다.

그동안 자신의 안위를 위해서만 점괘를 뽑았던 나카무

라는 이번엔 세상을 구할 생각으로 점괘 프로그램을 실행했다. 공삼구 앞에 삼배를 올린 나카무라는 전쟁의 위기가 닥친 이 세상을 구원하기 위해 자신이 해야 할 일이 무엇인지 물었다. 공삼구가 즉각 뽑은 점괘는 단 한 줄이었다.

랜선이나 꽂아.

같은 시각, 동이면 힙합 황제 이석재가 음악 쇼에 선보일 위대한 랩 가사를 만들기 위해 랜선을 뽑았고, 직후 유럽의 한 국가 지도자는 서베일런트 시스템이 무너졌다는 보고를 받는다. 그 순간 그는 현재 영토 문제로 자국과 끊임없이 전쟁을 벌이는 적국이 생각났다. 열세인 이 상황을 뒤집을 한 방이 필요했던 그는 망설이지 않고 핵미사일 발사 버튼을 눌렀다. 그 후 십 초도 되지 않아 적국도 그 나라를 향해 핵미사일 버튼을 눌렀다. 그 빌어먹을 최후의 안전장치가 풀렸음을 알게 된 전 세계는 자국의 이익을 위해, 평소 혐오하던 적국을 향해 신나게 핵미사일 버튼을 눌렀다. 세계 대전 이후, 백여 년간 봉인되었던 수천 발의 핵탄두가 순식간에 세계 곳곳에 꼼꼼하게 떨어졌다.

***

　지하 창고에서 밖으로 나온 석재는 허허벌판이 되어버린 주변 풍경에 당황했다. 어떻게 된 것일까? 직전의 전투가 이토록 격렬했을까? 아니면 혹시 그사이 핵이라도 떨어졌을까? 정말 핵전쟁이 벌어진 건가? 그렇다면 마지막 음악 쇼는 할 수 있을까? 아니, 할 수 없으면 또 어떤가? 석재에게 더 무엇이 필요한가? 그에겐 방금 뽑아낸 최고의 가사가 있는데!

　정신을 차리고 다시 발걸음을 뗀 석재가 황량한 벌판을 가로지르며 새로 뽑아낸 랩 가사를 분주히 내뱉었다.

　　　　잘못된 건 없어. 지금 이대로 완벽한 결말.

　　　　반복되던 허점. 지금 이대로 완전한 역사.

　　　　톱니바퀴처럼 맞물려 돌아가는 역할극 속

　　　　　　넌 그저 무대 위 미친 왕.

　　　　　　다 이루고 손에 쥔 거 같아도

　　　　　　불 꺼지면 벗어야 할 왕관,

　　　　　　배 꺼지면 약 먹어야 할 환자.

　　　　　망한 세상에 어디 혼자 지껄여봐.

막 내린 연극에 홀로 즐기는 소리판.

텅 빈 세상에 공허히 울리는 소리만.

누가 죽거나 말거나. 세상이 망하거나 말거나.

곧 죽어도 힙합.